Klaus Beese

Der Mutator

Kurzgeschichten

D1721775

Projekte-
Verlag

Impressum

1. Auflage
© Projekte-Verlag Cornelius GmbH, Halle 2007 • www.projekte-verlag.de

Satz und Druck: Buchfabrik JUCO • www.jucogmbh.de

ISBN   978-3-86634-247-7
Preis: 14,50 EURO

Inhaltsverzeichnis

Der Neue Mensch

„Über Jahrtausende ist der so genannte ‚Neue Mensch' eine Utopie gewesen, ein Phantom, mit dem sich vorzugsweise überspannte Idealisten und anthroposophische Romantiker beschäftigten", sagte Professor Hellmich. „Jetzt haben wir endgültig geschafft, woran Generationen von Sozialrevolutionären gescheitert sind." Der Professor legte eine Pause ein, um das Gesagte wirken zu lassen. Dabei glänzte sein Gesicht vor Selbstzufriedenheit.

„Zugleich haben wir bewiesen, dass diese bahnbrechende Metamorphose nicht auf dem Weg geistiger Manipulation funktioniert und nicht über den oft so gepriesenen freien Willen. Hier hilft weder psychologische Beeinflussung noch Druck. Das einzige Erfolg versprechende Mittel ist die Arbeit am Genom. Ich stelle Ihnen nun ein Musterexemplar meiner Klinikfarm vor. Bereits in wenigen Jahrzehnten wird es, abgesehen von ein paar Greisen, keinen anderen Menschentyp mehr geben. Zum Wohl der globalisierten Welt."

Donnernder Applaus belohnte den Redner. Doch alsbald verstummte das Klopfen und Klatschen, wich angespannter Aufmerksamkeit. Ein junger Mann betrat den Saal. Er mochte etwa zwanzig Jahre alt sein und war fast zu korrekt gekleidet für den heißen Julitag. Sonst schien auf den ersten Blick an seiner Erscheinung nichts auffällig, doch die Anwesenden hatten auch keine äußerlichen Besonderheiten erwartet.

„Sie durfen ihn jetzt befragen. Und damit Sie ihn mit seinem Namen anreden können, er heißt Totaly Perfect."

Ein leises Raunen, vermischt mit unterdrücktem Lachen, erfüllte den Raum. Bescheiden war der Professor offenbar nicht. Bei den geladenen Teilnehmern an der Veranstaltung handelte es sich keineswegs um Wissenschaftler, sondern fast ausnahmslos um Repräsentanten der führenden Medien. Professor Hellmich hielt sich an die alte Weisheit, dass Streit unter Kollegen reichlich Ärger bedeuten kann, verschiedene Meinungen in Presse und Fernsehen jedoch allemal Publizität brachten. Und Publizität ließ sich bei einiger Geschicklichkeit in bare Münze verwandeln.

„Stellen Sie sich einmal vor, Sie seien Beamter", sagte der Vertreter der ‚Morning News'. „Sie wissen doch, was ein Beamter ist?"

„Gewiss."

Die Stimme klang angenehm, nicht zu hoch und nicht zu tief, allenfalls ein wenig maniriert, dachte Ron Weiler. Dann fuhr er mit seiner Befragung fort.

„Also, Beamter … zum Beispiel beim Bauamt. Eines Tages kommt ein wohlhabender, einflussreicher Bürger zu Ihnen und beantragt eine Genehmigung, die zu erteilen gesetzwidrig wäre. Für diesen kleinen Gefallen bietet er Ihnen, sagen wir zehn Jahresgehälter, bar, brutto für netto, sogar ohne Quittung. Wie verhalten Sie sich?"

Der junge Mann schaute konsterniert. Was war das für eine alberne Frage? „Natürlich lehne ich ab und zeige den Mann an!"

Auch wenn Ihnen das schwere berufliche Nachteile bringt, womöglich sogar den Verlust der Stellung bedeutet, Arbeitslosigkeit, wollte der Reporter nachsetzen, aber dann verzichtete er darauf. Es warteten noch genügend Kollegen, die tiefer bohren würden.

Ron Weiler setzte sich. Dafür erhob sich Kevin Karcher von den ‚Late Informations'.

„Nehmen wir einmal an, Ihr Flugzeug droht abzustürzen. Zufällig haben Sie als einer von wenigen Passagieren einen Fallschirm. Neben Ihnen sitzt eine junge Mutter ohne Rettungsgerät mit einem Säugling im Arm und blickt Sie flehend an, ja, bittet Sie inständig, sich Ihrer zu erbarmen. Wie reagieren Sie?"

„Selbstverständlich überlasse ich der Dame meinen Fallschirm."

„Auch wenn es für Sie dann absolut keine Chance mehr auf Überleben gibt?"

Wäre der junge Mann nicht so perfekt gewesen, hätte er allmählich begonnen, sich zu ärgern. So antwortete er einfach: „Worin besteht denn da ein Unterschied? Man muss so handeln, wie man handeln muss, und darf nicht auf die Folgen schauen." In diesem Stil ging es weiter. Der junge Mann gab sich keine Blöße. Nein, er würde dem Finanzamt nie einen Cent vorenthalten. Er würde auch im Fall äußerster Not keine öffentliche Unterstützung annehmen, würde lieber verhungern, als dem Staat oder der Stadt, der Allgemeinheit also, zur Last zu fallen. Und selbstverständlich würde er seine Rente spenden, sofern das zur Deckung von Lücken im öffentlichen Haushalt erforderlich sein würde. Im Übrigen würde er arbeiten, so lange es ihm gesundheitlich möglich sei. Nein, ein bestimmtes Endalter schwebe ihm dabei nicht vor.

„Was würden Sie tun, wenn der Staat dazu aufforderte, mehr Kinder in die Welt zu setzen?"

„Ich würde mir alle Mühe geben", sagte Totaly ernsthaft.

Jetzt brüllte der Saal vor Lachen.

„Ist er nicht köstlich?", flüsterte die Reporterin von ‚Frau im Urlaub' ihrer Nachbarin zu. „Man bekommt direkt Lust, bei diesem hehren Projekt mitzuwirken."

„Ich hatte keine Ahnung, dass du so geil auf Kinder bist!"

„Ich meine auch mehr den Produzenten als das Produkt."

Fast wären Totalys weitere Worte untergegangen. „Vorausgesetzt natürlich, meine Frau wäre einverstanden. Doch da könnte ich sicher sein, denn ich würde selbstverständlich nur eine Neue Frau heiraten, die meine Einstellung teilt."

„Und wenn der Staat umgekehrt mahnte, aus Kostengründen keine weiteren Kinder zu zeugen?"

„Auch dann würde ich mich so verhalten, wie es gewünscht wird."

„Wie kann man bloß so dreist lügen?", fragte Kevin Karcher, als er mit Kollegen in der Cafeteria des Auditoriengebäudes saß.

„Ich glaube nicht, dass er lügt", antwortete Ron Weiler nachdenklich.

„Du hältst es also für möglich, dass die Experimente des Professors tatsächlich erfolgreich waren?"

„Ja."

„Was soll dann aus uns werden? Aus den Medien, der Wirtschaft, der Menschheit überhaupt?", rief Kevin Karcher entsetzt. „Wovon sollen wir dann leben? Von den mickrigen Gehältern? Stell dir vor, du würdest nicht bloß gelegentlich zur Ablenkung, sondern ausnahmslos seriöse Artikel bringen, objektiv, fundiert, recherchiert. Kein Schwein würde dafür zahlen. Ich weiß, solche verrückten Zustände liegen außerhalb deiner Fantasie, aber versuch' einmal, dieses Szenario zu durchdenken! Mit allen Konsequenzen!"

„Du hast Recht. Sollte sich diese Erfindung durchsetzen, stehen uns wahrhaft böse Zeiten bevor."

Einige Tische entfernt, in einer halbdunklen Ecke des sonst vom hellen Sommerlicht durchschienenen Bistros saßen Pedro Camillo und Anaprokt Gamble. Gegenstand auch ihres Gespräches war die Demonstration des Professors. Natürlich hatten sie nicht persönlich daran teilnehmen können, aber derartige Neuerungen waren für sie von höchstem Interesse und die notwendigen Abhörgeräte unschwer zu installieren gewesen.

„Es ist schier unglaublich!", sagte Pedro.

„Aber es bestätigt unsere Vorabinformationen. Wie viele von diesen Burschen mag es schon geben?"

„Keine Ahnung. Aber wir kennen ja die Räumlichkeiten der Farm in allen Details, abgesehen von den Labors. Das Gebäude gleicht einer Kaserne alten Stils. Aber selbst wenn man von einer Belegung von sechs Mann pro Zimmer ausgeht, und diese Annahme dürfte viel zu hoch sein, kommt man allenfalls auf zweihundert, maximal dreihundert Personen."

„Schlimm genug für die davon Betroffenen. Von welchem Vermehrungsfaktor muss man wohl ausgehen?"

„Nun, die Prototypen sind offenbar voll entwickelt. Aufgepfropft, veredelt würde man das wohl bei Pflanzen nennen. In Zukunft vermehren sie sich angeblich auf natürliche Weise, wenn du verstehst, was ich damit meine." Er grinste.

„Und das funktioniert?"

„Der Professor behauptet es. Die Neuen Gene sollen nicht bloß gegen zufällige Mutationen, Rückfälle sozusagen, resistent sein, sondern auch über eingebaute Sperren unbefugtes Manipulieren verhindern. Null Chance für Hacker, Viren, Chemiker."

„Schöne Scheiße!"

„Wir gehoren zwar verschiedenen Verbänden an, sind aber eigentlich doch Kollegen. Irgendwie sitzen wir in demselben Boot. Hast du schon Anweisungen?"

„Keine genauen. Die Bosse wissen selbst bisher nur, dass sich diese sonderbaren Exemplare unter keinen Umständen weiter verbreiten dürfen."

Pedro nickte. „Dann sollten wir wohl langsam Vorbereitungen für den Ernstfall treffen!"

„Aber wir dürfen nicht handeln, ohne uns rückversichert zu haben!"

„Ja, manche Regierungen sind aus durchsichtigen Gründen interessiert, diese wunderbare Spezies zu fördern. Auch für den Professor wäre seine Entwicklung ohne öffentliche Fördermittel wohl kaum möglich gewesen."

„Aber im Grunde können wir unbesorgt sein. Die Lobbys aus Wirtschaft und Industrie sind allemal mächtiger und einfallsreicher als die Regierungen. Zu viele Volksvertreter hängen bekanntlich an ihrem Tropf, von denen möchte keiner, dass diese Saubermänner an Einfluss gewinnen."

„Na, wie ist es denn gelaufen?", wurde Totaly nach seiner Rückkehr in die Klinikfarm von einer Schar junger Männer und

Frauen bestürmt. Auch sie hatten ausnahmslos die Spezialbehandlung im Labor des Professors absolviert, aber bei keinem von ihnen war die Mutation auch nur annähernd so vollendet gelungen wie bei dem Musterexemplar. Sie hießen denn auch nicht Perfect, sondern trugen zu ihren gewöhnlichen Nachnamen samt und sonders den Zusatz „Semi Perfect".

„Wie soll es denn gelaufen sein?", fragte Totaly unschuldig zurück. „Sie haben mir einfältige Fragen gestellt und ich habe sie geduldig beantwortet, wie es sich gehört. Ihr wisst ja, Zorn ist mir fremd und Überheblichkeit auch."

Bereits drei Tage später erhielt Professor Hellmich einen Anruf aus dem Wissenschaftsministerium. Es sei wichtig, einer Gruppe internationaler Fachleute den Zutritt zu seiner Klinikfarm zu gestatten.

„Selbstverständlich nicht zu den Labors", sagte der Ministerialrat. „Wir wollen doch keine Spione ermuntern. Zeigen Sie den Leuten halt das Gelände und eine ausgewählte Gruppe Ihrer Schützlinge. Wir sind unbändig stolz auf Sie und möchten alle Welt daran teilhaben lassen."

Als die Besucher anrückten, erwiesen sie sich in der Tat als ein bunt gemischtes Völkchen. Repräsentanten von Fernsehen, Funk und Presse waren darunter und als unverdächtige Einsprengsel Pedro und Anaprokt sowie einige weitere Lobbyisten diverser Organisationen.

Während der Besichtigungstour steckten die beiden, ausgewählt als Frontmänner einer so genannten „Notgemeinschaft der Industrie", hin und wieder heimlich die Köpfe zusammen, eben lange genug, um die wichtigsten Erkenntnisse auszutauschen. Alles sah recht positiv aus und die winzigen Plättchen, die sie da und dort versteckten, unter Läufern, an Geländern, hinter Heizkörpern, platzierten sie so geschickt, dass kein Außenstehender die knappen Handgriffe wahrnahm.

„Zehn", sagte Pedro.

„Fünfzehn", antwortete Anaprokt, einen halben Trakt später. Bald darauf reichte es. Die Saboteure lächelten zufrieden.

„Zunächst müssen wir wieder in der Stadt sein, das ist ja auch so abgesprochen", sagte Pedro, nachdem die Gästeschar sich im Anschluss an einen kleinen Imbiss höflich und unter lebhaftem Dank von dem Hausherren verabschiedet hatte. „Dann haben wir ein lupenreines Alibi. Man wird die Sache irgendwelchen nebulösen Terroristen in die Schuhe schieben. Ein Glück, dass es Schurkenstaaten gibt und Schurkenreligionen!" Pedro, der am Steuer saß, achtete sorgsam darauf, dass sich ihr Fahrzeug ständig am Schluss des Konvois befand. Als sie vielleicht drei Meilen zurückgelegt hatten, zog Anaprokt ein weißes Tuch und hielt es aus dem Fenster. Vom Rand eines nahen Gehölzes antwortete ein violettes Stück Stoff. In einer halben Stunde würde es so weit sein …

Derweil versammelte Professor Hellmich in großer Eile Totaly und zehn weitere Bewohner des Heimes um sich. Einer der Lobbyisten, ein Doppelagent, der ebenfalls vom Leiter der Klinikfarm besoldet wurde, hatte ihm den Tipp gegeben. „Verhindern lässt sich das nicht mehr, ich kenne nicht alle Verstecke!", hatte er dem Professor zwischen Speiseraum und Toilette zugeraunt. „Für den Einsatz von speziellen Sucheinheiten wird die Frist zu knapp."

„Wir müssen einen kleinen Ausflug unternehmen", sagte der Professor zu den ausgewählten Probanden. Dann kletterte die Gruppe in einen Kleinbus.

„Noch vor Abend werden wir zurück sein!", rief Hellmich seinem Stellvertreter zu.

In sicherer Entfernung besaß der Chef ein Ferienhaus an einem idyllischen See, leider bot es nur Platz für höchstens zwölf Personen. Hatte er die wichtigsten Prototypen gerettet, ließ sich darauf neu aufbauen, zumal etliche Millionen von der Versicherung fließen würden. Um das Labor tat es ihm am wenigsten Leid. Ohnehin hatte er vorgehabt, einige peinliche Unterlagen, etwa über dubiose Spenden, Aufzeichnungen über Zwischenfälle während der Entwicklung und dergleichen, verschwinden zu lassen. Daran, dass seine plötzliche Abreise just zu diesem Zeitpunkt den Verdacht auch auf ihn lenken könnte, verschwendete er freilich keinen Gedanken. Ein solcher Einfall wäre doch zu absurd.

Beim Diner in einem der ersten Hotels der Hauptstadt erfuhren die Delegierten die erschütternde Nachricht. Außerhalb der Stadt war ein wichtiges Forschungsunternehmen in die Luft geflogen. Einzelheiten über Lage, Betreiber oder Produktion teilte der Sprecher nicht mit, aber vermutlich handele es sich um ein Attentat. Jedenfalls seien sämtliche Personen, die sich zur Zeit der Explosion im Gebäude aufhielten, ums Leben gekommen, einschließlich der Firmenleitung. Eine Zahl nannte er nicht. Dennoch wusste jeder der Bankett-Teilnehmer, wovon die Rede war.

„Dusel gehabt!", meinte ein Japaner.

„Idiot!", antwortete sein Nachbar zur Linken, ein Chinese. „Es gibt keine Zufälle, Planung ist alles! Ich sage nur Timing."

„Nein", entgegnete der rechte Nebenmann, ein gläubiger Muslim aus einem arabischen Ministaat. „Alles geschieht, wie Allah es will!"

Wiederum drei Tage später platzte einigen „Semi Perfect" der Kragen. Professor Hellmich hatte sie angewiesen, das Haus möglichst nicht zu verlassen, und die tatenlose Beengtheit schlug ihnen aufs Gemüt. Zudem war inzwischen durchgesickert, was sich auf der Klinikfarm ereignet hatte.

„An allem ist bloß Totaly schuld!", sagte der Sprecher der „Semi Perfect", mit bürgerlichem Namen Will Hunt geheißen. Er bemühte sich, den fatalen Beigeschmack von Neid wenigstens notdürftig zu kaschieren. „Ja, er wird uns alle noch ins Verderben ziehen! Sollen wir bis an unser Lebensende in dieser Einöde vergammeln?"

Bereits am Abend entstand der Plan, wurden erste Vorbereitungen getroffen. Ein günstiges Geschick fügte es, dass der Professor am nächsten Tag dringende Besorgungen erledigen musste. Unter anderem war er mit seinem Anwalt, Vertretern der Versicherung, Sponsoren und Ministerialbeamten verabredet. Kaum hatte er das Haus verlassen, forderten Totalys Gefährten diesen zu einer Bootspartie auf.

„Aber das dürfen wir doch nicht!", wendete er ein.

„Oh doch", versicherte Will Hunt im Brustton der Überzeugung. „Der Professor hat die kleine Zerstreuung sogar angeordnet. Vielleicht hast du es überhört, weil du mit den Gedanken gerade woanders warst. Das kann jedem mal passieren, mach dir da keine Gedanken."

Totaly vermochte zwar nicht recht, sich eine derartige Unaufmerksamkeit vorzustellen, aber zum Neuen Menschen gehörte nicht zuletzt Gutgläubigkeit. Also schob er seine Bedenken beiseite.

„Immer zwei in einen Kahn!", ordnete Will Hunt an. Er selbst setzte sich zu Totaly. „Woody passt derweil auf die Hütte auf. Einer muss schließlich dort bleiben."

Verabredungsgemäß zog Woody ein betrübtes Gesicht. In Wahrheit war er heilfroh, relativ weit vom Ort des Geschehens entfernt zu sein.

Alles war bestens vorbereitet. Die Tiefe des Sees reichte aus, dass ein Nichtschwimmer darin ertrinken konnte. Und da lag Totalys verwundbare Stelle: Die Ärzte, Trainer und Ausbilder hatten nicht daran gedacht, ihm das Schwimmen beizubringen. Sie hatten es nicht einmal vergessen, es stand einfach nicht auf ihrer Agenda. Schwimmen war ähnlich wie Rad fahren oder gar essen und trinken, solch simple Fertigkeiten beherrschte auch der Alte Mensch, die musste man niemanden lehren. Beinahe ordinär zu nennende Fähigkeiten dieser Qualität hatten keinen Platz in einem so anspruchsvollen Entwicklungsprogramm.

Totaly fügte sich widerspruchslos und dankbar. Auch diese beiden Eigenschaften waren durchaus erwünschte Attribute des Neuen Menschen. Will gab seinen Kumpels, die in erheblichem Sicherheitsabstand folgten, einen Wink. Sie warfen die in der Nacht zuvor auf dem Boden des Gewässers installierte Wellenmaschine an. Aus heiterem Himmel begann sich die Oberfläche des Sees zu kräuseln.

Totaly blickte erstaunt. „Was ist das?", fragte er.

In Physik hatte er, wie in sämtlichen anderen Fächern auch, stets Einsen erzielt. Was erklärbar war, und Totaly hielt im Grunde alles für erklärbar, verstand er. Dieses Phänomen verstand er nicht.

„Mach dir nicht ins Hemd!", sagte Will. „Es wird sich schon herausstellen, woran das liegt. Aber jetzt haben wir wichtigere Probleme."

In der Tat wurden die Wellen immer heftiger. Will zog vorsichtig den Stöpsel aus dem in die Flanke des Bootes knapp unterhalb der Wasserlinie gestanzten Loches. Ich darf nicht vergessen, es nachher wieder kunstgerecht zu verschließen, dachte er.

Sie befanden sich jetzt in der Mitte des Sees. Langsam begann der Kahn zu sinken.

„Ich glaube, wir gehen unter!", stellte Totaly fest. Dass er bei dieser bedrohlichen Feststellung absolut cool blieb, gehörte ebenfalls zu seinen typischen Eigenschaften.

Jetzt begann Will, seine Rolle zu spielen. Er schnaufte ängstlich, stand auf und verlor eines seiner beiden Ruder. Erschreckt prallte er gegen seinen Kameraden und schlug nun auch ihm das rechte Ruder aus der Hand.

„So kommen wir nie ans Ufer!", schrie er. „Zwei so kräftige Burschen, das trägt ein derart morsches Boot nicht lange! Vier Hände und nur zwei Ruder, das muss ja schief gehen!"

Wie um das zu demonstrieren, streckte er beide Arme Hilfe heischend aus. Prompt büßte er auch noch das andere Ruder ein. Verzweifelt sank er auf die Bank zurück. Das Wasser drang jetzt über die Schäfte in seine Stiefel.

„Meinst du, einer allein könnte es schaffen?", fragte Totaly.

„Hundertpro!"

Ohne ein weiteres Wort glitt Totaly in die Flut und versank auf der Stelle. Als er ein letztes Mal auftauchte, immer noch vorbildlich stumm, trieb das Boot bereits weit von ihm entfernt.

Zufrieden lächelte er. Leben zu retten, gehörte zu den vornehmsten Aufgaben des Neuen Menschen.

„Das wäre erledigt!", sagte Will grinsend zu Jack, dessen Boot inzwischen neben dem seinen schwamm. „Dieses Modell war wohl doch noch nicht ganz ausgereift."

„Nein", entgegnete sein Kumpan. „Wie sollte es denn? Der Neue Mensch ist einfach nicht lebenstauglich und wird es nie sein!"

„Aber warum lassen wir uns unter solchen Umständen überhaupt transformieren?", fragte Tom, Jacks Ruderpartner. „Was, wenn auch bei uns der totale Erfolg eintritt?"

Will schaute verblüfft: „Du hast Recht. Ein Grund mehr, um abzuhauen. Wann kommt der Professor zurück?"

„Möglicherweise bereits heute Abend. Es wird also höchste Zeit."

Der Beschluss der zehn „Semi Perfect" fiel einstimmig aus. „Wir lassen uns nicht länger manipulieren!", fasste Will Hunt das Ergebnis zusammen. „Echtes Leben ist nie perfekt!"

Als Professor Hellmich sich seinem Ferienhaus näherte, sah er schon von Weitem den Feuerschein. Und diesmal spürte er tiefe Verzweiflung.

Re-Aging

„Hier sind die Ergebnisse, Herr Professor", sagte Dr. Meh Ping. „Ich habe sie bereits ausdrucken lassen."

Hastig überflog Professor Lung Fu den Inhalt des schmalen Ordners, schier endlose Tabellen aus Daten, Zahlen, Hieroglyphen. Von Seite zu Seite glänzten seine kleinen Schweinsäuglein hinter den dicken Wällen der Brillengläser begeisterter.

„Das klingt gut, nicht wahr?"

„Es ist gut", versicherte Meh Ping.

„Nebenwirkungen?"

„Keine. Schön, wir haben das Präparat noch nicht an Schwangeren getestet, doch insoweit sollte ein Hinweis genügen. Daran dürfte die Zulassung nicht scheitern. Auch wird das dem Siegeszug des Medikaments keinen Abbruch tun. Menschliche Gravidität dauert zum Glück nicht annähernd so lange wie die Trächtigkeit bei manchen Tieren, die paar Monate Wartezeit werden interessierte und zugleich besorgte Frauen schon durchstehen."

„Wir könnten vorsichtshalber die Warnung ein wenig schärfer fassen. Immerhin könnte es theoretisch zu einer Rückbildung der Föten kommen, nicht wahr? Und die sollen schließlich nicht verjüngt werden. Man muss immer mit der Dummheit von Patientinnen rechnen, denen die Zusammenhänge nicht klar sind."

Meh Ping machte sich eine entsprechende Notiz.

„Sonst nichts? Kontraindikationen?"

„Fehlanzeige. Der Einfluss auf sämtliche Organe wurde sorgfältig geprüft, Herz, Leber, Nieren, Magen, Darm, Lunge und so fort. Ohne irgendeinen auffälligen Befund, abgesehen von dem beabsichtigten und dem absolut positiven Re-Aging. Ebenfalls zeigen die Stoffwechselfunktionen, Zucker, Fett, Sexualhormone nicht die mindeste bedenkliche Reaktion.

Auch sie tendieren im Gegenteil ausnahmslos in die gewünschte Richtung. Alle Versuche mit den Probanden sind exakt so verlaufen, wie es die Werte im Labor erwarten ließen."

„Phantastisch. Dann können wir also grünes Licht geben?" „Das Gremium der mit dem Forschungsprogramm befassten Ärzte vertritt einstimmig diese Meinung."

Professor Lung Fu war Chef der Universitätsklinik für Anti-Aging. Jedes Mal, wenn er diesen Schriftzug über dem Portal des Hauptgebäudes sah, grinste er neuerdings. Anti-Aging, das war ein alter Hut, war Schnee von gestern, bald würde hier in riesigen Lettern die aktualisierte Fassung prangen: Re-Aging. Und diese Bezeichnung würde untrennbar mit ihm und seinen Forschungen verbunden sein. Oder klang Retro-Aging noch besser? Prägnanter? Das Präparat trug ja bereits diese beiden ersten Silben als Bestandteil in seinem Namen. Und wie wäre es mit Re-Youthing? Nun, darum sollte sich die Marketing-Agentur kümmern.

Hinter dem Professor und seinem Team lag die gründlichste, langwierigste und erfolgreichste medizinische Testreihe, an die er sich erinnern konnte, und er näherte sich bereits deutlich der Pensionsgrenze. Schließlich ging es weder um banale kosmetische Cremes oder Tinkturen noch um Tabletten, die Akne beseitigten oder hervorquellende Venen in ihre Schranken verwiesen. Nicht bloße Symptome oder störendes Beiwerk, Besenreiser, Schwangerschaftsstreifen, Orangenhaut, standen im Fokus ärztlicher Forschung, sondern das denkbar fundamentalste Anliegen der Spezialisten für die Vorgänge des Alterungsprozesses. Organum Retro Plus kehrte diese gesamte Entwicklung um, eliminierte jeglichen Verschleiß, kurz, es leistete jene Arbeit, die sich während längst vergangener Jahrhunderte einfältige Zeitgenossen vom Bad in einem imaginären Jungbrunnen versprochen hatten. Ein jüngerer Kollege hatte es auf einer kleinen feuchtfröhlichen Triumphfete am gestrigen Abend pointiert so ausgedrückt: „Kein Suppressorium zur Unterdrückung des Alters, sondern die Äpfel der Iduna, Garanten ewiger Jugend."

Damit hatte der Professor zugleich den endgültigen Sieg über die verachteten Kollegen von der Chirurgie errungen. „Schönheitschirurgie", welch albern hochtrabende Bezeichnung für das verschlimmbessernde Herumschnippeln an Nasen und Ohren, das unappetitliche Absaugen von Fett, das Verstecken von Silikonkissen, in seinen Augen eine infantile Imitation des Osterhasen, nur dass die Eier ungenießbar waren und oft genug Schmerzen verursachten.

Und vorbei waren auch die Jahrzehnte des krampfhaften, rein defensiven Lahmlegens von Alterungsgenen in Stammzellen, stets unter dem Damoklesschwert des damit allzu häufig verbundenen starken Ansteigens der Krebsrisiken.

Einige Sekunden lang schweiften Lung Fus Gedanken ab in die goldene Zukunft. Um Vermarktung brauchte er sich nicht zu sorgen, die Leute würden ihm sein Produkt aus den Händen reißen. Trotzdem überlegte er, wie man das Medikament am besten charakterisieren sollte. Jede Packung verlängert Ihr Leben um zehn Jahre? Oder: Jede Packung macht Sie zehn Jahre jünger? Das schreckte Teenager wohl eher ab, vielleicht musste man differenzieren. Nun, ein Mediziner war in der Regel kein Medienprofi, mochten sich Berufenere darum kümmern, dass jedes Wort saß.

„Unter diesen Umständen werde ich zunächst den Staatssekretär anrufen. Bitte warten Sie noch einen Moment!"

Kian Sum zeigte sich erwartungsgemäß ebenfalls hoch erfreut und zwar aus mehreren Gründen. Vor allem natürlich als das vom Ressort her zuständige Mitglied der Regierung, sodann deshalb, weil er unter der Hand maßgeblich an jenem Pharmahersteller beteiligt war, der das Produkt entwickelt hatte, und drittens lag ihm seine Frau Puan ständig in den Ohren mit der Bitte, ihr endlich dieses Wundermittel zu beschaffen.

Sicher hätte der Staatssekretär Mittel und Wege gefunden, ihrem Wunsch bereits während des Stadiums der Erprobung zu entsprechen, schließlich war er gegenüber dem Professor weisungsberechtigt, doch eine einzige, aber entscheidende Erwägung hielt ihn davon ab. Er liebte seine Frau abgöttisch und die bloße Vorstellung, ein möglicherweise noch mit Fehlern behaftetes Medikament könne ihrer Gesundheit schaden, ließ ihn schaudern. Nein, zunächst galt es, die Reaktion bei den Probanden abzuwarten.

Bereits eine Stunde nach dem Telefonat saß der Professor seinem Chef in den Räumen des Ministeriums gegenüber, gemeinsam mit Dr. Meh Ping, den er vorsorglich zur Beantwortung kniffliger Fragen mitgebracht hatte. Man konnte nie wissen, welche Details den Staatssekretär gerade besonders interessierten.

„Vorab hätte ich gern noch ein paar Auskünfte", begann Kian Sum. „Es gibt keinerlei unerwünschte Risiken?"

„Nein. Der Körper des Patienten entwickelt sich harmonisch zurück auf den Status eines kerngesunden Menschen in den besten Lebensjahren. Erworbene Mängel verschwinden völlig und sogar angeborene werden günstig beeinflusst."

„Und dann kommen die Veränderungen zum Stillstand?"

„Ja, da können sie völlig beruhigt sein. Der Prozess stoppt automatisch auf dem individuellen Höhepunkt der Funktionen, wir wollen doch keine Kleinkinder oder gar Säuglinge produzieren. Außerdem kann man die Behandlung jederzeit unterbrechen. Man setzt das Medikament ab und sofort wird genau der Zustand fixiert, den der Körper zu diesem Zeitpunkt erreicht hat."

„Ich möchte Sie um einen winzigen Gefallen bitten", sagte Kian Sum. In den Jahren seines politischen Aufstiegs hatte er unter anderem gelernt, dass man eine erbetene Leistung aus taktischen Gründen desto niedriger einstufen musste, je mehr sie einem tatsächlich am Herzen lag. Lung Fu, ohnehin gewohnt, höher Gestellten in vorauseilender Dienstfertigkeit zu begegnen, diese Haltung hatte seine Karriere überaus segensreich beeinflusst, befand sich heute zudem in der sprudelnden Spendierlaune des strahlenden Siegers. „Jeden erdenklichen", sagte er. „Sie brauchen ihn bloß zu nennen."

Der Staatssekretär lachte. „Nun, nicht gleich übertreiben, mein Lieber! Bis die Serienproduktion des neuen Medikaments anläuft, wird vermutlich noch einige Zeit verstreichen. Aber Ihnen steht es gewiss jetzt schon zur Verfügung, wenn auch wohl nicht in unbeschränkter Menge. Ich nehme jedenfalls an, dass die Versuchskaninchen nicht den gesamten Vorrat verbraucht haben?"

Professor Lung Fu schaute seinen Mitarbeiter an. Der Arzt nickte.

„Wie viel darf ich Ihnen besorgen?"

„Nicht mehr als notwendig ist, um eine einzelne Person wirksam zu behandeln."

„Entschuldigen Sie mich bitte für ein paar Minuten", sagte Meh Ping. „Ich will mich nur kurz vergewissern. Und vor allem verhindern, dass ein übereifriger Assistent die Substanz irgendwo verschwinden lässt."

„Tun Sie das!", antwortete der Staatssekretär.

Natürlich hatte der Arzt diesen Verlauf des Gesprächs vorausgesehen. Eine einzelne Person dachte er, jedermann wusste, um wen es sich dabei handelte. Jetzt, außerhalb des Amtszimmers, gestattete Meh Ping sich ein süffisantes Grinsen.

„Meinen Aktenkoffer!", sagte er zu der Sekretärin.

Er drehte sich um, damit die Frau ihn nicht beobachten konnte und entnahm dem Gepäckstück eine kleine Schachtel.

„So schnell?", sagte Kian Sum überrascht, als der Arzt ihm die Packung überreichte. „Sie haben also mitgedacht. Eine Eigenschaft, die ich durchaus zu schätzen weiß."

Meh Ping verbeugte sich.

„Sie enthält 100 Tabletten. Das reicht für drei Monate, aber wir sind sicher, dass schon weit eher ein nachhaltiger Erfolg eintritt."

„Und wenn nicht?" Die Frage war an Lung Fu gerichtet.

„Dann setzen Sie sich bitte mit mir in Verbindung, Herr Staatssekretär. Man kann unbedenklich die Dosis verdoppeln oder den Anwendungszeitraum verlängern. Beide Alternativen sind absolut harmlos."

Wieder warf der Professor Meh Ping einen Bestätigung heischenden Blick zu. „Total unbedenklich", sekundierte dieser dem Klinikchef.

In der Tat übertraf das Mittel sämtliche Erwartungen. Von Tag zu Tag glätteten sich die kaum sichtbaren Falten, die in der Einbildung seiner Frau eine weitaus größere Rolle gespielt hatten als in der Realität von Betrachtern und Spiegeln. Puans Haut ähnelte zunehmend der sprichwörtlichen eines Pfirsichs und Kian Sum schien es, als gewinne das ohnehin üppige schwarze Haar ständig an Fülle. Und wie lebhaft sie wurde, ihr munteres Plaudern glich immer mehr dem Zwitschern eines Vogels im Frühling, nein, seine Dankbarkeit kannte keine Grenzen.

„Ich werde für Sie einen besonderen Posten schaffen, der Ihrer Genialität angemessener ist", sagte er zu Lung Fu. „Rektor einer Universität wäre zu wenig. Generalinspizient aller Hochschulen des Landes, wie gefiele Ihnen das?"

Der Professor verneigte sich dankbar. Ich habe es mir auch wahrhaftig redlich verdient, dachte er.

Ungefähr eine Woche später machte der Staatssekretär eine Beobachtung, die ihn ein wenig verwirrte. Das übliche Frühstücksgetränk, wie stets von seiner Ehefrau eigenhändig zubereitet, obwohl es nicht an Personal mangelte, schmeckte ausgesprochen seltsam.

„Was hast du denn heute in den Tee getan, Schatzi?“, erkundigte er sich.

„Nun, dasselbe wie an jedem Morgen.“

Kian Sum schwieg, aber er war schon aus Gründen der Selbsterhaltung daran gewöhnt, auch der geringsten Abweichung von der Norm nachzugehen. Also begab er sich in die Küche. Neben der Teemaschine stand ein Glasschälchen. Der Staatssekretär roch an dessen Inhalt, beißender Geruch stieg ihm in die Nase. Er angelte eine der weißen Kugeln mit spitzen Fingern heraus und zeigte sie seiner Frau.

„Was ist das?“

„Zuckerkugeln, was sonst?“, sagte Puan.

„Und damit hast du den Tee gesüßt?“

„Wieso nicht?“ Die dunklen Augen in dem rosigen Gesicht strahlen unschuldig. „So magst du ihn doch am liebsten.“

„Woher hast du denn diesen Zucker?“

„Na, aus deinem Glasschrank im Arbeitszimmer.“

Dem Staatssekretär fiel es wie Schuppen von den Augen. Natürlich, die Bonbonniere mit den historischen Mottenkugeln, die er vor Jahren von einem Trödler als kleines Geschenk erhalten hatte! Noch nachträglich wurde ihm speiübel. Wenigstens ist sie nicht an Rattengift geraten, tröstete er sich mit dem abgebrühten Galgenhumor des langjährigen Politikers. Kian Sum grübelte lange, aber dann beschloss er, vorerst nichts zu unternehmen, sondern lediglich auf der Hut zu sein. Er konnte sich ja um eine einmalige kurze Irritation handeln, vielleicht hatte Puan schlecht geträumt. Aber was er während der folgenden Tage erlebte, stimmte ihn immer besorgter. Seine Frau brachte nun die einfachsten Dinge durcheinander. In zunehmender Unruhe begann er, ihr Fangfragen zu stellen. So hatte sie sich zum Beispiel vor einigen Monaten eine Urlaubsreise in die Berge gewünscht.

„Ich habe demnächst einige Tage frei. Wollen wir da wegfahren?“

„Wegfahren?“ Sie schaute ihren Mann verständnislos an.

„Ja. Zur Erholung. Ins Hochland."

Puan kicherte und antwortete zusammenhangloses Zeug. Endlich hielt Kian Sum es nicht mehr aus und bestellte den frisch gebackenen Generalinspizienten zu sich. Nach einer kurzen, etwas frostigen Unterhaltung bat er seine Frau hinzu. Bereits nach ihren ersten Worten erschrak Lung Fu zutiefst.

„Halten Sie es für möglich, dass diese signifikante Veränderung auf Ihr Wundermittel zurückzuführen ist?"

Lung Fus erster Reflex wollte ihn heftig protestieren lassen. Schuld, Fehler, falls es sie wirklich gab, gestand man grundsätzlich frühestens dann ein, wenn man sich rettungslos überführt sah. So weit war es noch lange nicht. Seine Gedanken rasten wie die einer gefangenen Maus. Dann probierte er es mit der Variante Sündenbock.

„Bevor ich zu dieser ebenso schwerwiegenden wie überraschenden Frage Stellung nehmen kann, möchte ich Dr. Meh Ping noch einmal hören."

„Einverstanden, aber ich erwarte Ihren Bericht noch heute!"

Als der Arzt zum Generalinspizienten gerufen wurde, beschlich ihn ein ungutes Gefühl. Er hatte sich zwar, seiner Überzeugung nach, nichts vorzuwerfen, aber irgendwie war ihm mulmig zu Mute. Und er brauchte nicht lange zu warten, bis seine Vorahnung bestätigt wurde.

„Sie haben also die Wirkung auf sämtliche Organe überprüft?"

„Ja."

„Auch auf das Gehirn?"

Jetzt erschrak Meh Ping ernsthaft. Ohne triftigen Grund fragte Lung Fu gewiss nicht. Und in der Tat hatten er und seine Mitarbeiter dieses Organ vernachlässigt.

„Also nicht", stellte der Professor fest. „Ihnen ist nie der Gedanke gekommen, Organum Retro Plus könne womöglich auch Demenz, Alzheimer oder ähnliche geistige Verfallserscheinungen günstig beeinflussen und unter Umständen reversibel machen? Das wäre doch ein weiteres Argument für das Mittel gewesen."

Ihnen ist das ja auch nicht eingefallen, wollte Meh Ping antworten, schluckte den Einwand allerdings sofort wieder hinunter. So diskutierte man nicht mit Vorgesetzten, das wäre in höchstem Maße ungehörig.

„Derartige Krankheiten treten doch überwiegend erst in einem höheren Alter auf, das war nicht unsere Zielgruppe!", sagte er stattdessen. „Für Organum Retro Plus sollten sich ja in erster Linie Menschen der mittleren Generation interessieren, die ihre Leistungsfähigkeit und Attraktivität schwinden sehen und für die nachlassende Lebensfreude oder gar Resignation eigentlich zu früh kommen würden."

Lung Fu ging nicht auf die Argumente des Mitarbeiters ein. Er fand keineswegs, dass sie dazu beitrugen, seine Position gegenüber dem Staatssekretär zu verbessern.

„Anscheinend reagieren die kleinen grauen Zellen anders. Die verjüngen sich mitnichten gradlinig, sondern geraten total außer Rand und Band."

Allmählich begriff Meh Ping und er fasste sich so weit, dass er von purer Verteidigung zu vorsichtiger Offensive übergehen konnte.

„Natürlich werden die Versäumnisse unverzüglich aufgearbeitet. Ich organisiere umgehend neue Testreihen zum Thema Gehirn mit älteren Probanden. Vielleicht in drei Abteilungen, 60 plus, 70 plus und 80 plus."

„Tun Sie das!"

Immer noch fühlte Lung Fu sich wie gerädert. Er hatte das Empfinden, selbst nicht mehr klar denken zu können. Was sollte das alles? Hier ging es doch einzig um Kian Sums Frau und die fiel doch gewiss in keine dieser Altersgruppen, schwätzte sein Mitarbeiter Unsinn?

Meh Ping ließ ihn nicht zur Besinnung kommen. „Wenn die Angaben des verehrten Staatssekretärs zutreffen, und daran zweifle ich nicht, dürfte es sich um einen Ausreißer handeln. Man müsste seine Frau genauer untersuchen und auch klären, ob sie noch andere Medikamente konsumiert. Jede theoretisch mögliche Wechselwirkung praktisch zu überprüfen, ist bei der Fülle am Markt kursierender Wirkstoffe ja schier unmöglich. Würde es sich um ein häufiger vorkommendes Phänomen handeln, wäre es uns gewiss aufgefallen, an den Versuchspersonen selbst und an den Rückmeldungen von Verwandten und Freunden. Könnten wir es hier nicht mit einer vorübergehenden Erscheinung zu tun haben? Einer Art Umstellungsproblem?" Das hat immerhin etwas für sich, dachte der Professor. Ein wenig erhellte sich sein trübes Gemüt. „Aber warum musste es ausgerechnet beim Staatssekretär passieren?", seufzte er. „Im Übrigen wollen wir hoffen, dass Sie mit Ihrer Diagnose richtig liegen. Aber um einen zusätzlichen Warnhinweis werden wir nicht herumkommen. Etwa in der Art, dass in seltenen Fällen Beeinträchtigungen von Gehirnfunktionen denkbar sind. Oder so ähnlich."

Immer noch mit gemischten Gefühlen begab er sich erneut zu Kian Sum. Zunächst galt es, den Schaden im Rahmen des Machbaren zu begrenzen.

„Wir sollten mit der Therapie aussetzen, bis der Sachverhalt endgültig geklärt ist. Meiner Meinung nach, und diese Einschätzung wird von sämtlichen Mitarbeitern geteilt, lässt sich ein etwaiger Fehler rasch beheben. Bitte händigen Sie mir die noch nicht verbrauchten Tabletten vorübergehend wieder aus."

Kian Sum eilte nach Hause. Die Schublade, in welcher er die Packung Organum Retro Plus deponiert hatte, war leer. Unverzüglich ließ er seine Frau rufen. Diese erschien, jünger wirkend als je, seit sie sich kannten. Mit einem geschickten Griff öffnete sie den Reißverschluss seiner Hose.

„Komm, ich bin geil auf dich!"

Der Staatssekretär wehrte sie ab. „Gleich. Erst musst du mir etwas verraten."

„Was denn?"

„Du nimmst doch jeden Morgen diese kleinen blauen Pillen?"

„Abends auch."

Verdammt, damit hatte er nicht gerechnet, aber der Professor hatte doch selbst eine Verdoppelung der Dosis als zulässige Alternative bezeichnet. Trotzdem, Puan musste wissen, wo er die Tabletten aufbewahrte, warum hatte er sie nicht sorgfältiger versteckt, warum nie gezählt?

„Ich kann die Schachtel nicht finden."

„Das brauchst du auch nicht. Hauptsache, ich weiß, wo sie ist. Ich werde davon doch jünger und nicht du. Gönnst du mir das nicht? Bist du eifersüchtig?"

Obwohl sie die ganze Zeit hindurch lichte Augenblicke gehabt hatte, waren diese doch ständig weniger geworden. Umso mehr freute es den Staatssekretär, seine Frau jetzt so vernünftig reden zu hören wie seit Tagen nicht. Gab es Anlass für neuen Optimismus? Oder hatte gerade die instinktive, animalische Schlauheit geistig Beeinträchtigter Puan gewarnt und angetrieben, die Packung in Sicherheit zu bringen? Wie geschickt sie argumentierte, von der Beschuldigten zur Anklägerin wurde!

„Ich gönne dir alles Gute, das weißt du ja. Aber diese Pillen sind nicht gut für dich."

„Auf einmal? Du hast sie mir ja selbst gebracht."

„Leider entfalten sie Nebenwirkungen, von denen ich nichts geahnt habe. Schädliche Nebenwirkungen!"

„Das glaube ich dir nicht. Schau mal!"

Mit einem Ruck ließ sie das Kleid fallen. Darunter war sie nackt. Ihre Figur ist wirklich makellos wie die einer Zwanzigjährigen, dachte der Mann und spürte seine Erregung heftig wie lange nicht mehr. Puan blickte ihn aufreizend an und begann, sich in trägen Bewegungen um die eigene Achse zu drehen. Dabei vollführte sie langsam und genussvoll ein paar eindeutige, fast zotige Gesten.

Schamlos, dachte Kian Sum, ähnlich obszön war sie früher nie gewesen. Das winzige Fünkchen Hoffnung flackerte ungewiss. Zugleich machte ihn die neue Art seiner Frau unheimlich an.

„Du bist schöner denn je. Dein Körper hat sich verjüngt, aber dein Verstand hat gelitten." Er stockte, zwischen seinen Gefühlen hin und her gerissen. War die letzte Bemerkung schon zu direkt? Du verblödest, konnte er unmöglich sagen. Außerdem wollte er den Zauber des Augenblicks nicht zerstören, der ihn mehr und mehr in seinen Bann schlug.

Zum Glück schien sie ihm seine Worte nicht übel zu nehmen, offenbar hielt sie die Behauptung über ihren Geisteszustand eher für komisch, denn sie lachte hell auf.

„Na und? Hast du dich etwa in mein Gehirn verliebt? Mein Körper ist mein Kapital, mein ganzer Stolz! Es ist tausend Mal besser, doof und schön zu sein, als klug und hässlich."

Puan hat nicht ganz unrecht, überlegte Kian Sum, gewohnt, aus jeder Situation das Beste zu machen. Wenn zumindest die große Mehrheit der weiblichen Verbraucher so reagierte, und das schien ihm plötzlich geradezu zwingend logisch, würde Organum Retro Plus tatsächlich ein Bombenerfolg. Lung Fu braucht die Rezeptur also gar nicht zu verändern, da hat er wirklich Schwein gehabt. Und ich selbst auch, meine zusätzliche Einkommensquelle aus der Beteiligung wird kräftig fließen, egal, ob einfache oder doppelte Dosis. Zudem werde ich für eine Verbreitung des Medikaments auch bei den Ministerinnen und höheren Beamtinnen sorgen, das schafft unliebsame Konkurrenz auf charmante Weise aus dem Weg.

Die beiden straffen Brüste waren nun höchstens noch knapp eine Handlänge entfernt und die kleinen Nippel ragten keck und auffordernd empor. Ich möchte ihren Hintern sehen, die verlockenden Halbkugeln, dachte er. Bei dem Schautanz vorhin hatte er viel zu wenig darauf geachtet.

Schwer atmend erhob sich der Staatssekretär. Seine Frau presste ihren Unterleib gegen den des Mannes, formte den Schoß zum Schraubstock. „Bis ins Schlafzimmer ist es viel zu weit", flüsterte sie Kian Sum ins Ohr.

Phaser

Niemand wusste, wer er war. Der Unheimliche zog eine Spur durch das Land, keine breite, sondern eher einen verschlungenen Wanderpfad, vorerst zumindest. Links und rechts dieser Spur erstarrten die Menschen. Bei einem flüchtigen Hinschauen mochten die Statuen an Bewohner des Dornröschen-Schlosses erinnern, nach dem Fluch der bösen Fee. Auf den zweiten Blick erwies sich die Lage jedoch als weitaus ernster, denn offensichtlich gab es keinen weiteren wohlgesinnten Geist, der eine Rückverwandlung ermöglichte.

Die Betroffenen verharrten nicht nur anscheinend leblos in manchmal geradezu lächerlich anmutenden Positionen, dem Binden der Schnürbänder, dem Hochziehen eines vergessenen Reißverschlusses oder Heiklerem, sondern sie siechten dahin. Ihnen geschah dasselbe, was normalen Menschen widerfährt, wenn sie weder feste noch flüssige Nahrung zu sich nehmen. Freilich spielte sich dieser Vorgang in einer Art Zeitraffer ab. Bereits nach wenigen Stunden stießen sie einen grässlichen Schrei aus und lösten sich gleichsam in Luft auf.

Anfangs hatte man versucht, einige von ihnen, die rasch eine Intensivstation erreichten, künstlich zu ernähren, aber war es schon schwierig genug gewesen, sie in ihren oft bizarren Stellungen, die man nicht korrigieren konnte, erst in den Krankenwagen und dann ins Hospital zu bringen, so erwies es sich geradezu als unmöglich, ihnen die unbedingt notwendigen Nährstoffe zuzuführen. Die hermetisch geschlossenen Münder verriegelten jeden Zugang zur Speiseröhre. Zugleich scheiterten alle Bemühungen, den welkenden Körpern intravenös irgendwelche Substanzen einzuflößen. Zwar schien zunächst das Anlegen von Nadeln und Schläuchen zu gelingen, doch rasch erwies sich dieser Eindruck als trügerisch. Bereits in den obersten Schichten der Haut, keinen Millimeter tief, stockten die Versuche, verbogen sich die Kanülen, brachen ab. Das Innere der Patienten wirkte wie versiegelt, mit einer undurchdringlichen Sperre versehen, die keinen einzigen Tropfen durchließ.

„Man müsste schon zum Schlagbohrer greifen!", sagte einer der Ärzte resignierend.

„Gegen Magie helfen auch keine Werkzeuge aus dem Baumarkt", entgegnete Hilfsschwester Erika.

Der Arzt warf ihr einen spöttischen Blick zu. „Sie sollten sich lieber niveauvollere Filme anschauen als solchen Unsinn oder vernünftige Bücher lesen!"

Zu Beginn der Epidemie plagten sich örtliche Dienststellen der Kriminalpolizei erfolglos mit diesen Fällen ab. Der Ausdruck „Epidemie" bürgerte sich unter dem Eindruck der anschwellenden Zahl Betroffener ein, obwohl niemand ernsthaft an eine Seuche im medizinischen Sinn glaubte, dafür fehlte es an erkennbaren Berührungspunkten der Opfer. Vor Formulierungen wie etwa „Katastrophe" schreckte man einstweilen zurück, um nicht die stets latent schwelende Hysterie der Massen zum Flächenbrand werden zu lassen. Doch bald bildeten die Behörden Sonderkommissionen und knapp zwei Wochen nach den ersten Fällen schaltete sich die globale Taskforce ein, obwohl das rätselhafte Phänomen bislang nur zwei, drei Länder betraf.

Im Hauptquartier dieser Einheit hingen Landkarten an sämtlichen Wänden. Manche sahen unberührt aus, auf anderen durchfurchten Schlangenlinien in alarmierendem Rot das eintönige Weiß.

„Es ist ja höchst einfach, deren Verlauf zu verfolgen", sagte Minister Fireman ungeduldig. „Anschließend braucht man bloß um den letzten Punkt einen entsprechenden Halbkreis zu schlagen, dann hat man ein relativ kleines Gebiet abgesteckt, innerhalb dessen der Dreckskerl beim nächsten Mal zuschlagen wird. Was soll daran schwierig sein? Wenn Sie mehr

Leute benötigen, sagen Sie es einfach! Die Sache hat absoluten Vorrang!"

Dreckskerl, dachte Chefinspektor Hammermill. Dieses Wort entsprach absolut nicht der üblichen Terminologie des Ministers. Er musste ziemlich außer Kontrolle geraten sein, aber war das ein Wunder?

„In jedem der nach diesem System zu observierenden Bezirke halten sich Tausende von Leuten auf, vielleicht sogar Hunderttausende, wenn wir an Ballungsräume geraten. Und der Täter bevorzugt offenbar zunehmend belebte Gegenden. Bis wir auch nur einen Bruchteil der dortigen Bevölkerung überprüfen können, ist er längst über alle Berge."

„Dann muss man den Radius eben großzügiger ansetzen und die Einsatzkräfte entsprechend verstärken. Außerdem kommt ja nur ein Bruchteil der Menschen in Betracht, ständige Einwohner zum Beispiel dürften von vornherein durch das Raster fallen. Gibt es denn keine Aussagen von Zeugen, die etwas beobachtet haben?"

„Schon, leider sind die Hinweise völlig unbrauchbar. Mehrfach ist die Rede von einem dunklen Schatten, der blitzschnell vorüberhuscht. Auch wird die Erscheinung als giftiger Nebel beschrieben. Andere wollen ein Tier gesehen haben, einen Hund zumeist, der an den späteren Opfern hochgesprungen sein soll. Die Zeugen wirken an sich seriös, freilich kann man mit ihren Wahrnehmungen praktisch nichts anfangen. Spinner, die von Graf Dracula faseln, schicken wir natürlich auf der Stelle nach Hause."

Eine heftige Diskussion setzte ein und an deren Ende stand kaum mehr als ein dürftiges Bündel von Maßnahmen, deren wesentlichste Substanz Aktivismus um jeden Preis lautete.

Während der folgenden Tage überstürzten sich die Ereignisse. „Es ist keine Schlangenlinie mehr, Chef!", meldete Hauptkommissar Greg Swinsky.

„Sondern?"

„Spielen Sie Schach?"

„Was soll das?", fragte Hammermill unwirsch. „Ich bin nicht zum Rätselraten aufgelegt. Reden Sie Klartext oder halten Sie den Schnabel!"

„Pardon. Aber der Täter bewegt sich neuerdings ungefähr nach Art eines Springers. Andere bezeichnen diese Figur als Pferd oder Rössel."

„Soll das heißen, dass die Theorie vom Radius nicht mehr funktioniert?"

„Jedenfalls nicht, wenn man von einer bestimmten Richtung ausgeht und die Fahndungsfläche entsprechend auf einen Halbkreis reduziert. Wir müssten jetzt auch rückwärtige Gebiete einbeziehen. Man könnte von einem Hasen sprechen, der Haken schlägt."

„Vielleicht haben wir es ja nicht nur mit einem Einzelnen zu tun?"

Eine ganze Bande? Diese Vorstellung legte sich lähmend über die Anwesenden. Im Stillen hatte der eine oder andere bereits daran gedacht, aber nun stand sie als Möglichkeit offen im Raum.

Diese Diskussion fand an einem Montag statt und bildete den Auftakt zu einer ereignisreichen Woche. Am Dienstag wurden die Medien geradezu überflutet von einer Fülle synchroner Informationen. Sie erschienen zeitgleich auf sämtlichen Bildschirmen privater, dienstlicher und kommerzieller Computer, übersprangen mühelos die Abwehrsysteme gegen unerwünschte Post. Der Text unterbrach Sendungen in Fernsehen und Rundfunk, Telefongespräche und intime SMS, ja, er löschte automatisch die Meldungen auf der Titelseite jeder Zeitung, fand sich in jedem Briefkasten.

Die Nachricht verkündete, dass eine außerirdische Rasse im Begriff sei, die Macht zu ergreifen. Die bisherigen Beweise ihrer Überlegenheit sollten als eindringliche Warnung genügen, die Menschheit zur Kooperation zu veranlassen. Akzeptiere man, werde den Bewohnern der Erde das von ihnen „Afrika" genannte Territorium als Reservat unter Oberaufsicht der neuen Herren belassen, alle anderen Kontinente seien zügig zu räumen. Akzeptiere man nicht, würde man schon sehen, was man davon habe. Die Verantwortung für künftige Geschehnisse trügen alsdann einzig die terrestrischen Instanzen. Mit der Antwort könne man sich übrigens Zeit lassen. Etwa notwendige weitere Operationen begännen erst in zehn Stunden.

Schlagartig brach fast überall Panik aus. Im Süden Europas setze eine gewaltige Fluchtbewegung nach Afrika ein. Sämtliche Kapazitäten der Linienflüge und Fährverbindungen waren per Internet binnen zehn Minuten ausgebucht und die Preise für Kauf oder Charter von Jachten schnellten in astronomische Höhen. Regierungen der südlichen Anrainerstaaten des Mittelmeeres zwischen Gibraltar und Suezkanal drohten mit dem Abschuss nicht genehmigter Jets und einer Verminung der Küstengewässer. Ägypten leitete die Räumung des Sinai ein und auf den Inseln des Indischen Ozeans wurde zur Klarstellung das Fertigen riesiger Tücher mit der Aufschrift „Afrika" angeordnet. Während Militär und Zivilgarden sich mühten, einsetzende Plünderungen zu verhindern, tagten die Mitglieder des Sicherheitsrates in wachsender Hektik.

„Wir müssen das Ultimatum annehmen!", forderten selbst ernannte Realisten. „Man kann nicht gegen Feinde kämpfen, die man nicht sieht, von denen man nichts weiß und die derart überlegen sind."

Diejenigen, die einer anderen Meinung zuneigten, gerieten mehr und mehr in die Minderheit. Folglich wichen sie auf Formalien aus. „Niemand weiß, wie wir diesen dubiosen Existenzen unsere Entscheidung übermitteln sollen", hieß es. „Etwa dadurch, dass wir stillschweigend in den Kongo übersiedeln?" Der Sprecher wurde sofort scharf gerügt. „Eine derartige Äußerung ist absolut unangemessen! Unsere Situation ist alles andere als lächerlich. Schließlich geht es um das Überleben der Menschheit. Zudem kann die Diffamierung eines bestimmten Landes nicht geduldet werden."

„Na, dann können wir ja unsere Arbeit einstellen", sagte Chefinspektor Hammermill.

Swinsky, gerade mit einem Telefonat beschäftigt, fuchtelte aufgeregt mit den Armen. Sein Vorgesetzter blickte irritiert zu ihm hinüber. Was sollte diese Aufgeregtheit denn noch? Die Schlacht war geschlagen und verloren. Der Hauptkommissar legte den Hörer auf.

„Ein Zeuge! In fünf Minuten will er hier sein."

„Der tausendste. Das Kind liegt längst endgültig im Brunnen. Kümmern Sie sich lieber um ein Ticket nach Tanger oder Kapstadt!"

„Diesmal klingt es völlig anders! Der Anrufer hat eben in dem Augenblick, als ein unheimlicher Schatten auf ihn zuflog, seiner Behauptung nach unzweifelhaft der Täter oder doch einer von mehreren Tätern, geistesgegenwärtig auf den Auslöser seiner Kamera gedrückt."

Irgendetwas an dieser Geschichte faszinierte den Chefinspektor. Außerdem wirkte Swinsky ungewöhnlich überzeugt.

„Meinetwegen. Dann hören wir uns das mal an. Falls der Mann überhaupt erscheint. Ist das Foto denn aussagekräftig? Kann man mehr darauf erkennen als diesen ominösen Schatten?"

„Warten Sie es ab! Ich habe Ihnen noch gar nicht alle Details erzählt, es kommt noch viel sensationeller, aber verschaffen Sie sich selbst einen Eindruck!"

Der Zeuge mochte Anfang der Dreißiger sein, Berufsfotograf, ständig auf der Suche nach geeigneten Motiven, daher auch seine schnelle Reaktion. Er zog ein Päckchen aus der Jackentasche. „Hier sind die Fotos! Mein Name ist übrigens Matt Killborn."

Gleich das erste Bild beeindruckte die Kriminalbeamten.

„Zweifellos ein Schatten, wie ihn mehrere Leute beschrieben haben", sagte Hammermill. Hastig blätterte er weiter. Die Fotos waren so rasch nacheinander geschossen, dass die Sequenz fast wie ein Film wirkte. Auf dem zweiten Bild sah der Schatten noch schwärzer, kompakter, drohender aus. Auf dem dritten war er verschwunden und auch sämtliche weiteren Aufnahmen zeigten nichts als Häuser, Bäume, Autos und harmlose Passanten.

„Wo ist er geblieben?", fragte der Chefinspektor. „Ich habe den Eindruck, dass er sich in Luft aufgelöst hat."

„Das hat er auch", bestätigte Matt Killborn.

„Aber wie erklären Sie sich das?"

„Ich weiß es auch nicht?"

Swinsky betrachtete die Abzüge genauer.

„Es sieht aus, als hätten Sie mit Blitzlicht gearbeitet."

„Anfangs nicht, das schien nicht notwendig, die Dämmerung hatte eben erst eingesetzt. Aber schon bei der zweiten Aufnahme schaltete sich der Blitz automatisch an. Ich vermute, dass der wachsende Schatten inzwischen zu viel von der abnehmenden Helligkeit absorbiert hat, um weiterhin normale Aufnahmen von hinreichender Qualität zu gestatten."

„Das ist es!", rief der Hauptkommissar. „Der plötzliche grelle Schein hat dieses unheimliche Wesen zerstört! Ich muss wissen, wann, wie und wo sich die früheren Attentate ereignet haben! Schien die Sonne? Gab es dort künstliche Lichtquellen, Neonröhren, sonstige Reklamebeleuchtung zum Beispiel?"

Hammermill begriff und bereits nach zehn Minuten stand das Ergebnis fest. Sämtliche Vorfälle waren bei Nacht oder wenigstens im Zwielicht, etwa bei wolkenverhangenem Himmel geschehen.

„Licht also! Verbinden Sie mich sofort mit Fireman!"

Der Minister seinerseits informierte auf der Stelle den Sicherheitsrat. Gleichzeitig erließ er die Weisung, in dem gesamten als gefährdet gekennzeichneten Gebiet auf ein bestimmtes Signal hin jedes verfügbare Licht in höchstmöglicher Stärke einzuschalten. Dann rief er abermals den Leiter der Sonderkommission an.

„Falls das wirklich klappt, sind wir Ihnen und Ihrem Team zu höchstem Dank verpflichtet!", sagte er zu Hammermill.

Greg Swinsky schob seinem Vorgesetzten einen Zettel zu. Der las ihn und nickte.

„Noch ein kleiner Hinweis, Herr Minister: Wir sollten nach Möglichkeit auf Zeit spielen. Die Außerirdischen haben beim Timing erstaunlich wenig Geschick bewiesen, als intelligente Wesen müssten sie eigentlich ihre Stärken und vor allem Schwächen besser kennen und berücksichtigen. Doch vielleicht haben sie einfach einige Besonderheiten des irdischen Jahres, die Bedeutung der Breitengrade übersehen? Bei uns sind ja eben jetzt die Wochen der kürzesten Nächte, in wenigen Stunden geht die Sonne auf. Nach den Prognosen wird es ein ausgesprochen heiterer Tag. Unter solch günstigen Umständen vervielfachen sich unsere Chancen. Was das Tagesgestirn an natürlichen Lux liefert, brauchen wir nicht mühsam zu erzeugen. Unser eigener Aufwand bedeutet dann zusätzliche Potenz."

„Oder die ungeladenen Gäste stehen unter so großem Druck, dass sie gezwungen sind, Hals über Kopf zu handeln?", sagte der Minister nachdenklich. „Auch das wäre ein positives Signal."

An der Stirnseite des Konferenztisches, direkt neben dem Sessel des Präsidenten des Sicherheitsrates erschien eine dunkle Wolke. Aus ihrem Zentrum ertönte eine synthetisch klingende Stimme. „Nehmen Sie unser Ultimatum an?"

„Wir haben uns noch nicht geeinigt, die Frist war zu kurz. Das Problem ist zu gewaltig, die Beratungen dauern länger."

„Abgelehnt! Zehn Stunden sind zehn Stunden. Also, ja oder nein?"

Der Sekretär des Vorsitzenden griff zu der unmittelbar nach Firemans Anruf beschafften Hochleistungs-Taschenlampe und richtete den Halogenstrahl mitten auf das diffuse Wabern. Ein seltsames Quieken war zu hören, das an ein tödlich getroffenes Meerschweinchen erinnerte, und die Wolke zerstob.

„Es funktioniert tatsächlich!", sagte der Präsident aufatmend.

„Anscheinend sind wir noch einmal mit einem blauen Auge davongekommen."

Das Männerhaus

Miroslaw Branitzky stand unter der Brause und pfiff vergnügt vor sich hin. Meine Frau würde das nie tun, dachte er. Frauen sind eben anders, da hat die Regierung schon Recht. Zugleich beschloss er, den Duschvorgang heute ein wenig abzukürzen. Bereits beim Aufstehen hatte er dem Kuckuck gelauscht und später durch das geöffnete Fenster in tiefen Zügen die frische Gartenluft eingeatmet. Jenseits der Terrasse brachen die Knospen der Rhododendren auf, seine Lieblingsblüten, bei deren Anblick er oft bedauerte, dass er sie nicht den ganzen Sommer über bewundern konnte. Er hatte die Büsche in allen möglichen Farben gepflanzt, dem traditionellen Violett und Rot, aber auch in Weiß, in Gelb und dem neuen den Kornblumen abgeguckten Blau. Ausgefallene Mischungen waren darunter und bald würden mannigfaltige Muster sichtbar werden, gerade Streifen, geringelte Schlangenlinien, sogar Monde, Sterne, Kometen. Im Grunde hielt er nicht viel von Hybriden, doch manchmal überwogen eben irrationale Bedürfnisse.

Seine Frau war bereits vor einer Stunde zur Arbeit gefahren. Er selbst hatte bis spät in die Nacht am Computer gesessen und zum Ausgleich ausgiebiger geschlafen, als es seiner Gewohnheit entsprach. Die Morgengymnastik ließ er ausfallen, nicht das erste Mal, und im Moment empfand er kein Bedauern darüber. Länger als ein Jahr hielt er nun schon sein Gewicht, glich üppige Tagungsbankette durch Fasten aus, das sollte genügen. Irgendwann musste man sich eben verabschieden von Fetischen wie Waschbrettbauch und ewiger Jugend, schließlich hatte er im vergangenen Winter die Vierzig überschritten, eine der großen runden Zahlen voller Magie.

Miroslaw stellte das Wasser ab und griff zum Badetuch. In diesem Augenblick hörte er das Läuten an der Haustür, stürmisch, drängend. Während er in den Morgenmantel schlüpfte, halb nass, checkte er fast automatisch verschiedene Szenarien ab. Steuerfahndung? Die kam früher. Eine sonstige unerfreuliche Nachricht? Vielleicht hatte das Rauschen seit geraumer Zeit die Klingeltöne verdeckt, ein an sich harmloser Besucher war darüber ungeduldig geworden? Der Wagen in der Einfahrt ließ darauf schließen, dass der Hausherr daheim war.

„Ich komme!", rief Miroslaw durchs Treppenhaus, es war hell, der Umweg über die Gegensprechanlage schien überflüssig.

„Einen Moment bitte!"

Draußen standen ein Mann und eine Frau, schlicht, aber sauber gekleidet. Zeugen Jehovas, dachte Miroslaw, die treten stets im Doppelpack auf, die Sekte ist einfach nicht auszurotten. Unter dem Arm trug der Mann eine Mappe, in der wohl das Werbematerial steckte.

„Daran bin ich nicht interessiert", sagte Branitzky, bevor einer der beiden den Mund öffnen konnte. „Guten Tag!"

Er wollte die Tür schließen, doch der Mann schob einen Fuß dazwischen. Eine kräftige Gestalt, dacht Branitzky. Der Kerl könnte Preisboxer sein, Türsteher, Bodyguard. Zu dumm, dass er das Handy im Bad vergessen hatte. Jetzt musste er pokern. Miroslaw schob die rechte Hand betont auffällig in die Tasche. Mochten sie doch an ein Telefon glauben oder an einen Revolver.

„Wenn Sie nicht sofort verschwinden, rufe ich die Polizei!"

„Das werden wir Ihnen ersparen." Die Stimme der Frau klang hell und scharf, beinahe schrill.

„Wir sind die Polizei."

Mit synchronen Bewegungen, die an Paare beim Eislauf oder Turmspringen erinnerten, zückten die Besucher kleine Plastikkärtchen. Amtliche Stempel befanden sich darauf, Lichtbilder, verschlüsselte biometrische Daten.

„Sie dürfen die Ausweise selbstverständlich prüfen. So viel Zeit muss sein."

Branitzky studierte die Legitimationen, die auf Sarah Slimstone und Frank Summerfoot lauteten, und spürte aufsteigende Besorgnis. Das waren keine normalen Polizeibeamten in Zivil, sondern Bedienstete einer jüngst erst geschaffenen Behörde, um die sich wildeste Gerüchte rankten. „Amt für Sicherstellung der Rechte von Frauen" nannte sie sich. Im Volksmund hießen die Angehörigen jener Institution, deren Aufgabe gemäß amtlicher Darstellung darin bestand, das Verbot geschlechtlicher Diskreditierung, Diffamierung und Egalisierung durchzusetzen, schlicht „DDE-Truppe".

„Wo ist Ihre Frau?"

„Im Büro. Sie arbeitet bei einem Rechtsanwalt."

„Während Sie hier auf der faulen Haut liegen? Sie beuten Ihre Frau aus!"

„Das tue ich nicht!", antwortete Branitzky empört. „Ich übe ebenfalls einen Beruf aus."

„Zuhälter?", fragte die Frau spöttisch.

Mit denen kann man nicht diskutieren, dachte Miroslaw. Aber er wäre ohnehin nicht zu Wort gekommen.

„Wer steht denn als Eigentümer dieses Hauses im Grundbuch?"

„Ich. Es ist ein Erbe von meiner Mutter."

„Da haben wir ja gleich zwei schwerwiegende Straftaten. Erstens dürfen Männer nichts von Frauen erben. Nun, das wollen wir übersehen, vermutlich galten zu der Zeit noch andere Gesetze. Aber nach heutiger Rechtslage mussten Sie das Gebäude bis zum 31. März auf eine weibliche Person umschreiben lassen. Diese Übertragung ist nicht geschehen."

„Kann man das nicht nachholen?"

„Das muss man sogar! Doch die Amnestiefrist ist abgelaufen. Im Übrigen liegen weitere Anzeigen gegen Sie vor."

Mit atemberaubender Geschwindigkeit begann die Polizistin, von einem Notizblock die angeblich von Branitzky begangenen Delikte abzulesen. Demnach hatte er eine Kellnerin nicht mit dem nötigen Respekt behandelt, sein Auto nicht frühzeitig genug vor einer Fußgängerin angehalten, sich nicht von einer Parkbank erhoben, um zwei Spaziergängerinnen Platz zu machen. Es war eine lange Liste.

„Was folgt daraus?"

„Dass ich auch nur ein Mensch bin!", erwiderte Miroslaw.

„Nein. Dass Sie ein Macho sind!"

Jetzt erschrak Branitzky ernsthaft. Das war so ungefähr der schlimmste Vorwurf, der gegen einen Mann erhoben werden konnte.

„Fragen Sie doch meine Frau! Die wird Ihnen das Gegenteil bestätigen."

„Ihre Frau ist Partei, eine etwaige Aussage zu Ihren Gunsten also nichts wert. Leider neigen manche Frauen immer noch dazu, ihre Männer in Schutz zu nehmen. Nein, wir werden ein psychologisches Gutachten erstellen lassen, in früheren Jahrhunderten auch ‚Idiotentest' genannt. Ziehen Sie sich an, wir müssen Sie mitnehmen!"

Jeder Einwohner der Stadt kannte den historischen Kappelhof. Er lag weniger als zwei Kilometer vom Zentrum entfernt, dort, wo die geschlossene Bebauung über einen schmalen Gürtel aus Schrebergärten, mit ihren überwiegend illegal erweiterten Lauben, allmählich in der Weite des Landes versickerte. Noch vor einem halben Jahrhundert war der Kappelhof ein beliebtes Ausflugsziel gewesen. Besonders an Wochenenden und Feiertagen, wie Himmelfahrt und Pfingsten, hatten die Städter ihn gern aufgesucht. Das Lokal mit seinen rustikalen Speisen, dem selbst gebrauten Bier und dem eigenhändig gebackenen und mit den Früchten des Gartens belegten Kuchen hatte Wanderer zu Fuß oder auf dem Fahrrad ebenso angezogen wie bequemere Autofahrer. Aber diese glücklichen Zeiten waren längst vorüber. Mit dem Verlust seiner Funktion als Oase friedlicher Erholung entglitt der Kappelhof nach und nach dem Bewusstsein der nachwachsenden Generation. Die Älteren erwähnten ihn kaum noch; der Gedanke an seine frühere Bestimmung erinnerte sie schmerzhaft an die Vergänglichkeit der Jugend und seine angebliche neueste Aufgabe gemahnte viele von ihnen fatal an bereits gegenwärtige oder befürchtete Komplikationen ihrer Existenz. Denn über diese Einrichtung kursierten wilde Gerüchte. Enteignet sei er worden, verstaatlicht, verkommen zu einer missratenen Kreuzung aus Klinik und Gefängnis, hieß es, oder, geringfügig positiver, ein mieses Asyl, letzter Ausweg aus einer Zwangslage. Das mochte sich in der Theorie noch erträglich anhören, aber sobald man ernsthaft auf ihn angewiesen war, ihn geradezu einschlagen musste, wich auch die letzte barmherzige Zweideutigkeit harter Realität und das war nun ein ganz anderes Ding.

Heute also mied man den Kappelhof eher, falls man nicht gezwungen wurde, nähere Bekanntschaft mit ihm zu schließen. Dafür war er jetzt weit über die Grenzen des Kreises, ja, der ganzen Region hinaus zu einem Begriff geworden, der geradezu für die gesamte Gattung derartiger seit Kurzem wie Pilze aus dem Boden schießender Einrichtungen stand. Und diese Entwicklung des Namens zu einer Art Typenbezeichnung, einem allgemein anerkannten Flaggschiff des Genres erwies sich für die Verantwortlichen als äußerst segensreich. Bei weniger Informierten entfiel so ein großer Teil der Scheu, die mit dem offiziellen Titel dieser Institution untrennbar verbunden gewesen wäre.

„Sie wissen, wozu wir da sind?", erkundigte sich der Arzt bei der Eingangsuntersuchung.

„Eigentlich nicht", sagte Miroslaw Branitzky.

„Aber Ihnen ist doch bewusst, dass Sie mit Ihrer geradezu neurotischen Widerspenstigkeit gegen einen Eckpfeiler der Verfassung verstoßen haben? Oder sollte Ihnen die letzte Anpassung an internationale Standards entgangen sein?"

„Nein", gestand Miroslaw kleinlaut. „Das wurde ja überall verkündet. Ich bin mir durchaus meiner Schuld bewusst, aber in meinem Alter wird es immer schwerer, jede Kehrtwendung auf der Stelle innerlich nachzuvollziehen. Ich bin schließlich keine Dreißig mehr."

Angesichts seiner schwachen Position hielt er es für Erfolg versprechender, kleine Brötchen zu backen.

„Kehrtwendung? Korrekter wäre wohl der Begriff ‚Fortentwicklung'." Der Arzt betrachtete den neuen Patienten forschend. Mitleid lag nicht in seinem Blick, eher Geringschätzung. „Noch vor ein paar Jahren haben wir solche Störungen konservativ behandelt. Psychotherapie, einzeln oder in Gruppen, des einen Freud, des anderen Leid. Das war aber erstens zu aufwendig, kostete viel Zeit und also Geld der Versicherten und Steuerzahler und zweitens stellte der angestrebte Erfolg sich nicht zuverlässig ein, Seelenklempnerei ohne richtiges Werkzeug. Seit es die Transplantation von Genen gibt, ist alles bedeutend einfacher geworden."

Miroslaw schaute sein Gegenüber zweifelnd an. Dr. Frisch lachte. „Nun machen Sie nicht ein so griesgrämiges Gesicht! Der Eingriff ist längst Routine, ein wahres Kinderspiel! Sie spüren fast nichts. Hinterher werden Sie gar nicht begreifen, wieso Sie früher Schwierigkeiten gehabt haben, sich Ihrer Frau unterzuordnen."

„Und wenn ich mich nicht derart verändern will?"

Der Arzt wurde ernst. „Unbehandelt steuern Sie bei Ihren Genen direkt in den Abgrund. Weitere Probleme sind vorprogrammiert, schließlich wurden Sie nicht ohne Grund hier eingewiesen. Selbst wenn Sie entlassen werden sollten, darüber entscheide letztlich nicht ich, wird die zuständige Beauftragte für Sicherung der Geschlechterhierarchie Sie genauestens observieren. Bei jedem Verstoß, und die bleiben sicher nicht aus, wird sie Sie erst verwarnen, dann Ihnen Bußgelder auferlegen und endlich Ihre erneute Einweisung veranlassen. Spätestens zu diesem Zeitpunkt bleibt Ihnen nur noch die Wahl zwischen lebenslänglicher Sicherungsverwahrung und gründlicher Therapie. Im zweiten Fall, für den Sie sich gewiss entscheiden werden, landen Sie unweigerlich abermals bei mir oder einem Kollegen. Wozu also dieser Umweg? Außerdem wird man Ihnen vermutlich die jetzt noch mögliche Option verweigern, Sie ohne langes Federlesen kastrieren, und zwar per Totalresektion. Die Hoden werden entfernt, ebenso der Penis, das Symbol und Tatwerkzeug männlicher Arroganz. Sie erhalten selbstverständlich einen künstlichen Ausgang für den Harn und bei guter Führung nach drei Jahren eine monatliche Windelbeihilfe vom Sozialamt. Derartige Einzelheiten stehen nicht im Gesetz, wohl aber in der zweiten Durchführungsverordnung. Einfache Bürger können die nicht nachlesen, aber wir als verantwortlich durchführende Organe müssen solche Details schließlich kennen. Wie sollten unsere Chirurgen sonst regierungskonform operieren?"

Das durfte ja wohl nicht wahr sein! Miroslaw musterte sein Gegenüber, doch er wurde nicht schlau aus dem nun ausgesprochen maskenhaften Gesicht über dem weißen Kittel. Nein, gewiss übertrieb Dr. Frisch! War er ein Amtsarzt? Angehöriger des Öffentlichen Dienstes? Oder hatte man den Kappelhof reprivatisiert? Beamte standen sich nicht schlecht, Sicherheit, regelmäßig steigende Bezüge, Pensionen. Anders sah es aus, falls Dr. Frisch Angestellter eines freien Unternehmens oder eines Konzerns war. Aber egal, höheres Einkommen strebten vermutlich alle an. Vielleicht wollte dieser Medizinmann ja auch bloß bluffen, den ohnehin verunsicherten Patienten zusätzlich unter Druck setzen, um ihn anschließend desto kräftiger melken zu können?

Miroslaws Entsetzen legte sich ein wenig. „Ich habe gedacht, dies ist ein Männerhaus?", sagte er relativ gelassen.

„Natürlich. Aber anscheinend haben Sie völlig falsche Vorstellungen von einer solchen Institution."

„Früher gab es Frauenhäuser", sagte Branitzky trotzig. „Dies ist ja wohl das moderne Pendant dazu."

Jetzt schlug Dr. Frisch sich vor Lachen auf die Schenkel. „Und da dachten Sie, hier könnten Sie trocken überwintern? Geschützt sogar vor der so genannten ‚DDE-Truppe'? So lange, bis Ihre Gattin nach Ihnen schaut und Sie womöglich herausholt? Nun wird mir manches klar, Ihre törichten Einlassungen gegenüber der Kontrollstreife, das Ablehnen gut gemeinter Angebote. Nein, mein Lieber, wir sind kein gemütliches Heim, sondern im günstigsten Fall eine Durchlaufstation. Hinein, Spritze, hinaus. Die Kostensituation zwingt überall zu raschem Umschlag und das ist gut so. Ärzte sollen handeln und nicht labern! Wer länger hier bleiben muss, verschwindet hinter Stahl und Beton. Die automatische Ernährung mit Konzentraten ist billig und jede ernstere Krankheit führt zu biologischer Lösung."

Miroslaw verschlug es die Sprache, solche Details waren der Öffentlichkeit unbekannt. Wieder beobachtete sein Gegenüber ihn aufmerksam. Plötzlich wechselte er den Ton. „Wie viel wäre Ihnen denn eine aus Ihrer Sicht zufrieden stellende Behandlung wert?"

Aha, dachte Miroslaw, ich lag doch nicht ganz verkehrt. Der Peitsche folgt das Zuckerbrot. „Ich bin in der gesetzlichen Versicherung", sagte er langsam.

Der Arzt schnippte ungeduldig mit den Fingern. „Das weiß ich. Aber offenbar spekulieren Sie ja auf Extraleistungen. Sind Sie solvent?"

Im Geist überschlug Branitzky sein Vermögen. Das Anwesen war schuldenfrei, eine Beleihung dürfte nicht ausgeschlossen sein. Falls man ihn nicht enteignete.

Als er diese Sachlage schilderte, nickte Dr. Frisch zufrieden. „Wenn Ihre Frau mitspielt, lässt sich das organisieren. Für 50000 Dollar könnte ich Ihnen einen anderen Vorschlag machen. Ihre Widerstandskraft gegen die gesetzliche Lebensform der Gynokratie ist ja leider nicht genügend geschwächt. Wir könnten Sie gleichwohl auf die eine oder andere Weise völlig

eliminieren, wie es unserer Zielvorgabe entspricht. Oder ..."
Er machte eine Pause. „Wir könnten sie umgekehrt so stärken, dass Sie sich nachhaltig gegen die weiblichen Ansprüche auf Vorherrschaft durchzusetzen vermögen. Diese Art der Behandlung wäre freilich illegal."
„Aber eben möglich."
„Sie sind doch intelligent. Ich müsste Ihre Gene entgegen der Anweisung verändern, meine Berichte frisieren, das Resultat meiner Behandlung darin auf den Kopf stellen. Oder ich müsste Ausreden erfinden, zum Beispiel behaupten, dass Sie entwichen sind, und die Schuld an Ihrer negativen Veränderung, falls man Sie erwischt, dem Großen Unbekannten in die Schuhe schieben. Ersteres wird sehr schwer, dem Misstrauen der staatlichen Geschlechtspolizei entgeht selten etwas. Wissen Sie, wie wir diese Ihnen als ‚DDE-Truppe‘ bekannte Sondereinheit unter uns Medizinern auch nennen? S&G – Schau und Greif. Und wenn ich Sie als flüchtig anzeige und Sie durch einen blöden Zufall oder wegen Ihrer Unbeholfenheit ertappt werden, bin ich möglicherweise trotz aller Ausreden dran. Die haben Verhörmethoden, die man niemandem auch nur als Alpträume wünschen mag. Das sehen Sie ja wohl ein!"
Als Miroslaw schwieg, setzte der Arzt seinen Monolog fort.
„Sie brauchten bei der zweiten Alternative, die wahrscheinlich die risikoärmere und für Sie schonendere ist, also eine neue Identität und müssen das Land verlassen. Wäre Ihnen der kleine Luxus männlicher Unabhängigkeit das wert?"
„Kann ich das mit meiner Frau erörtern?"
„In meiner Gegenwart ja. Aber eins sage ich Ihnen gleich: Sollten Sie Ihre Frau mitnehmen wollen, verdoppelt sich der Preis."

„Wir müssen Frau Branitzky beschatten!", sagte Sarah Slimstone zu Frank Summerfoot. „Ich traue diesem Frisch nicht über den Weg. Er pflegt neuerdings einen Lebensstil, den er sich legal schwerlich leisten kann."

„Du meinst, er hintergeht uns?"

„Ja. Eigentlich hätte ich ihn wo nicht für loyaler, so doch für intelligenter gehalten. Vermutlich hat der gute Doktor George Orwell nicht gelesen."

Frank schwieg. Er mochte seiner Partnerin nicht eingestehen, dass auch ihm der Name dieses Autors absolut nichts sagte.

„Und wenn dem so ist, gibt uns der aktuelle Fall vielleicht eine günstige Gelegenheit, ihn zu überführen", fuhr sie fort. „Dieser Branitzky ist nicht ganz arm und arme Teufel können niemanden bestechen."

In der Tat fuhr Mildred Branitzky bereits am selben Nachmittag hinaus zum Kappelhof.

„Siehst du?", sagte Sarah Slimstone.

„Es ist nicht verboten, dort seinen Ehemann zu besuchen oder sonst jemanden", erwiderte Frank Summerfoot. „Wir leben in einem freien Land."

„Nein, ist es nicht. Aber richtiger wäre es umgekehrt, der behandelte Herr Branitzky müsste heimkehren zu seiner Gattin. Warum dauert die Behandlung so lange? Eine Injektion dauert doch höchstens zehn Minuten. Anschließend eine kurze Ruhepause, vielleicht ein Imbiss, Endkontrolle und tschüss. Verlass dich auf mein Gespür, irgendetwas stinkt da gewaltig!"

Die beiden warteten länger als eine Stunde vor dem Männerhaus. Dann erschien Mildred Branitzky abermals, und zwar allein. Sie bestieg ihren Wagen und fuhr zurück in die Stadt.

„Sollen wir eingreifen?", fragte Frank Summerfoot.

Obwohl beide vom Rang her gleichberechtigt waren, ordnete er sich ohne Diskussion der Kollegin unter. Schließlich handelte es sich um eine Frau und er legte keinerlei Wert darauf, des Machoismus beschuldigt zu werden. Als Insider wusste er nur zu genau, dass bei diesem Verbrechen Anklage und Verurteilung siamesische Zwillinge waren.

„Noch nicht. Wenn ich mich nicht irre, erledigt sie einige Besorgungen, vor allem, was das Beschaffen von Geld betrifft. Voraussichtlich morgen wird sie erneut zum Kappelhof hinaus fahren." Ihr Partner begriff die Zusammenhänge nicht ganz, aber als Sarah Slimstone ihm eine gute Nacht wünschte und Zeit und Ort für den morgigen Einsatz bekannt gab, fühlte er sich recht zufrieden. Daheim warteten seine Frau, warme Hausschuhe und ein kühles Bier oder auch zwei, Genüsse, die er wohlweislich seiner Partnerin nicht offenbarte. Diese trieb der Ehrgeiz, sich noch zu vergewissern. Heute hatten die Banken länger geöffnet und zu ihrer Genugtuung verschwand Mildred Branitzky tatsächlich in einem Kreditinstitut. Erst nach etwa zwanzig Minuten verließ sie es wieder. Nun betrat die Beamtin das Gebäude.

„Was wollte die Dame?"

Der Mann hinter dem Schalter schaute die neugierige Fremde missbilligend an. „Wie kommen Sie zu der Frage? Das Bankgeheimnis ist zwar abgeschafft, nicht aber die Diskretion. Wir sind kein Auskunftsbüro."

Als er die kleine Chipkarte erblickte, sank er in sich zusammen. „Verzeihung, das konnte ich nicht ahnen. Die Kundin hat Geld abgehoben, viel Geld. Um genau zu sein, das gesamte Guthaben und die volle Summe des Dispositionskredits. Dafür hat sie hohe Sollzinsen in Kauf genommen."

Tatsächlich steuerte Mildred Branitzky am folgenden Tag in aller Frühe abermals den Kappelhof an. Nach knapp einer Viertelstunde tauchte sie wieder am Portal auf, in Begleitung ihres Gatten und des Arztes.

„Siehst du?", sagte Sarah Slimstone. Der Triumph in ihrer Stimme ließ sich nicht überhören. Den Besuch auf der Bank hatte sie verschwiegen.

„Das besagt noch gar nichts." Frank Summerfoot umhüllte diese aufmüpfige Bemerkung mit einem servilen Tonfall. „Er ist ja vielleicht bereits genverändert. Manchmal braucht es Überzeugungsarbeit."

Das Ehepaar verabschiedete sich von Dr. Frisch. Alle drei schienen im besten Einvernehmen.

„Siehst du?", sagte Sarah Slimstone abermals.

Ich bin doch nicht blöd, dachte ihr Kollege. Statt sich in diesem Sinne zu äußern, fragte er jedoch höflich: „Sollen wir den beiden folgen?"

„Nein. Wir schnappen uns jetzt den Doktor. Die anderen laufen uns nicht weg. Während du schliefst, habe ich die Flughäfen und Bahnhöfe informiert. Mit präzisem Steckbrief. Keine Maus schlüpft da durch, ohne durch die Mangel gedreht zu werden."

„Mit welcher Begründung wollen wir uns denn Frisch vornehmen?"

„Wir brauchen keinerlei Rechtfertigung, das weißt du doch. Die ergibt sich ja stets beim Verhör."

Gemeinsam schritten sie auf die Pforte des Kappelhofs zu. Dr. Frisch stand immer noch in der geöffneten Tür, einen prallen Umschlag in der Hand, und schaute den entschwindenden Goldeseln nach. Als er die beiden Besucher, unverkennbar Mitglieder der „DDE-Truppe", nahen sah, erschrak er. Hastig versuchte der Arzt, das Geld in den weiten Taschen seines Kittels zu verbergen.

„Was kann ich für Sie tun?"

„Gestern ist Ihnen ein gewisser Miroslaw Branitzky zur Reedukation übergeben worden. Wir möchten gern Ihren Bericht einsehen."

„Der ist noch nicht fertig", sagte Dr. Frisch. „So schnell schießen selbst unsere modernen Analysecomputer nicht."

„Trotzdem haben Sie den Patienten entlassen?"

„Ich habe nach bestem Wissen und Gewissen gehandelt."

„Ist Miroslaw Branitzky geheilt? Ja oder nein?"

Der Arzt zögerte. Was wussten die beiden?

„Ihr Schweigen genügt. Machen wir es kurz!", sagte Sarah Slimstone. „Folgen Sie uns, Sie sind vorläufig festgenommen."

„Weshalb?"

„Wegen des dringenden Verdachtes der Begünstigung von Machoismus und Förderung des Paschatums." Auf die Bestechlichkeit kam es weniger an. Gesinnung und Tat, beziehungsweise das Unterlassen zählten, kaum das Motiv. Widerstandslos fügte Frisch sich in sein Schicksal.

Neandertaler

Phil Mac Cruce rieb sich verwundert die Augen. Jetzt, am Vormittag, war die Gaststätte „Aux Les Trois Poules" fast leer. Auf der Terrasse hatte bisher niemand gesessen. Es tröpfelte immer mal wieder aus dem grau verhangenen Himmel, nur unverbesserliche Optimisten unter den Wirten, und die wurden angesichts der trüben Wirtschaftslage zunehmend rarer, ließen unter solchen Umständen Tische und Stühle ungeschützt im Freien stehen. Auch Phil gab die Hoffnung auf baldige Wetterbesserung allmählich auf. Gerade wollte er sich daran machen, wenigstens die Rattansessel umzuklappen, als er die beiden Gestalten erblickte.

Er hätte darauf schwören können, dass sie ein, zwei Minuten zuvor noch nicht hier gewesen waren, und die schnurgerade Straße dehnte sich weithin frei von Passanten. Und nun hockten sie bewegungslos da, unwillkürlich fiel ihm das Wort „Ölgötzen" ein, nicht einmal in einer leidlich trockenen Ecke, sondern mitten auf der gepflasterten Fläche.

Es hatte heftiger zu regnen begonnen, das Wasser rann von den unbedeckten Köpfen herab, über die Kittel, doch die seltsamen Fremden schüttelten sich nicht einmal. Kittel, dachte der Wirt, Handwerker vermutlich, aber offenbar geistig minderbemittelt. Da sie ihm die Rücken zuwandten und er wenig Lust verspürte, selbst pudelnass zu werden, rief er ihnen von der Tür aus zu: „Hallo! Kann ich etwas für Sie tun?"

Die beiden, Phil hatte beschlossen, sie nicht als „Gäste" zu bezeichnen, diesen Ehrentitel mussten sie sich erst einmal verdienen, drehten sich nach ihm um.

Der Wirt stutzte. Einerseits sahen sie aus, wie Menschen gemeinhin auszusehen pflegen, andererseits aber auch nicht. Ihre Stirnen wirkten ungewöhnlich flach, die Bögen über den

Augen stark gewölbt, der Gesamteindruck der Gesichter erinnerte Phil an den Zoo der Metropole, das Affengehege.

„Wer sind Sie?", sagte der eine. Es klang abgehackt, wie angelernt.

„Danach könnte ich wohl mit größerem Recht Sie fragen!", entgegnete der Wirt ein bisschen vergrätzt und ein bisschen amüsiert, es gab doch sonderbare Vögel in dieser Stadt. „Ich bin der Besitzer dieses Restaurants, mein Name ist Mac Cruce."

„Restaurant" war ein wenig geprahlt, ebenso wie „Terrasse". Ein Bistro mit ein paar Außenplätzen, das hätte der Wahrheit eher entsprochen.

„Mac Cruce ist ein unlogischer Name. Sind Sie nun Schotte oder Spanier?"

Phil wurde langsam ärgerlich. „Und mein Vorname ist englisch, aber griechischer Herkunft. Außerdem befinden wir uns hier in Frankreich. Was also soll der Unsinn?"

Eigentlich hieß Phil Felipe, nach seinem mexikanischen Großvater, aber derartige Familieninterna gingen Fremde vollends nichts an. Schon vor ihrer letzten Bemerkung hatten die beiden relativ ausgiebig geschwiegen. Diesmal dauerte es noch länger. Es kam dem Wirt vor, als horchten sie in sich hinein, lauschten einer inneren Stimme oder einem Band, einer Diskette, einer CD-ROM.

Endlich öffnete der bisherige Sprecher abermals den Mund: „Unsinn ist eine Beleidigung. Was wir reden, hat Sinn."

„Schön, mag sein, ich habe keinen Bock auf Streit. Und ich hatte nicht die Absicht, Sie zu kränken. Aber nun geben Sie Ihre Bestellung auf oder verlassen Sie mein Lokal!"

Während die Fremden noch zu überlegen schienen, jedenfalls trafen sie keinerlei Anstalten, der Forderung des Wirtes zu folgen, fuhr ein Taxi vor, auch das ein eher seltenes Ereignis in dieser ärmlichen Vorstadt. Zwei Männer mittleren Alters stiegen aus und betraten die Terrasse. Ihrer Kleidung nach gehörten sie einer Gesellschaftsschicht an, welche Phil zwar gern zu seinem Kundenkreis gezählt hätte, die er jedoch höchstens im Fernsehen oder in Journalen betrachten durfte. Die neuen Besucher nahmen auch zunächst keinerlei Notiz von Phil Mac Cruce.

„Da sitzen sie!", sagte der Jüngere.

„Ganz offenkundig. Es ist kaum zu glauben!"

„Habe ich zu viel behauptet?"

Der Ältere trat dicht an die nach wie vor nahezu reglos in ihren Sesseln Lehnenden heran. „Verzeihen Sie meine Neugier, aber ich versichere Ihnen, uns bewegt ein großes wissenschaftliches Interesse. Sind Sie Franzosen?"

„Wir sind Neandertaler."

Obwohl er seit einigen Sekunden fast mit einer ähnlichen Antwort gerechnet, sie sehnlichst erhofft hatte, prallte Professor Thibaut doch unwillkürlich zurück. Mr. Freehill zündete sich eine Zigarette an. Bislang hatte er es vermieden, den Spezialisten voll einzuweihen, aus Sorge, nicht ernst genug genommen zu werden. Balancierend zwischen Zurückhaltung und dem Hinwerfen von Appetithäppchen, war er kaum über vage Andeutungen hinausgegangen. Eine unbekannte Rasse, überlebende Gene aus ferner Vorzeit, so hatte er vorsichtig formuliert beim taktischen Schleichen um den heißen Brei.

„Nun?", wiederholte er. „Zufrieden?"

Hier ist Rauchen verboten, wollte Phil angesichts des unbekümmert blauen Dunst Ausstoßenden bemerken, aber irgendwie kam ihm dieser Hinweis in der gegenwärtigen fast bizarren Situation zu banal vor und er schluckte ihn hinunter. Thibaut hatte sich wieder gefasst. Er reagierte mit der nüchternen Zurückhaltung des skeptischen Wissenschaftlers.

„Es sieht alles äußerst positiv aus, aber um ein fundiertes Gutachten, eine stichhaltige Expertise zu erstellen, sind präzisere Analysen notwendig. Vor allem hinsichtlich der DNA."

„Wird das lange dauern?"

„Ich beeile mich, so weit ich das vertreten kann. Wann geht Ihr Schiff?"

„In einer Woche."

Ein Flug in Begleitung solch merkwürdiger Individuen hätte wahrscheinlich Probleme mit der Security, dem Zoll oder anderen Instanzen heraufbeschworen, denen der angesehene Geschäftsmann und Sammler doch lieber aus dem Wege ging. Professor Thibaut machte sich an die Arbeit und die zu Probanden beförderten Gestalten zeigten sich ausgesprochen kooperativ. Willig öffneten sie die Münder, gaben Speichelproben ab, geduldig ließen sie sich Blutproben entnehmen und einzelne Haare abschneiden.

Phil betrachtete gemeinsam mit Mr. Freehill aufmerksam das Geschehen. Dabei überlegte er, wie er aus dieser sensationellen Geschichte Kapital schlagen könnte. Am besten sollte er wohl gleich damit anfangen.

„Finden Sie nicht, dass ich eine Erklärung verlangen kann? Sie tummeln sich hier einfach auf meinem Grundstück, in einem Geschäftsgebäude, als sei das völlig selbstverständlich. Dabei nehmen Sie obskure Handlungen vor, von denen ich nicht einmal weiß, ob sie nicht illegal sind. Eine angemessene Nutzungsentschädigung wäre da wohl angebracht, zumindest eine größere Bestellung, Champagner etwa oder Trüffel."

Zwei Flaschen Champagner hatte der Wirt noch im Keller, das mit den Trüffeln war jedoch reine Angabe. Zu Phils Überraschung zückte Mr. Freehill eine prall gefüllte Brieftasche und kramte einige Banknoten hervor. „Das dürfte reichen."

Mac Cruce strahlte. Das Angebot übertraf bei Weitem seine Erwartungen.

„In Ordnung", sagte er. „Vielen Dank. Ich hoffe nur, dass ich keine Scherereien mit den Behörden bekomme. Sie tun doch nichts Verbotenes, oder? Und Sie fügen den armen Irren hier bestimmt kein Leid zu?"

Angesichts der Höhe des Entgelts kostete es Freehill wenig Mühe, den Gastronomen zu besänftigen.

In all dem Trubel fielen niemandem die kleinen gläsernen Pupillen auf, die von der Hauswand herabschauten. Gaston und Gilbert hatten auch sorgfältig darauf geachtet, sie so zu installieren, dass es selbst geschulten Beobachtern schwer fiel, die Spione zu entdecken. Jetzt saßen die beiden in ihrem Büro und verfolgten gespannt, was sich im „Aux Les Trois Poules" abspielte. Ihr Aufenthaltsraum befand sich in einer ehemaligen Fabrik, die im gleichen Arrondissement lag, nur wenige Blocks von dem Lokal entfernt. Gilbert war nach verzweifeltem Grübeln eine geniale Idee gekommen, ihre prekäre finanzielle Lage auf spektakuläre Weise zu entschärfen, die am Rande des Bankrotts dahintaumelnde Firma mit einem Schlag auf Dauer zu sanieren. Entwurf und Bau des „Timers", eines revolutionären Zeitmobils, sowie die Integration der Beamanlage hatten das Vermögen der Partner nach und nach völlig aufgezehrt. Dabei waren auch zwei größere Erbschaften mit in den Strudel der Geldvernichtung gerissen worden.

Seit die beiden Ingenieure im Bann des neuen Projektes standen, fehlten ihnen zum Werben um gelegentliche kleinere Aufträge Muße und Energie. Die ohnehin spärlichen Einkünfte tendierten daher gegen Null. Andererseits verursachte das ehrgeizige Vorhaben ständig steigende Kosten für Material sowie die zuliefernden Hilfsdienste von Technikern und anderen Arbeitskräften. Längst war zudem das Werksgebäude bis über Dachpfannen und Schornstein beliehen; weitere Mittel zu bewilligen, lehnten die Banken strikt ab.

Endlich war der Prototyp einsatzbereit. Erste Tests verliefen erfolgreich.

„Es wird aber auch höchste Zeit", sagte Gaston. „Das Wasser reicht uns bis zum Hals. Wir müssen unsere Erfindung binnen kürzester Frist verwerten und da gibt es bloß zwei Möglichkeiten: Entweder verkaufen wir sie an ein potentes Unternehmen oder wir gründen selbst eine Gesellschaft und bemühen uns, zahlungskräftige Investoren zu gewinnen."

„Damit hätten wir eher beginnen sollen, so etwas kann man nur mit großen Verlusten übers Knie brechen. Sobald der Markt wittert, wie es um uns steht, bieten etwaige Interessenten uns allenfalls lächerliche Summen", gab Gilbert zu bedenken.

„Ja, gerade du alter Geheimniskrämer wolltest uns doch während der Entwicklung nicht in die Karten blicken lassen."

„Aus gutem Grund. Mach mir keine Vorwürfe, wir schaffen es schon. Aber vergiss nie, wir sind Erfinder und keine Kaufleute! Überall lauern durchtriebene Gauner, die uns jederzeit geprellt und über den Tisch gezogen hätten."

„Und jetzt auf einmal sieht es anders aus?", fragte Gaston skeptisch.

„Warte bis morgen. Heute bin ich zu müde."

Tags darauf, hinter ihm lag eine unruhige Nacht, rückte Gilbert mit seinem Einfall heraus. Schritt für Schritt entwickelte er einen Plan, der eigentlich erst während des Dialogs mit seinem Partner feste Formen annahm.

„Und warum ausgerechnet Neandertaler?"

„Weil die vermutlich die größte Sensation wären und sich folglich, nach den Gesetzen der Logik, mit ihnen der besten Preis erzielen lässt. Ein Mammut etwa würde bestimmt weit weniger einbringen. Und wie sollten wir es überhaupt transportieren?"

„Wir könnten aber auch gleich Schätze einladen, das Gold der Inkas oder so." Gaston dachte praktisch. Warum Umwege wählen, wenn es auch einen direkten Weg gab.

„Da hätte ich weit größere Bedenken wegen der Einflüsse auf das Zeitkontinuum. Es ist doch sozusagen ein Jungfernexperiment. Nach ein paar Neandertalern kräht kein Hahn, da dürfte das Störungsrisiko bedeutend geringer sein und damit die Gefahr eines generellen Fehlschlages. Außerdem ist es gar nicht so einfach, historische Wertgegenstände zu veräußern."

„Glaubst du wirklich an ein Gelingen?"

„Felsenfest. Es ist ein Kinderspiel, du wirst sehen! Natürlich müssen wir die kleine Expedition gründlich vorbereiten. Ich trage schließlich das Hauptrisiko. Oder möchtest du dich vielleicht an meiner Stelle in den ‚Timer' setzen?"

Das wollte Gaston nun keineswegs.

Im Internet gaben sie entsprechende Angebote ab. Die Resonanz übertraf alle Erwartungen. Neben anonymen Ausschüttern von Kübeln voll Hohn und Spott, meldeten sich auch zahlreiche Nutzer, die überwiegend durchaus ernsthaft und auch seriös wirkten. Insbesondere ein Amerikaner, ein gewisser Mr. Freehill, machte einen vertrauenerweckenden und zugleich zahlungskräftigen Eindruck. Er zeigte sich bereit, kurzfristig nach Europa zu reisen, und entfaltete auch im Übrigen erfreuliche Aktivität.

„Um den Transport kümmere ich mich, daran brauchen Sie keinen Gedanken zu verschwenden. Und ich organisiere einen Sachverständigen, nicht dass ich an Ihren Worten zweifele, aber Kontrolle muss sein. Niemand kauft eine so teure Katze im Sack."

„Was mag er mit den Neandertalern wollen?", fragte Gaston seinen Partner.

„Weiß ich es? Ich werde mich auch hüten, ihn zu fragen. Das ist nicht unser Bier. Ein Hobby, eine Sammlung, Angabe, Weiterverkauf. Diese Amis sind teils verrückt, teils smarte Geschäftsleute. Hauptsache, wir bringen unser Schäflein ins Trockene."

Bevor jedoch der Amerikaner eintraf und ehe überhaupt der entscheidende Transfer mit Hilfe des „Timers" durchgeführt worden war, meldete sich die Polizei. In Anbetracht des heiklen Themas rückte sie mit einer kompletten Sonderkommission an.

„Worum geht es?", fragte Gaston, der ihnen die Tür öffnete.

„Es liegt eine Anzeige gegen Sie vor. Menschenhandel, Betrug und außerdem ein paar Lappalien."

Gaston lachte laut. Angesichts der unbestreitbaren Tatsache, dass ihnen nichts nachzuweisen sein würde, nicht einmal Vorbereitungshandlungen, fand er das Ganze schlicht komisch.

„Das sind ja tolle Beschuldigungen! Möchten Sie unser Atelier inspizieren?"

„Atelier" klang unverdächtiger als „Labor". In den Augen hysterischer Staatsorgane trennte womöglich nur ein kleiner Schritt Laboranten von Terroristen. Wer über ein Labor verfügte, konnte die gefährlichsten Stoffe mixen.

„Wir sind durchaus mit einschlägigen Vollmachten ausgestattet."

„Geschenkt", erwiderte Gaston großzügig. „Kommen Sie, wir haben nichts zu verbergen!"

Natürlich führte die mit Nachdruck betriebene Razzia zu keinem Erfolg. Misstrauisch beäugten die Beamten jene sonderbaren Geräte, deren Zweck sie sich nicht erklären konnten, aber nirgends gab es ein Verbot, seltsame Dinge zu bauen oder zu besitzen.

Der Leitende Oberinspektor erwog zwar, sie vorübergehend zu beschlagnahmen und im Kriminaltechnischen Institut untersuchen zu lassen, aber wie Höllenmaschinen sahen die Apparate nun wahrlich nicht aus. Auch war absolut nicht erkennbar, was sie mit Menschenraub oder Betrug, den eigentlichen Hauptpunkten der Untersuchung, zu tun haben könnten. Allein die Tatsache, dass weder Gaston noch der inzwischen hinzugekommene Gilbert bereit waren, Funktion und Sinn, sofern es überhaupt einen solchen gab, der dubiosen Vorrichtungen zu erklären, schien für weitere Maßnahme nicht auszureichen. Im Widerstreit der Furcht vor Dienstaufsichtsbeschwerden, Gerichten und der Öffentlichkeit einerseits und beruflichem Ehrgeiz andererseits, siegte die Vorsicht.

„Wir werden alles in diesem ‚Atelier' filmen!", sagte der Chef des Kommandos. „Jede Kleinigkeit!" Das war ein ausgesprochenes Rückzugsgefecht.

„Bitte sehr", antwortete Gaston und beim Abschied, im Gefühl heftigen Oberwassers, erkundigte er sich obendrein:

„Würden Sie mir bitte sagen, wer diese absurde Anzeige erstattet hat?"

„Dazu bin ich nicht befugt."

„Dann wird mein Anwalt Sie eines Besseren belehren. Guten Tag!"

„Wem verdanken wir denn wohl die Ehre dieses Besuchs?", fragte Gilbert, nachdem sein Partner ihm den Hergang haarklein geschildert hatte.

„Es muss eine undichte Stelle geben!"

„Wo sollte die sein? Niemand, außer diesem Amerikaner, weiß, worum es überhaupt geht, und der schadet sich doch nicht selbst. Nein, die Konkurrenz klopft einfach mal mit anonymen Anzeigen auf den Busch."

„Und trifft derart ins Schwarze, was die behaupteten Delikte angeht? Noch dazu genau zu diesem Zeitpunkt?"

Gilbert wurde nachdenklich. „Vielleicht die Frau des Hausmeisters? Die schnüffelt überall herum und hört das Gras wachsen. Wir sollten sie uns einmal zur Brust nehmen!" Er machte eine Pause. „Du zielst doch nicht etwa auf Julie?"

Julie war Gilberts Freundin. Hin und wieder erledigte sie die lästigen Arbeiten am Computer, zwangsläufig waren auch vertrauliche Daten darunter.

„Nein, nein", beeilte sich Gaston, zu beteuern. „Die ist über jeden Verdacht erhaben."

Einige Tage nach dieser denkwürdigen Aktion, Mr. Freehills Ankunft stand unmittelbar bevor, läutete Gilbert die entscheidende Phase ein. Im Gegensatz zu Modellen früherer Jahrhunderte, die prinzipiell am Ausgangspunkt verharrten und ihre Beweglichkeit einzig auf der Zeitachse entfalteten, war der „Timer" grundsätzlich nicht auf einen Ort fixiert. Sofort nach der Landung im Gebiet mit den meisten Knochenfunden und im exakt ermittelten Jahrtausend, auf Feinjustierung kam es dabei nicht an, das hatten unverfänglich befragte Fachleute übereinstimmend bestätigt, stieg Gilbert planmäßig in den mitgeführten aufblasbaren Faltgleiter und überflog die

Umgebung. Die Erde sah wirklich phantastisch aus. Dichte Wälder wechselten mit vereisten Zonen, fremde Tiere tummelten sich auf endlosen Savannen und bald entdeckte der Ingenieur die ersten Exemplare der gesuchten Gattung.

Mühelos betäubte er zwei bereits durch seinen Anblick Geschockte, die sich ein paar Meilen abseits ihrer Artgenossen aufhielten, mit dem Paralyser, schleifte die Opfer in den „Timer" und ehe Gaston sein Frühstück beendet hatte, war er wieder daheim.

„Aber Freehill darf sie keinesfalls hier abholen!", sagte sein Partner. „Wir müssen jede Spur, mit deren Hilfe man eine Verbindung zu uns konstruieren könnte, vollständig verwischen!"

„Hältst du mich für blöd? Wozu ist denn der Beamer da? Wir schaffen sie zu gegebener Zeit an einen neutralen Ort."

Nach einigen Überlegungen einigten sie sich auf Phils Gaststätte und Gaston, der dort regelmäßig verkehrte, gelang es, Restaurant und Terrasse unauffällig mit Wanzen und kleinen verdeckten Kameras zu bestücken. Zwischendurch implantierte er den Schädeln der beiden Neandertaler verschiedene Minichips. Insbesondere sollten sie sich sofort zur Kommunikation moderner Sprachen bedienen können, das würde den Umgang mit ihnen erheblich vereinfachen. Notfalls konnte man diese elektronischen Dolmetscher jederzeit abschalten, zum Beispiel, wenn das zweckmäßig schien, um die Authentizität der Fremden zu steigern.

„Findest du nicht, dass wir sie taufen sollten?", fragte Gilbert.

„Christlich? In der Kirche?"

„Quatsch! Ihnen einfach Namen geben, schon zur Unterscheidung. Was hältst du von Lincoln und Jefferson? Sie kriegen doch einen Ami als Herrn. Den wird das freuen."

Gaston war sich dessen nicht ganz so sicher.

Nachdem Phil Mac Cruce das Geld dort verstaut hatte, wo seine Frau es nicht so bald finden würde, verfolgte er interessiert den Fortgang des Geschehens.

„Das Einzige, was mich stutzen lässt, sind ihre Kenntnisse unserer Sprache", sagte Professor Thibaut im weiteren Verlauf seiner Untersuchung. Die geschickt kaschierten Narben in der Kopfhaut waren ihm bisher entgangen. Freehill, der über die Zusammenhänge unterrichtet worden war, klärte ihn auf.

Allmählich begannen die beiden Neandertaler, die sich, eingeschüchtert von der Fülle unerklärlicher Geschehnisse, lange bemerkenswert ruhig verhalten hatten, zu quengeln. „Ich möchte in meine Höhle!", sagte Jefferson.

„Es gibt hier viele Höhlen", entgegnete sein neuer Herr beruhigend. Ihm schien wichtig, die beiden bei Laune zu halten, sie durch Entgegenkommen und möglichst sensibles Eingehen auf ihre Wünsche zu gewinnen. „Ich werde euch eine von ihnen zeigen."

In diesem Augenblick sah Phil auf der gegenüberliegenden Straßenseite zwei junge Frauen in schicken Uniformen. „Verdammte Politessen!", fluchte er. In den letzten Jahren hatte er ein kleines Vermögen hinblättern müssen, falsches Parken, angebliche Raserei, Schneiden der Vorfahrt, diverse Beleidigungen. Die Liste war lang, sie enthielt auch ein Alkoholdelikt, geschäftsbedingt, wie er sagte. Seither hasste er diesen Berufsstand.

Lincoln forschte in seinem eingepflanzten Wörterbuch. „Polite heißt höflich", flüsterte er seinem Leidensgenossen zu. „Aber auch diesen Begriff verstehe ich nicht, ich kenne keinen Hof, anscheinend meint es jedoch etwas Gutes. Die Frauen sehen ja wirklich lecker aus. Und -sse dürfte zu einer Sprache gehören, die Chinesisch heißt. Da hat es viele Bedeutungen."

Freehill geleitete die Neandertaler zur nächsten Metrostation. Unterwegs buhlte er um ihr Vertrauen. „Ihr wisst, dass ihr in einer euch fremden Welt seid?"

„Ja", sagte Jefferson.

„Und dass ihr ohne Hilfe nicht überleben könnt? Ihr wollt doch nach Hause, zu euren Familien?"

„Ja", sagte Lincoln.

„Wenn ihr mir folgt, habt ihr allerbeste Chancen. Begreift ihr das?"

„Ja", sagten Jefferson und Lincoln unisono.

Willig trotteten sie dorthin, wo eine breite Treppe abwärts führte. Absichtlich hatte Freehill keine Rolltreppe gewählt, der Schreck, die Unfallgefahr wären zu groß gewesen. Die Neandertaler schauten hinab. „Das ist nicht unsere Höhle!"

„Ich weiß", sagte der Amerikaner besänftigend. „Ich werde euch andere Höhlen zeigen."

Dabei schwebte ihm in erster Linie die für sie gebuchte Innenkabine des Schiffes vor, dunkel, wie Höhlen nun einmal sind. Ersatzweise, sollten sich Jefferson und Lincoln als zu störrisch erweisen, blieb immer noch der Laderaum, auch Matrosen waren bestechlich. Ein wenig beunruhigte ihn das zu erwartende Schwanken, doch vielleicht waren seine Gefährten ja bereits derlei gewöhnt, hatten Ähnliches erlebt, Kanufahrten auf reißenden Flüssen, Erdbeben, was wusste er denn. Vorsichtshalber würde er sie mit Medikamenten ruhig stellen, eventuell bis an den Rand vollständiger Anästhesie. Sein Handy klingelte. Es waren Töne der Nationalhymne.

„Wie ist es gelaufen?", wollte Gaston wissen.

„Bestens. Sobald der Professor die Expertise ausgefertigt hat, erhalten Sie den vereinbarten Preis."

„In bar."

„Das war ja so ausgemacht."

Minuten nach diesem Gespräch entkorkten Gilbert und Gaston eine Flasche „Dom Pérignon". „Auf eine sorgenfreie Zukunft!" Lachend stießen sie an.

„Du hattest Recht, es war wirklich babyleicht!", sagte Gaston.

„Ja, jetzt sind wir saniert. Fürs Erste jedenfalls."

„Vielleicht sollten wir gleich den nächsten Coup in Angriff nehmen?", schlug Gaston übermütig vor.

Drei Tage später näherte sich das Taxi mit Mr. Freehill, Lincoln und Jefferson dem Hafen.

Die beiden Neandertaler dösten auf den Rücksitzen vor sich hin, gehörige Dosen eines Beruhigungsmittels hatten sie in einen willenlosen Zustand versetzt, der an Bewusstlosigkeit grenzte. Zunächst wollte der Chauffeur den Transport der zwecks Vertuschens ihrer Aufsehen erregenden Physiognomien üppig Bandagierten ablehnen, ein saftiges Trinkgeld überzeugte ihn allerdings davon, dass es sich um zwei bedauernswerte Kranke handelte, denen kein anständiger Mensch den Beistand verweigern durfte.

„Nein, nicht ansteckend! Ein genetischer Defekt. Ihnen kann einzig in einer Spezialklinik in Boston geholfen werden. Es ist die letzte Chance für meine Neffen."

Je näher das Ziel heranrückte, desto unruhiger wurden die Verschleppten. Von der See her wehte eine frische Brise, die ihre Lebensgeister weckte. Immer öfter blickte Freehill sich nach ihnen um. Das Verhalten seiner Schützlinge, so nannte er sie beschönigend, gefiel ihm gar nicht, leider konnte er es im Moment nicht beeinflussen, ohne dass der Fahrer misstrauisch geworden wäre.

Hatte die Umwelt Lincoln und Jefferson bisher nicht besonders interessiert, so schauten sie nun angespannt durch die Scheiben. Trotz der langsam heraufziehenden Abenddämmerung ließen sich noch genügend Einzelheiten wahrnehmen. Beide kannten das Meer, und was sie nun sahen, erinnerte sie an frühere Streifzüge.

„Da, die Felsen!", sagte Lincoln. „Erkennst du sie?"

„Ja", antwortete Jefferson. „Es ist freilich lange her. Und weit von daheim. Bis wir dort angelangt waren, ist die Sonne viele Male auf- und untergegangen."

Vor den Kais patrouillierten Sicherheitskräfte, darunter auch weibliches Personal. „Politessen", sagte Lincoln. Es klang ein wenig heiser.

Freehill war überzeugt, jede mögliche Reaktion seiner kostbaren Begleiter erwogen und berücksichtigt zu haben. Durch intensives Beobachten hatte er zum Beispiel herausgefunden, welche Speisen und Getränke sie bevorzugten. Auch sonst meinte er, auf alle erdenklichen Bedürfnisse vorbereitet zu sein, bloß eines war ihm nicht in den Sinn gekommen, das biologische Verlangen gesunder Männer in den besten Jahren. Lincoln und Jefferson, nun hellwach unter dem Druck ihrer Triebe und voller Hoffnung auf baldige Erfüllung der damit verbundenen Wünsche, verständigten sich wortlos. Mit einem Ruck sprengten sie auf beiden Seiten die Verriegelung der Türen des nun nur noch langsam fahrenden Wagens und sprangen hinaus. Als schnelle, geübte Jäger packte jeder von ihnen in Windeseile eine der Frauen, wenige gewaltige Sätze, und sie verschwanden mit ihrer Beute in der zunehmenden Dunkelheit. Das Letzte, was Freehill vernahm, war ein wildes, fremdartiges Triumphgeheul, das sich rasch in der Ferne verlor.

Männerjagd

Bob Thurber stand am Zaun des ehemaligen Forsthauses und schaute hinüber zum Wald, der fast unmittelbar jenseits des eingefriedeten Grundstücks begann. Es war ein nur auf wenigen Pfaden durchdringlicher Wald, das Spähen des Mannes also eher symbolisch. Dennoch bannte wachsende Unruhe ihn an seinen Beobachterposten. Einmal entlarvten die neuesten Informationen nachhaltig jede Idylle beschaulicher Entspanntheit als trügerisch, zum anderen ging es spürbar auf den Abend zu, und der Freund ließ sich noch immer nicht blicken.

Derweil schritt Jim Deep langsam den schmalen Weg entlang, der, fast überwuchert von hohem Farn, Brombeerranken, Schlehen und Hagebutten, die einzige Verbindung zwischen ihrem Zufluchtsort und der Welt da draußen bildete. Er trug schwer an seinem Rucksack, prall gefüllt mit Lebensmitteln für mehrere Wochen und allerlei Utensilien, die im Kampf ums Überleben nützlich sein mochten, aber noch schwerer trug er an seinem Gespräch mit Higg Higgins. Wie in vielen Gaststätten rannen auch bei seinem ehemaligen Schulfreund und gegenwärtigen Wirt des „Flying Angel" Berichte unterschiedlicher Qualität aus Quellen aller Art zu einem schwer definierbaren Gebräu zusammen.

„Von den Säuberungsbrigaden hast du doch gehört?", fragte Higg hinter vorgehaltener Hand. Die Zensur lag drohend selbst über den entlegensten Gegenden gleich einem dunklen Leichentuch.

„Was meinst du wohl, warum wir hier sind?"

Der Wirt nickte. „Das habe ich mir schon zusammengereimt."

„Weißt du Näheres? Für wie groß hältst du die Gefahr?"

„Genaues kann ich dir nicht sagen, die gehen immer noch ziemlich geheimnisvoll vor, obwohl sie das eigentlich längst nicht mehr nötig hätten. Schließlich vermag kein Mensch diese

Walze aufzuhalten, ihr auch bloß zu entgehen. Ich rechne mit dem Schlimmsten."

Jim schwieg. Innerlich zweifelte er. Wenn man ein solcher Pessimist war, konnte man sich ja gleich am nächsten Ast aufhängen. Higg sah ihm seine Ungläubigkeit an.

„Es ist so, leider kannst du dich darauf verlassen. Mach dir doch einmal klar, wie alles entstanden ist. Wir haben es mit einer Entwicklung zu tun, ähnlich einem Naturereignis, gegen das sich niemand stemmen kann." In wenigen Sätzen rief er seinem Gast die einzelnen Phasen ins Gedächtnis zurück. „Aber vergiss nie", schloss er seinen Monolog, „es sind nicht die Frauen schlechthin. Wie stets bei solch einschneidenden Veränderungen drehen wenige das große Rad. Dann gesellen sich Leute mit der richtigen Nase für erfolgreiche Trends hinzu, Pöstchenjäger, Trittbrettfahrer, Schmeißfliegen oder simple Mitläufer, solche, die Randale brauchen, Neider, Schadenfrohe, was weiß ich, es gibt viele Motive. Doch die Masse steht abseits, die schweigende Mehrheit. Widerstandskämpfer? Die kannst du mit der Lupe suchen. Sieh meine Frau an! Sie ist lieb und nett, die Güte in Person, keiner Fliege kann sie ein Leid tun, aber Gegenwehr? Fehlanzeige! Und wenn man gerecht ist, kann man ihr das auch nicht zumuten. Nicht einmal mir, obwohl es für mich doch wirklich um Tod und Leben geht. Die meisten lassen sich eher zur Schlachtbank führen, als dass sie kämpfen, womöglich schmerzhafte Verwundungen in Kauf nehmen. Der Mensch an sich ist feige."

Jims Weg betrug kaum zwei Meilen, heute aber kam ihm die Strecke vor wie ein Tagesmarsch. Endlich leuchtete in der Ferne ein Licht. Obwohl es noch kaum dämmerte, musste Bob es für ihn entzündet haben. Ein Gefühl der Dankbarkeit und Freude beschleunigte die Schritte des Wanderers.

„Gut, dass du kommst. Ich habe schlechte Nachrichten", begrüßte ihn der Freund.

Jim wunderte sich nicht im Mindesten über die Kombination positiver und negativer Adjektive. Fast hatte er so etwas erwartet nach allem, was ihm im Dorf nicht nur von Higg zugetragen worden war.

„Woher hast du sie?", fragte er knapp.

„Aus dem Radio. Ein offenbar nicht genehmigter Privatsender."

„Bist du des Teufels? Willst du, dass man uns anpeilt? Höchstens ein halbes Dutzend Leute weiß, dass wir uns hier aufhalten, bei den Behörden gilt das Gebäude bekanntlich als unbewohnt."

„Du hast ja Recht, aber ich hatte den Apparat wirklich nur für ein paar Minuten eingeschaltet und was ich da erfahren habe, ist äußerst wichtig."

„Dann heraus mit der Sprache!"

„Sie knöpfen sich jetzt den Wabe-Distrikt vor."

Jim nickte. Bob und er lebten seit knapp einem Monat in diesem Bezirk und es konnte kein Zweifel daran bestehen, wen sein Freund mit dem Wort „sie" meinte. Er selbst hatte ja gerade wieder erlebt, dass die Gedanken der Bewohner dieses Landes um fast nichts anderes mehr kreisten. Und wie gründlich die Säuberungsbrigaden vorgingen, war Gegenstand zahlloser Berichte. Dass die beiden Männer ein entlegenes Gebirgstal als Zufluchtsstätte auserkoren hatten, würde sie im Ernstfall kaum vor den mit Sensoren und Spürhunden ausgerüsteten Fahndungstrupps schützen, das begriff Jim immer deutlicher.

„Die Frauen haben doch vor ungefähr zwei Jahrhunderten die Theorie vom Gender Mainstream durchgesetzt, warum halten sie sich nicht mehr daran?", fragte Bob. „Mein Großvater hat immer erklärt, das sei Scheiße, aber man müsse diese Lehre respektieren, sie sei ähnlich fair wie die Lehre von der Gleichheit der Rassen."

„Jammern bringt nichts, unsere männlichen Vorfahren waren eben Trottel, degeneriert, schuldbewusst, naiv, Idealisten,

Masochisten. Damals hätte man noch etwas grundsätzlich ändern können, aber heute ist es dafür zu spät, jetzt geht es nur noch um die eigene Haut."

Begonnen hatte die Wende, in deren Verlauf die Frauen, genauer gesagt ihre frustrierten Rädelsführerinnen, mehr als das wieder einkassieren wollten, was sie selbst einst propagiert hatten, schon vor etlichen Jahrzehnten. Die ersten Ansätze der so genannten „Neofeministischen Politik" wurden kaum ernst genommen, eher belächelt, immer noch unterschätzten die Männer das andere Geschlecht. Doch die Frontfrauen erwiesen sich einmal mehr als intelligentere Taktiker. Sie beherrschten die Methode des Kleinkleln, das scheibchenweise Vorgehen, jene perfekte Mischung von Zuckerbrot und Peitsche meisterhaft, und erst nachdem sie fester im Sattel saßen als je zuvor, zeigten sie ihr wahres Gesicht und die Krallen. Nach der Gleichheit des Gender Mainstream und nach der Gleichberechtigung beider Geschlechter war als letzte Bastion das Existenzrecht der Männer gefallen.

„Was willst du?", fuhr Jim mit einem Blick auf den immer noch grantelnden Freund fort. „Du glaubst doch auch an Darwin und nicht an diesen Designermist. Das Stärkere setzt sich immer durch, aber da ist es wie am Aktienmarkt: Erst bei Börsenschluss erkennt man deutlich Stärken und Schwächen, vorher bleibt alles Spekulation."

Ganz so ist es nicht, dachte Bob. Kluge Männer haben stets gewusst, worauf alles hinauslief, und die weiblichen Trendsetter sowieso, doch weshalb sollte er streiten.

„Was sollen wir denn jetzt tun?"

„Wozu haben wir das Kartenmaterial und regelmäßig eingezeichnet, in welchem Sektor die Säuberungsbrigaden gerade arbeiten? Vor dem Handeln kommt die Analyse."

Beide beugten sich über den Stapel der penibel geordneten Messtischblätter.

„Sie gehen sehr geschickt vor", sagte Jim. „Erst haben sie den Jumba-Distrikt im Süden durchkämmt, danach das östlich angrenzende Woody-County, nun arbeiten sie sich offenbar westwärts vor. Ahnst du, was sie mit dieser Strategie bezwecken?" Bob begann zu grübeln, gab es jedoch bald auf. Jim würde ihn schon aufklären.

„Sie wollen die nördlichen und südlichen Industriebezirke trennen. In beiden Regionen befinden sich noch überdurchschnittlich viele Männer, besonders ehemalige Elektronikarbeiter. Die Säuberungsbrigaden werden es dort auch deshalb besonders schwer haben, weil längst nicht alle Geschlechtsgenossinnen mit der Radikalität ihres Vorgehens einverstanden sind. Entgegen dem Trommelfeuer der Propaganda hängen gerade einfachere Frauen vielfach nach wie vor an ihren Vätern, Ehegatten und Freunden."

„Und den Söhnen."

„Das ist freilich ein besonderes Problem. Ohne die neueste wissenschaftliche Entwicklung, übrigens im Wesentlichen durch männliche Forscher getragen, das ist ja das Paradoxe, wäre ein derart extremes Vorgehen der Säuberungsbrigaden gar nicht denkbar. Erst seit Kinder grundsätzlich in der Retorte entstehen, was den Frauen von morgendlicher Übelkeit, über Abstinenz beim Rauchen und dem Trinken von Alkohol, bis hin zum Kaiserschnitt allerlei Ärgernisse erspart, und Sperma in unbeschränkter Menge verfügbar ist, kann man ernsthaft und mit Hochdruck das so genannte ‚Doppelverbot' durchsetzen."

„Ich weiß. Man plant, sowohl die natürliche Zeugung generell als auch die künstliche Produktion von Knaben gesetzlich zu verbieten. Als Sanktion soll sogar die Todesstrafe für entsprechende Verstöße wieder eingeführt werden. Deren Befürworter nennen das ‚humaner' und zugleich ‚kostengünstiger', als wenn man die unerwünschte männliche Bevölkerung später mühsam liquidieren muss."

„Dass solche Maßnahmen Irritationen und möglicherweise sogar hier und dort zwar keinen offenen Widerstand, aber

Hinhaltetaktik, Verzögerungen auslösen, die an Sabotage grenzen, hat mir auch Higg Higgens bestätigt. Die beiden früheren Fabrikprovinzen sind nur besonders heikel. Selbst wenn man die Frauen relativ leicht davon zu überzeugen vermag, dass sie klüger, fleißiger, zielstrebiger, weniger wehleidig, belastbarer, sozialer, kurz, in jeder Beziehung für die menschliche Gesellschaft wertvoller sind, zumal Berufspausen im Zusammenhang mit Schwangerschaften endgültig der Vergangenheit angehören, auf die ihrer Fortpflanzungsfunktion beraubten Männer dagegen durchaus verzichtet werden kann, kämpfen Mütter weiterhin instinktiv wie Löwinnen für ihre Jungen. Das ist ein Naturgesetz, der Kopf vermag da wenig gegen den Bauch."

„Aber auch weibliche Säuglinge bedürfen doch der Betreuung. Wird man nicht Einrichtungen wie das Babyjahr beibehalten?"

„Nein. Die Kleinen werden erst dann aus den Produktionskliniken nach Hause entlassen, wenn sie reif sind für den Tageshort, also die ‚Selbstverwirklichung‘ genannte Erwerbsfunktion der biologischen Mutter nicht mehr entscheidend stören."

„Vielleicht können wir aus den gegenwärtigen Querelen Nutzen ziehen? Vielleicht bildet sich eine Opposition, notfalls im Untergrund? Vielleicht stellt man zumindest einige Maßnahmen zurück? So etwas tun Politiker doch gern. Gründlichkeit geht vor Schnelligkeit, verkünden sie dann."

„Nicht in diesem Fall. Die Herrschaft über die Säuberungsbrigaden ist den Parlamentariern längst entglitten. Das ist eine Revolution und Revolutionen entwickeln ihre eigenen Gesetze. Nein, uns bleibt nur ein Ausweg, wir müssen den Wabe-Distrikt möglichst rasch verlassen. Besser vorgestern als morgen."

„Und wohin sollen wir fliehen."

„Eben nach Süden oder Norden. Lass uns die Karte betrachten!"

Beide beugten sich über das vom Transport ein wenig lädierte Blatt.

„Der Norden liegt näher", sagte Bob. „Die Bezirksgrenzen werden allerdings relativ engmaschig überwacht sein. Nach allem, was so durchsickert, ist das ein ehernes Prinzip. Bevor sie mit einem Distrikt beginnen, riegeln sie ihn hermetisch ab. Aus dem Kessel entschlüpft sodann keine Maus mehr."

„Nicht auf normalem Wege, doch mir ist da eine Idee gekommen. Die Südgrenze ist zwar rund hundert Meilen weiter entfernt, aber auf halber Strecke liegt Hammerfield. Sagt dir der Name etwas?"

„Dort wohnen Ben und Mireille."

„Und was besitzen die? Verbotswidrig, streng geheim und als einzige Privatpersonen im ganzen County?"

Bob begann zu strahlen.

„Das ist die Lösung! Du bist ein Genie!"

„Aber bedenke, es geht fünfzig Meilen durch unsicheres Gebiet. Wald gibt es bloß auf höchstens einem Viertel des Weges. Der Rest führt über Felder und durch Ortschaften, die wir natürlich umgehen müssen. Selbst Nachtmärsche garantieren bei den modernen technischen Geräten der Brigaden keine Sicherheit. Wenn alles optimal verläuft, werden wir eine Woche brauchen, ohne dass wir uns zuverlässig Nahrung beschaffen können."

„Dein Rucksack ist ja prall gefüllt. Außerdem, weißt du eine Alternative?"

„Nein."

„Also sollten wir möglichst bald aufbrechen!"

Bereits am selben Abend traten Jim und Bob ihre Wanderung an, reichlich bepackt. Es hatte einiger Kunst bedurft, das Gewicht so auszutarieren, dass die Gepäckstücke das Notwendigste zum Überleben enthielten, ohne einen der beiden Träger über Gebühr zu belasten. Die ihnen bevorstehende gefährliche Wanderung ließ sich nicht mit der kurzen Distanz zwischen Forsthaus und Dorf vergleichen.

„Nein, keine Flaschen!", sagte Jim. „Wir trinken vor dem Aufbruch jeder noch zwei, drei Liter wie die Kamele vor dem Durchqueren der Wüste. Pinkeln können wir überall und bislang vergiften sie weder Brunnen noch Quellen. Auch Frauen brauchen schließlich Wasser und auf dem Land gibt es nicht an jeder Ecke Supermärkte."

Zum Glück hatte sie die Phase um den Neumond erwischt. Der Himmel war überdies meist wolkenverhangen, aber ebenso stark begünstigte sie ein stürmischer Wind, der ihnen entgegenblies. Wie vorteilhaft das war, wusste insbesondere Jim als erfahrener Jäger.

„Wir hören sie bedeutend früher als umgekehrt", sagte er. „Auch Hunde wittern uns nicht so leicht und die unruhige Luft verzerrt viele Geräusche."

Die beiden bewegten sich überwiegend bei Nacht vorwärts. Tagsüber verkrochen sie sich in Dickichten, abgelegenen Scheunen oder unter Holzhaufen und rieben sich zusätzlich mit einem Mittel ein, das Jim auf früheren Pirschtouren mit Erfolg getestet hatte.

„Es betäubt zuverlässig die Nüstern der Meute", versicherte er dem Gefährten.

Tatsächlich erreichten sie bereits gegen Mitternacht des sechsten Tages den Ortrand von Hammerfield. Jetzt galt es nur noch, das Städtchen vorsichtig zu umgehen, Ben und Mireille wohnten auf der gegenüberliegenden Seite, etwas außerhalb der geschlossenen Bebauung, sonst hätten sie auch schwerlich ihr kostbares Geheimnis so lange vor den Nachbarn verbergen können. Noch ehe die aktuellen Morgenzeitungen durch die Vorgärten flogen, Milch- und Brötchenmädchen ihre Fahrräder bestiegen hatten, klopften sie behutsam an die Läden des Hauses. Erst beim dritten Versuch ließ sich eine verschlafene Stimme vernehmen. „Wer ist da?"

„Mireille", flüsterte Jim seinem Freund zu. „Gute Bekannte!", raunte er halblaut durch einen seitlichen Spalt. Die morgenfrische Luft trug weit und er verspürte wenig Lust, im letzten Moment mehr als nötig zu riskieren.

Mireille mochte ihn trotzdem erkennt haben, denn vorsichtig klappte sie das Fenster empor.

„Jim und Bob?", sagte sie. „Wisst ihr nicht, was ihr da wagt? Bis gestern waren die Brigaden in der Stadt."

Die beiden erschraken. „Dürfen wir trotzdem hereinkommen?" Statt einer Antwort, öffnete sie die Terrassentür. Sobald die Besucher den Wohnraum betreten hatten, zog sie die dichten Vorhänge zu. Erst dann schaltete sie eine Lampe an. Obwohl die Birne nur trübe flackerte, erkannten die Männer, dass Mireille geweint hatte.

„Ben?", fragte Jim vorsichtig.

Mireille nickte. Jetzt flossen die Tränen wie Sturzbäche.

„Er war so ein braver Mann. Nie hat er auch nur einem Käfer oder einer Spinne wehgetan. Die fanatischen Weiber haben ihn regelrecht hingerichtet und mich gezwungen, dabei zuzuschauen! So wird es allen Männern ergehen, haben sie gesagt. Erst in unseren Land, wir sind wie stets die Vorreiter, dann werden wir die ganze Welt von diesem Ungeziefer befreien. Ungeziefer haben sie Ben genannt!" Sie schniefte vor Herzeleid und Empörung.

Jim und Bob ließen ihr Zeit. Angesichts des übergroßen Kummers schien jeder Versuch, Trost zu spenden, aussichtslos. Wenigstens haben die beiden nur zwei Töchter, dachte Bob. Die werden bestimmt nicht so leicht zum neuen Mainstream bekehrt.

Allmählich beruhigte Mireille sich so weit, dass sie Einzelheiten berichten konnte. Die Säuberungsbrigaden hatten tatsächlich jedes männliche Wesen, dessen sie habhaft werden konnten, gnadenlos niedergemetzelt, Jungen, Greise, Ausnahmen gab es keine.

„Schlimm war es im Krankenhaus. Ungefähr zur Hälfte bestand die Ärzteschaft aus Männern, auch da haben sie niemanden verschont. Außerdem haben sie bei jeder Frau in der Stadt einen Schwangerschaftstest gemacht. Fiel der positiv aus, wurde umgehend das Geschlecht des Embryos bestimmt. War es ein Junge, haben sie die werdende Mutter auf der Stelle zur Abtreibung gezwungen und zwar oft mit primitivsten Mitteln, unhygienisch und unappetitlich, nein, sie waren in keiner Weise zimperlich. Aber was soll man tun? Es sind schließlich keine illegalen Freischärler, sondern offizielle Organe der Regierung mit einem klaren Auftrag. Die Gesetze sind auf ihrer Seite. Polizei, Gerichte, alles muss ihnen zu Diensten sein. Manchmal denkt man freilich als einfacher Bürger, solche Auswüchse können doch nicht vom Parlament gewollt sein."

Nach einer Weile, trotz ihrer Verzweiflung sorgte Mireille für ein ausgiebiges Frühstück, fragte sie nach den Plänen der Gäste.

„Es ist nicht leicht, den Brigaden zu entkommen."

„Genau deshalb sind wir hier", antwortete Jim und sah seine Gastgeberin forschend an. Mireille musterte ihn für ein paar Sekunden, dann schaltete sie.

„Du meinst unser kleines Geheimnis?"

„Hast du den Apparat noch? Und ist er intakt?"

„Ja. Diese kriminellen Weiber sind förmlich mit Blindheit geschlagen gegenüber allem, was jenseits ihrer Scheuklappen liegt. Sie haben eben nichts anderes im Hirn als Männerjagd und Mord. Wahrscheinlich sind sie überdies technisch zu unbegabt, um Sinn und Zweck der Einrichtung zu erkennen, selbst wenn sie das gute Stück entdeckt hätten. Haben sie aber nicht. Es steht nach wie vor im hintersten Winkel des Schuppens unter einer Plane."

„Und wir dürfen es benutzen?"

„Natürlich. Ben und ich haben die Maschine freilich lange nicht gebraucht. Wozu auch? Mein Mann hat neulich allerdings gemeint, die Feinjustierung stimme womöglich nicht mehr. Er hat sogar von einer Inspektion gesprochen, doch dazu ist es nun nicht mehr gekommen." Abermals überströmten Tränen ihr Gesicht.

Eine Stunde später hatte Jim den Beamer inspiziert.

„Er wirkt noch ganz passabel."

„Ich hoffe das wirklich für euch!", antwortete Mireille. Jim stellte zunächst die Entfernung ein. Hundert Meilen südwärts, das müsste reichen. Und es würde die Kapazität des Gerätes nicht überfordern.

„Was liegt da?"

„Wieder wälzten sie Karten, etwas ungenauere als die im Forsthaus, der Maßstab war wesentlich größer.

„Billington?", meinte Mireille zögernd. Ganz sicher war sie sich nicht.

Jim und Bob hatten den Namen wohl irgendwann einmal vernommen oder gelesen, konkrete Vorstellungen verbanden sie damit kaum.

„Wie groß mag das sein?"

Mireille musste passen. Der Dicke des Punktes auf der Karte nach mochte es vielleicht 5000 Einwohner haben, vielleicht etwas mehr. Eine fünfstellige Zahl würde die Ortschaft aber keinesfalls erreichen.

„Billington dürfte relativ ungefährlich sein", meinte die Frau. „Das Städtchen liegt mitten im Jumba-Distrikt. Der ist schon vor gut einem Monat ‚bereinigt' worden, wie die Säue das nennen."

„Mitten auf dem Marktplatz sollten wir trotzdem nicht landen!", scherzte Bob. Also peilten sie auf dem Navigator ein Ziel zwei Meilen außerhalb des Ortskernes an.

Endlich fragte Jim: „Bist du bereit?"

„Ja", bestätigte Bob und sein Freund drückte auf den Startknopf.

Die Luft flimmerte kurz, stabilisierte sich wieder. Die beiden schauten sich um und erschraken. Sie fanden sich in zwei engen Räumen wieder, durch eiserne Gitter voneinander getrennt.

„Ein Gefängnis!", sagte Jim. Und jetzt fiel ihm auch wieder ein, in welchem Zusammenhang er den Namen Billington früher bereits gehört hatte. Hier lag die zentrale Haftanstalt des Nachbarstaates für rückfällige Schwerverbrecher.

„Was für ein idiotischer Zufall!", antwortete Bob. „Die Chance, dass wir hier landen würden, betrug schätzungsweise höchstens eins zu einer Million. Rein rechnerisch ist es bestimmt erheblich leichter, bei der Staatslotterie zwölf Richtige mit Superkombi zu erwischen. Womit haben wir bloß so viel Pech verdient?"

Draußen auf dem Gang näherten sich Schritte, rasselten Schlüssel. Direkt vor Bob wurde eine Klappe geöffnet. Ein Wächter schaute herein, offensichtlich verblüfft über den Anblick, der sich ihm bot. Die Nachbarzelle konnte er von seinem Standpunkt aus nicht einsehen.

„Wie kommst du denn hierher?", fragte er. „Du bist wohl während meiner Freischicht eingeliefert worden? Hellmer hat mir gar nichts davon erzählt, auch im Kontrollbuch habe ich keinen Eintrag gefunden. Egal, Hauptsache, du bist hier. Du hast übrigens mächtig Schwein, wir sind zurzeit voll belegt, reservieren zwecklos."

Der Wärter lachte kurz über den eigenen Witz, dann verschloss er die Luke wieder sorgfältig. Der verrostete Riegel ächzte, das Geräusch schmerzte geradezu körperlich. Nebenan wiederholte sich das Gleiche fast wie geklont, nur mit dem kleinen Unterschied, dass die Verwunderung des Schließers noch größer war. Gleich zwei unerwartete Gäste? Dabei waren just diese Zellen seinen Instruktionen nach für Serienmörder frei gehalten worden, die nächste Woche aus der Hauptstadt hierher überstellt werden sollten.

„Seid ihr etwa die beiden Massenmörder aus Freetown?", erkundigte sich der Aufseher bei Jim.

„Nein!", antwortete dieser bestimmt.

„Dann habt ihr euch hier also eingeschlichen? Aber wie wäre das möglich? Habt ihr Hellmer etwa bestochen?"

„Bestochen, um ins Gefängnis zu kommen? Halten Sie uns für schwachsinnig?"

„Sir, heißt das! Und stell' dich mal nicht dümmer, als du bist. Ihr seid doch Männer, oder?"

„Was denn sonst, Sir?"

„Und da willst du nicht wissen, was das hier für ein Platz ist?"

„Ich wäre für eine Erklärung dankbar, Sir."

„Meinetwegen. Aber wehe dir, wenn du mich verarschen willst! Dies ist ein Hochsicherheitstrakt. Weißt du, was das bedeutet?"

„Dass er ausbruchssicher ist, Sir."

„Für normale Zeiten reicht diese Definition, gegenwärtig leben wir jedoch in einem Sonderzustand, da kommt es eher auf die Einbruchssicherheit an. Deshalb irritiert mich ja eure Anwesenheit so. Ihr müsst äußerst raffiniert vorgegangen sein."

In Jims Gehirn begann es zu dämmern. „Hier sind ausschließlich Männer?"

„Selbstverständlich."

„Und die Säuberungsbrigaden kommen nicht herein?"

„Du bist ein schlaues Kerlchen. Das wäre noch schöner! Einfach hinrichten, anstatt hübsch langsam zu bestrafen und umzuerziehen? So weit kommt es noch. Außerdem wollen wir auch nicht sterben, die Brigaden machen keinen Unterschied zwischen den Kriminellen und uns. Das Personal ist gut bewaffnet, da ziehen diese Weiber sofort den Schwanz ein, aber sie haben ja keinen." Wieder lachte er glucksend. Der Aufseher schien sich für einen Ausbund geistreichen Humors zu halten. „Nein, sobald die auf echte Männer treffen, kuschen sie nach wie vor. Wir lassen uns selbst von der Regierung nicht einschüchtern, im Knast gelten eigene Regeln, er ist sozusagen ein Staat im Staate. Mit dem Direktor legt sich sogar die Frau Präsidentin höchst ungern an."

Jim brach in ein langes befreites Gelächter aus. Das war der Hammer! Durch Gitter und Mauern gerettet! Es lebe der Strafvollzug! Die Aussage des Wärters glaubte er aufs Wort. Nun, wenn dieser Spuk vorbei, die Regierung zur Vernunft gekommen war, würde sich gewiss ein Weg in die Freiheit finden lassen. Bis dahin saßen sie warm, trocken und vor allem wirklich wohlbehütet, denn Gefängnisse stießen ihre Insassen nicht einfach aus. Was wollte man in der gegenwärtigen Situation mehr? Sie hatten tatsächlich den Jackpot geknackt. „Du hast dich geirrt, Bob!", rief er. „Wir sind keine Pechvögel, sondern Glückskinder!"

Piraten

Pater Felipe wachte von einem Knall auf. Ein Schuss, dachte er, aus dem Schlaf auftauchend. Kein Revolver, kein Gewehr, eher eine Kanone. Oder hatten die wechselnden Schemen des unruhigen Morgenschlummers ihm das nur vorgegaukelt? Egal, als Diener des Herrn musste man stets auf der Hut sein. Er sprang aus dem Bett, Hemd, Hose, Sandalen, die Handgriffe dauerten nur Sekunden, im Verlassen der Kajüte zog er den Reißverschluss hoch, das vergaß er allzu oft. Mit raschen Schritten eilte er zur Brücke. Kapitän Omar Selim bemerkte die schmale Gestalt des Priesters erst, als dieser ihn ansprach. „Sieht böse aus, nicht wahr?"

Seitlich, kaum weiter von der Lucinda entfernt als ein Tor des Fußballfeldes von seinem Gegenüber, lag eines jener schnittigen, schnellen Schiffe, die von den Piraten der nahen Inseln bevorzugt wurden. Und wer den Kaperer trotzdem, etwa auf den ersten Blick, für ein harmloses Handelsschiff hielt, wurde schnell eines Besseren belehrt. Vom Mast hing schlaff, aber trotzdem drohend die Flagge der Internationalen Freibeuter-Liga, wie sich der Bund etlicher Piraten hochtrabend nannte: Ein Zähne fletschender Wolf, der sich gerade anschickte, den Erdball zu verschlingen.

„Nicht für uns."

Der Geistliche schaute den Kapitän verblüfft an. „Wir sind doch unbewaffnet. Und ich schätze, auch langsamer als die dort."

„Sie irren. Die Lucinda ist als erster Frachter mit TAS ausgestattet. Das können die Burschen da drüben natürlich nicht wissen, aber es wird ihr Verderben sein."

Von dem neuen Terroristen-Abwehr-System hatte Felipe zwar schon gehört, doch kannte er keine Einzelheiten. Waffen gehörten nicht zu den Dingen und Themen, mit denen er sich auch nur gelegentlich in Gedanken beschäftigte. Jetzt kam er offenbar nicht länger darum herum.

„Sie wollen die Piraten vernichten? Einfach so?"

„Was wollen Sie damit sagen? Ich bin für Schiff und Mannschaft verantwortlich, mir bleibt keine Wahl, wir oder sie, die wollen es so. Meine Männer werden unser elektronisches Netz über die Bande werfen und sie zerquetschen wie Läuse. Das dauert bloß Sekunden und ist fast schmerzlos, also humaner, als das Gesindel es verdient."

Der Priester war jung, hatte eben erst das Studium beendet und steckte bis über die Halskrause voller Idealismus. Die vornehmste Aufgabe der Kirche bestand darin, die Menschheit zu heilen, und er fühlte sich berufen, ein erkleckliches Scherflein dazu beizutragen. Insgeheim brannte er sogar darauf, und nun bot sich unverhofft eine wunderbare Gelegenheit.

„Nein!", sagte Felipe entschlossen. „Geben Sie ihnen noch eine Chance. Und mir auch. Und nicht zuletzt sich selbst."

Bevor der Kapitän dem Vorschlag zustimmen oder ihn ablehnen konnte, eilte der Pater bereits die Treppe hinunter. Er warf seine Soutane über und hing sich ein großes Kruzifix um. Den Kopf ließ er unbedeckt.

„Wie stellen Sie sich das denn vor?" Omar Selim ließ wenig Begeisterung erkennen. Seine Worte klangen überlegen, beinahe spöttisch. So weit kam es noch, dass er sein Verhalten nach den abartigen Vorstellungen irgendwelcher Landratten richtete, und seien sie noch so fromm.

Der Geistliche meinte indes, hinter der rauen Schale zumindest so etwas wie Verständnis für seinen Plan zu entdecken.

„Was ich sagen werde, muss die Situation ergeben. Ein vordringliches Problem besteht darin, zu den Irregeleiteten zu gelangen. Schwimmen dürfte ausscheiden, mein Habitus, das ganze Ansehen, die Seriosität könnten darunter empfindlich leiden."

Nicht nur die, dachte der Kapitän.

„Bilden Sie sich ein, jemand von der Besatzung würde Sie hinüber bringen? Die Leute sind schließlich keine Selbstmörder."

„Aber doch sicher mutige Matrosen. Und gehorsam, notfalls dürfte Ihr Befehl genügen."

Omar Selim überlegte. Das Risiko war überschaubar, ihm blieb immer noch das TAS. Dieser Pater, der zufällig auf das Containerschiff geraten war, schien zwar naiv und leichtsinnig, darüber hinaus jedoch auch tapfer zu sein, und diese Eigenschaft imponierte ihm.

Felipe unterbrach seine Gedanken. „Was wollen die überhaupt von uns?"

„Ja, was wohl? Erst rauben sie uns bis aufs Hemd aus, dann werfen sie Mann für Mann den Fischen vor, wenn wir sie gewähren lassen. Solche Geschichten hat Ihr Bischof Ihnen nicht erzählt, nicht wahr?"

„Ist die Ladung denn so wertvoll?"

„Für die Kerle ist alles wertvoll, selbst wenn wir lediglich Berge von Kieselsteinen im Rumpf hätten. Aber wir transportieren eins der kostbarsten Güter. Sie haben doch die Behälter gesehen?"

„Ich bin ja nicht blind. Aber ich bin auch kein neugieriger Topfgucker."

„Nun gut. Die sind bis zum Rand gefüllt mit getrockneten Kuhfladen aus Indien."

Pater Felipe erschrak. Das war in der Tat der Exportschlager, nachdem die früher allgemein für schier unerschöpflich gehaltenen Vorräte an Erdöl, Erdgas und Kohle sich endgültig in Rauch aufgelöst hatten. Jedes Kind erfuhr in der Schule von den bald darauf ausgebrochenen sieben „Verteilungskriegen", an deren Ende zwei globalen Konzernen das Monopol zum Betreiben atomarer Kraftwerke zugefallen war. Seither kletterten die Preise für Energie von Jahr zu Jahr mit zunehmender Geschwindigkeit. Sonnenkollektoren, Windräder,

Wasserkraftwerke, die man großmütig der unterlegenen Konkurrenz überließ, bedeuteten kaum mehr als einzelne Tropfen auf ein Feld glühender Lava. Insbesondere ärmeren Ländern, die längst jeden Baum und Strauch verfeuert hatten, blieben nur wenige Auswege. Tierdung war der gängigste von ihnen.

Ein weiterer Schuss unterbrach das Gespräch. Die Kugel pfiff so dicht über ihre Köpfe hinweg, dass der Geistliche meinte, sie habe seine Haarspitzen gestreift.

„Verdammte Hunde!", fluchte der Kapitän. „Also, meinetwegen. Des Menschen Wille ist sein Himmelreich, auch wenn Ihnen diese Formulierung nicht passen sollte. Ich stelle Ihnen also ein Boot zur Verfügung. Unter zwei Bedingungen."

„Und die wären?"

„Erstens kann ich keinesfalls verantworten, dass meine Untergebenen sinnlos in die Hände der Piraten fallen. Sie springen an Bord und in derselben Sekunde stößt das Boot wieder ab. Selbst dieses Verfahren birgt kaum vertretbare Gefahren. Die Leute werden in sicherer Entfernung warten, bis sie ein Signal erhalten, ob Ihre Mission erfolgreich war. Von Ihnen persönlich."

„Einverstanden. Und zweitens?"

„Ich muss Fristen einhalten, Zeit ist Geld. Sie haben 15 Minuten, um die Kaperer zu überzeugen, dass sie besser ihre schmutzigen Pfoten von meinem Schiff lassen. Meinetwegen können Sie denen von der neuen Wunderwaffe berichten."

„Eine halbe Stunde", bat der Geistliche.

Omar Selim rechnete kurz nach. Auf der bisherigen Fahrt hatten sie einen kleinen Vorsprung gegenüber den Planvorgaben herausgearbeitet. Er betrug zwar keine dreißig Minuten, doch die geringe Differenz dürfte aufzuholen sein. Zwar zeichneten die Bordcomputer, unbestechlicher als die vorsintflutlichen Fahrtenschreiber früherer Generationen, jede Bewegung auf, insbesondere natürlich einen unerklärlichen Stopp auf hoher See, aber so lange er die Fristen einhielt, würde ver-

mutlich niemand intensiver nachforschen. Auch der mutmaßlich etwas höhere Energieverbrauch infolge der kurzfristig
notwendigen erhöhten Geschwindigkeit dürfte kaum auffallen. Und wenn, haperte es einem erfahrenen Seemann nicht
an überzeugenden Ausreden für eine derartige Bagatelle.
„Gut. Aber keinen Augenblick länger. Und nun schauen Sie,
dass Sie in die Hufe kommen, bevor ich meine Gutmütigkeit
bereue."
Hufe hat allenfalls Satan, dachte Felipe. Doch im Grunde war
er froh über die Vereinbarung. Nach fünf Minuten lag das Beiboot im Wasser, besetzt mit zwei Matrosen, deren mürrischen
Mienen man unschwer ansah, dass sie die ihnen bevorstehende
Aufgabe als eine Art unverdiente Strafe betrachteten.

Ngong-Kun kniff die Augen zusammen. Ein Fernglas brauchte
er nicht, in Anbetracht der geringen Entfernung zu seiner Beute, die sich verführerisch auf den Wellen wiegte, gehorsam, ohne
Fahrt zu machen. Eine Weile musterte er verwundert die sich
nähernde Nussschale, dann schüttelte er den Kopf.
„Da kommt ein Schizo!"
„Was meinst du damit?" Jianeng-Ho, der Steuermann, vermochte dieser Bemerkung des Kapitäns nicht zu folgen. Auch
er besaß ausgezeichnete Augen, aber alles, was er erkannte,
war eine schwarze krähenartige Gestalt, die hoch aufgerichtet
heranschwebte.
„Na, einer von denen, die Wasser predigen und Wein saufen!
Die tönen: Lasset die Kindlein zu mir kommen! Ja, ja, den
gütigen Onkel spielen, selbst jedoch keinen Nachwuchs haben wollen und dürfen. Wie würdest du so verquere Geschöpfe
nennen?"
„Bekloppt. Aber woher hast du deine Kenntnisse?"
„Das geht dich gar nichts an." Ngong-Kun grinste. Es war
stets von Vorteil, wenn Untergebene weniger wussten als der
Boss. Untergebene mussten parieren und funktionieren.

Jianeng-Ho fummelte an seinem Destroyer herum.

„Soll ich ihn wegpusten?"

„Nein. Ich bin gespannt, was der arme Irre im Schilde führt."

Wenig später kletterte Felipe über die Reling. „Der Segen des Herrn sei mit euch!", sagte er.

„Scheiß darauf!", entgegnete Ngong-Kun barsch. „Spar dir die blöden Sprüche, du meinst sie sowieso nicht ernst. Was willst du?"

„Genau das möchte ich dich fragen. Wir begehren absolut nichts von dir, aber offenbar verhält es sich mit euch anders. Wir ziehen friedlich wie Pilger über den Ozean, weshalb hältst du uns also auf?"

Der Pirat stutzte. In seinen Ohren führte der Schwarzkittel eine teils unverständliche, teils geradezu unverschämt freche Sprache. Ein normaler Mensch hätte eine solche Rede keine Minute überlebt. Doch in einer Mischung aus Großmut und Sadismus beschloss Ngong-Kun, ein wenig Katz' und Maus zu spielen. Außerdem konnten weitere Informationen zumindest nicht schaden. Obwohl ihm im Grunde klar war, was das Frachtschiff beförderte, erkundigte er sich. „Was habt ihr geladen?"

„Gammelfleisch."

Die Antwort kam spontan, fast wie aus der Pistole geschossen. Erst kürzlich hatte Felipe diesen Ausdruck in einem alten Schmöker entdeckt und war von ihm geradezu fasziniert gewesen. Aber jede Epoche hatte wohl ihre Schwachstellen und diese etwas anrüchige Episode aus grauer Vorzeit rechtfertigte keineswegs, auf die Gegenwart übermäßig stolz zu sein.

Jetzt blieb dem Pater freilich keine Gelegenheit, darüber eingehender zu reflektieren. Eine ähnlich gewaltige Ohrfeige hatte er noch nie empfangen. Felipe taumelte rückwärts und betastete Wange und Nasenbein.

„Wird's bald? Noch eine derart blöde Auskunft und dein trauriger Wanst wird keine Gelegenheit bekommen, zu vergammeln. Die Haie sind verdammt fix."

Dem Priester rann das Blut aus den Mundwinkeln. Das läuft furchtbar schief, dachte er. Noch bevor er die Initiative richtig ergriffen hatte, zerrann sie ihm bereits unter den Händen. Plötzlich sah Felipe seine Situation nüchtern. Er hätte sich einen Plan zurechtlegen müssen, eine Strategie ausarbeiten, jetzt war es zu spät dafür. Nun galt es, zu improvisieren. Aber wie? Sollte er drohen? Oder einfach den Viehdung gestehen? Nicht Stolz stand dem entgegen, er war zur Demut erzogen, aber ihm wurde allmählich klar, dass auch größte Willfährigkeit und loyalste Kooperation die Seeräuber nicht von ihrem Vorhaben abbringen würden. Gab es vielleicht einen dritten Weg? Er schaute auf die Uhr, noch blieb ihm etwas Zeit.

Sein Gegner hatte es offenbar eiliger. Schon schien er zu einem erneuten Faustschlag auszuholen. In Windeseile schossen dem Pater krause Einfälle durchs Gehirn. Bananen fielen ihm ein, Kokosnüsse, doch das würde dieser Grobian vermutlich nicht glauben. Und dass sein geistliches Gewand hier keinen Pfifferling wert war, spürte er schmerzhaft genug. Trotzdem wagte er einen letzten Versuch. Vielleicht half ja Diplomatie.

„Ich bin ein einfacher Passagier. Für das, was hinter den Ladeluken und in den Containern steckt, habe ich mich nie interessiert. Der Kapitän hätte sich das wohl auch verbeten."

Ngong-Kun gab zwei Matrosen einen Wink. Sie packten den Pater und verschnürten ihn wie ein Paket. Dann banden sie ihn an einen Pfahl.

„Ich protestiere! Ich bin Unterhändler, Parlamentär!"

Die Seeräuber reagierten auf diese neuerliche Albernheit auf ihre Art. Einer ergriff ein Tauende, der andere riss dem Opfer die Uhr vom Handgelenk und die Soutane vom Leib.

„Halt, ich will es euch sagen! Wir transportieren getrockneten Kuhmist."

Ngong-Kun lächelte zufrieden. „Na also! Ein bisschen Zureden nützt meistens. Ich werde dir jetzt erzählen, was du zu tun hast. Befolgst du meine Anweisungen, schenke ich dir vielleicht das Leben. Du bist ein rarer Vogel, und Gattungen, die sich nicht fortpflanzen, sterben ohnehin aus. Das verhindert auch keine Rote Liste."

Gelächter der Mannschaft belohnte diese Rede, obwohl niemand wusste, was für eine Bewandtnis es mit dieser Roten Liste hatte. Das rote Licht an Backbord kannte jeder und ebenfalls die roten Laternen der Hafenstädte, aber Listen? Lesen und Schreiben war nicht gerade ihr Ding.

Omar Selim blickte auf seine Uhr. Noch fünf Minuten. Er seufzte. Dieser alberne Kirchenmann, das Ergebnis konnte man ja voraussehen, aber an solcher Sturheit scheiterte eben jedes vernünftige Argument.

Noch drei Minuten. Draußen dümpelte das Beiboot auf dem spiegelglatten Wasser. Der Kapitän schaute seinen Ersten Offizier an. Der nickte.

Recht hat er, dachte Omar Selim. Es musste sein. Verpasste er seinen eigenen Termin, war eine gehörige Konventionalstrafe fällig. Wenigstens ein Jahr lang würde man das Gehalt einbehalten, sofern die Direktion ihn nicht gleich fristlos auf die Straße warf.

Noch eine Minute. Der Kapitän hob leicht die rechte Hand. Eine Leuchtkugel stieg in den Himmel. Das Zusammenspiel der Farben gab ein schönes Bild ab. Der rosafarbene Horizont, das klare Blau des Äthers, in den das dunkle Violett des strahlenden Geschosses hineinglitt.

Die Matrosen in dem Boot reagierten sofort. Der Bug wendete und nahm Kurs auf das Mutterschiff. Und erneut hob Omar Selim die Hand. Diesmal schien sie ihm die Last von Tonnen zu tragen.

Die Piraten saßen auf dem Achterdeck und beratschlagten.

Ein Posten behielt das Containerschiff unablässig im Auge. Solange es sich nicht bewegte, konnte nichts anbrennen.

„Kapitän!", rief er aufgeregt, doch Ngong-Kun hatte die emporsteigende Rakete noch vor ihm entdeckt. Mit einem Satz war er bei dem mit dem Rücken zur Lucinda stehenden Pater und riss ihn um die eigene Achse. Die Stricke knirschten um die Wette mit den Gelenken und Felipe schrie laut auf.

„Schau mal! Lila ... der letzte Versuch!" Er lachte höhnisch. Das Signal hatte seinen Höhepunkt erreicht und verlosch.

Felipe, der seine Aufmerksamkeit auf das kleine Boot konzentriert hatte, die einzige Verbindung zum rettenden Ufer, erkannte als Erster, wie es drehte, Fahrt aufnahm und sich im Schneckentempo entfernte. Er stöhnte leise. Rufen wäre sinnlos gewesen. Selbst wenn die beiden Matrosen ihn gehört hätten, war sein Schicksal besiegelt. Und dass der Herr der Lucinda ihn so eindeutig preisgab, musste Felipe für die Piraten zu einem nutzlosen Esser machen. Kein Einfluss, kein Auftrag, keine Chance auf Überleben.

Ngong-Kun bestätigte diese Einschätzung sofort. „Du bist wirklich ein mutiger Mann. Zur Belohnung darfst du noch mit ansehen, wie deine Gefährten den letzten Schnaufer tun."

Jetzt erhob sich etwas von der Mitte des Frachters, was wie ein kleiner weißer Ball wirkte. Er schwebte frei über dem Mitteldeck, nicht sehr hoch, und veränderte langsam seine Form. Inzwischen glich er einer unschuldigen Schäfchenwolke, die sanft emporstieg und zugleich zielstrebig dem Piratenschiff entgegentrieb.

„Was hat das zu bedeuten?", sagte Ngong-Kun. Es klang beunruhigt, seine bisherige Selbstsicherheit hatte offenbar einen Knacks erhalten.

Von den Rändern der Wolke, deren Farbe zu einem schmutzigen Grau gewechselt hatte und die nun in einer Höhe von etwa zwanzig Metern das gesamte Fahrzeug der Freibeuter bedeckte, bis ins kleinste Detail dessen Form nachahmend, glitten feine Fäden herab, begannen, ihr Ziel zu umwickeln und es in eine Art Kokon zu hüllen. In atemlosem Entsetzen beobachteten die Piraten, dass die Fäden, wie von einem unsichtbaren Webstuhl oder Spinnrad gesteuert, sogar unter dem Kiel hindurch schossen, um sich von Sekunde zu Sekunde fester zu verknüpfen.

„Bindet mich los!", rief der Pater ebenso verzweifelt wie vergebens.

Das Gespinst schien sich zu bleiernen, silbern glänzenden, pulsierenden Krampfadern zu verdicken, zu Stahltrossen, und allmählich begann das Schiff unter ihrem Gewicht zu sinken. Die Matrosen brüllten in Todesangst, fluchten, einer betete sogar unverhohlen, andere versuchten sich durch die ständig enger werdenden Maschen zu zwängen, hinaus ins Meer, wo bereits die Rückenflossen ungeduldig kreisender Haie aus der Flut stießen. Aber bevor die Verzweifelten mehr als nur den Kopf hindurchgepresst hatten, wurden sie stranguliert.

Felipes letzter Blick streifte das entschwindende Containerschiff. TAS, dachte er. Kapitän Omar Selim lag doch richtig. Dann schlugen die Wellen über ihm zusammen.

Rumpelstilz

„Ich würde mich gern persönlich mit Ihnen unterhalten!", lautete die Nachricht auf Sven Winterbergs Mailbox. „Ich bin sicher, es lohnt sich für Sie. Ich sage nur: Prämien." Das dreifache „Ich" klang wie Fanfarenstöße und das letzte Stichwort elektrisierte den Empfänger vollends. Mit Jahresbeginn hatte seine Arbeitgeberin, die Berufskrankenkasse für Mode und Kunst, das System zur Bezahlung ihrer Angestellten im Zuge der „12. Großen Gesundheitsreform" neu geordnet. Dabei waren sämtliche Gehälter unterhalb der Geschäftsführerebene auf einen Sockel von zwanzig Prozent verschlankt worden, wie die offizielle Sprachregelung formulierte. Zwar sollten üppige Prämien die Differenz zumindest ausgleichen, aber vollmundige Versprechungen und Realität klafften weit auseinander. Manche Kollegen mochten von der jetzigen Regelung profitieren, Sven gehörte jedenfalls nicht dazu und er kannte auch keinen einzigen, der aus der Änderung Nutzen zog.

Bereits am folgenden Abend saß er dem Anrufer vom Vortag in der Gaststätte „Grüner Bär" gegenüber. Ohne Umschweife kam dieser zur Sache. „Sie würden doch vermutlich gern mehr verdienen?"

Das Fragezeichen hätte er sich sparen können, dachte Sven. „Wer wollte das nicht?"

Noch immer gab der Fremde seine Identität nicht preis. Sven, an fast pingelige Korrektheit gewöhnt, fühlte sich dadurch unangenehm berührt und er machte aus seinem Herzen keine Mördergrube.

„Namen sind Schall und Rauch", erwiderte der andere leichthin.

So hätte er nicht reagieren sollen. Svens Ärger verdichtete sich zu Zorn. „Dann werde ich Sie Rumpelstilzchen nennen!", sagte er.

Der Geheimniskrämer lächelte amüsiert. „Wenn der Name Ihnen gefällt, meinetwegen. Nur streichen wir bitte die letzte Silbe, -chen klingt zu kindisch. Sie besitzen Humor, das schätze ich. Das ist eine Eigenschaft, die Ihnen Ihre Aufgabe erleichtern wird. Im Übrigen liegen Sie gar nicht ganz verkehrt, auch andere nennen mich so. Ich kann Ihnen tatsächlich zu Gold verhelfen, allerdings im übertragenen Sinn, dafür ohne mühsame Spinnerei, die ist ohnehin Weiberkram."

„Was soll das bedeuten? Können Sie vielleicht ein bisschen konkreter werden?"

Rumpelstilz zog einen kleinen Gegenstand aus der Jackentasche und deponierte ihn sorgsam auf dem Tisch. Er sah aus wie die Kreuzung zwischen einer altmodischen Streichholzschachtel vom Flohmarkt und einem ebenso antiquarischen Feuerzeug. Sein metallisch schimmernder Überzug glänzte im Licht der Wachskerze in einem düsteren Schwarz.

„Wissen Sie, was das ist?"

„Wie sollte ich?"

„Also nein, aber das wäre auch unmöglich, es sei denn, einer der erfolgreicheren Herren aus Ihrem Hause hätte geplaudert, doch dafür sind sie zu klug. Das gilt, nebenbei bemerkt, genauso für die Damen."

Erfolgreiche Kollegen? In Gedanken ließ Sven die in Betracht kommenden Männer und Frauen Revue passieren. Besonders seit der jüngsten Reform hielt jeder die Höhe seiner Einkünfte geradezu penibel unter Verschluss und es war schier unmöglich, zu unterscheiden, ob im Einzelfall die Scham des Versagers oder die Angst des Erfolgreichen vor Neid den Grund dafür lieferten. Müller II hatte sich neulich ein neues Auto zugelegt und von Angelika Hoff munkelte man, sie habe im Sommer zwei Wochen auf einem Wellnessplaneten im Kublai-Khan-System verbracht, ein keineswegs billiges Vergnügen. Aber alles verschwamm im Dunst der Gerüchte.

„Haben Sie schon darüber nachgedacht, warum ich just Ihnen eine Offerte unterbreite? Mein Auftraggeber hat alle Mitarbeiter Ihres Hauses durchchecken lassen. Sie haben diese Probe bestanden. Wir sind sowohl von Ihrer Diskretion überzeugt als auch davon, dass Sie unseren Vorschlag annehmen werden."

Im Moment war Sven völlig egal, wer dieser Auftraggeber sein mochte. Er starrte unverwandt auf das kleine Kästchen, von dem eine geradezu magische Faszination ausging. Es war, als rauschten Rumpelstilz' Worte an ihm vorbei wie ein plätschernder Bach, ohne echte Bedeutung, verglichen mit dem schwarzen Ding.

„Und was ist dies nun?"

„Gemach! Eins nach dem anderen. Zunächst müssen wir über Ihre neuen Entlohnungstarife reden. Wofür erhalten Sie zusätzliche Prämien?"

Was soll das, dachte Sven unwirsch. Das sind alles Ablenkungsmanöver, verglichen mit der glänzenden Wahrheit vor ihm. Ihm schien gewiss, dass Rumpelstilz in diesem Dickicht besser Bescheid wusste als er selbst. Trotzdem antwortete er widerwillig: „Allgemein ausgedrückt, für Kostensenkungen."

„Sehen Sie? Und wodurch kann man die erzielen?"

Darüber hatte Sven oft genug nachgedacht, daher kamen seine Antworten jetzt flüssiger. „Da gibt es eine ganze Palette von Möglichkeiten. Man kann Anträge ablehnen. Man kann extrem schadenträchtige Mitglieder zur Kündigung veranlassen, und sei es gegen eine Abfindung. Man kann Krankenhäuser motivieren, Patienten früher zu entlassen und die gesparten Anteile der Fallpauschalen mit dem Versicherer zu teilen."

„Halt!", unterbrach Rumpelstilz die Aufzählung. „Das genügt! Ich sehe, dass wir uns nicht getäuscht haben. Insiderwissen und Fantasie, das ergibt die ideale Mischung. Aber haben Sie bislang entsprechende finanzielle Erfolge gehabt?"

Sven zögerte. Sein kürzlich mit einem Versicherten, Gabriel hieß er, den Vornamen hatte er vergessen, geführtes Gespräch fiel ihm ein. Die mit dessen Ausgang verbundene blamable Niederlage wurmte ihn heute noch.

„Wissen sie, dass Ihr Verhalten der Gemeinschaft Kosten aufbürdet, die erheblich über dem Durchschnitt liegen, ja, sogar jenseits des in Ausnahmesituationen gerade noch Vertretbaren?", hatte er anlässlich eines Hausbesuches gefragt, natürlich außerhalb der Dienststunden, unbezahlt, als Entgelt für solche Mehrarbeit waren schließlich die Prämien ausgelobt worden.

„Na und? Das ist mir egal, dafür bin ich doch versichert. Also, machen Sie sich vom Acker!"

„Aber Sie könnten uns helfen, uns und der gesamten Solidargemeinschaft!"

„Vielleicht, indem ich gesund werde? Nur zu, ich wäre für jeden Tipp dankbar!"

„Ich bin kein Mediziner, meine Aufgabe besteht lediglich darin, Ihnen zwei alternative Vorschläge zu unterbreiten."

„Und wie lauten die?"

„Erstens, Sie kündigen von sich aus. Dann könnten sie mit einer namhaften Einmalzahlung rechnen."

Gabriel lachte gequält. „Das haben Sie sich fein zurecht gelegt. Und was wird aus mir, wenn das Geld aufgebraucht ist? Glauben Sie ernsthaft, eine andere Kasse nimmt mich? Und falls doch, verlangt sie irrsinnige Beiträge. Nein, da müssen Sie sich Dümmere suchen!"

Ungerührt fuhr Sven fort: „Die zweite Möglichkeit besteht darin, dass wir Ihrem Vertrag einen reformierten Leistungskatalog zugrunde legen."

„Einen gekürzten, meinen Sie wohl. Dabei klammern Sie dann just die Maßnahmen aus, von denen ich abhänge, nicht wahr? Dialyse, Insulin und so fort. Nicht mit mir! Wie jeder in diesem Land müssen auch Sie Verträge einhalten!"

Fruchtlose Gespräche ähnlicher Art hatte Sven in den letzten Monaten fast täglich geführt, stets mit demselben negativen Ausgang. Erst kürzlich war er von seinem Abteilungsleiter zur Rede gestellt worden.

„Wir erkennen Ihren Eifer durchaus an", hatte der gesagt. „Aber Sie müssen vorsichtiger taktieren. Subversive Medien wittern bereits Unrat. Wir sind eine zwar eine einerseits kommerzielle, andererseits jedoch ausgesprochen karitative Einrichtung und wollen auch als solche von der Öffentlichkeit wahrgenommen werden. Nicht als geldgierige Hyänen, wie uns neulich die ‚Mittagspost' genannt hat. Dass wir alle in einem Boot sitzen und manchmal aus reiner Notwehr handeln, dürfte Ihnen bewusst sein. Oder haben Sie etwa Lust, Ihren sicheren Arbeitsplatz aufs Spiel zu setzen?"

Das wollte Sven gewiss nicht. Zwanzig Prozent des früheren Lohnes waren immer noch rund das Doppelte von dem, was ihm irgendwelche Sozialämter zubilligen würden. Auf einen neuen Job konnte er, trotz seines noch eher jugendlichen Alters, schwerlich hoffen, angesichts jener schwarzen Listen, die im Internet kursierten. Doch das alles musste er Rumpelstilz nicht auf die Nase binden.

„Ihr langes Schweigen genügt als Antwort!", sagte der Fremde. „Ihre Misserfolge haben eine simple Ursache: Sie sind falsche Wege gegangen und haben untaugliche Mittel angewandt. Dieser spezielle Surfer, den wir Paradiser getauft haben, wird Ihnen Einkünfte satt bescheren!"

„Und wie soll das funktionieren?"

„Nehmen Sie das Gerät ruhig in die Hand, aber hüten Sie sich davor, auf den kleinen Knopf an der Seite zu drücken! Sie werden alsbald eine Probe seiner Kräfte spüren, in verträglicher Dosis."

Zögernd griff Sven zu. Der Paradiser schien sich förmlich in die von den Fingern gebildete Höhlung zu schmiegen und begann dort sanft zu vibrieren. Nie zuvor hatte der Angestellte etwas ähnlich Märchenhaftes gespürt. Eine Vielzahl von Tönen, Farben und Bildern quoll aus dem Kästchen, hüllte Sven ein und verzauberte in so, dass er die Umgebung völlig vergaß.

„Halt!", rief Rumpelstilz. „Genug!" Aber sein Gegenüber war so tief in eine andere Sphäre versunken, dass er keinen Laut von außerhalb seiner Welt wahrnahm. Rumpelstilz sprang auf und entriss ihm den Surfer. Sven zuckte zusammen. Enttäuscht, verletzt, ratlos. Ihm schien, als sei er des eigentlichen Sinnes seines Lebens beraubt worden.

„Sie haben nun eine ferne Ahnung von den Kräften des Paradisers bekommen. Und jetzt hören Sie zu! Sie werden sich anhand Ihrer Unterlagen chronisch Kranke heraussuchen, besonders belastende Kostenfaktoren. Sie müssen nur deren Körper mit dem Surfer leicht berühren und dabei den bewussten Knopf betätigen. Es ist ein Timer eingebaut, am dritten Tag tritt die Wirkung ein."

„Die Leidenden werden geheilt?" Ein anderes Resultat vermochte Sven sich nach seiner wunderbaren Erfahrung nicht vorzustellen.

Diesmal klang das Lachen des Fremden überaus unsympathisch. „So kann man es auch ausdrücken."

„Sie wollen damit doch nicht etwa sagen ...?"

„Doch. Genau das."

„Sie wollen mich zum Mord anstiften?"

„Wer wird denn gleich derart große Worte in den Mund nehmen? Ohne Aussicht auf nachhaltige Besserung gemarterte Patienten werden von ihren Qualen erlöst. Die Kasse spart zugunsten von Kranken mit günstigerer Prognose. Sie erhalten Ihre Prämien. Alles ist also im grünen Bereich, was soll daran verwerflich sein? Wenn es gerecht zuginge, müsste man Ihnen einen Orden verleihen."

Sven fasste sich an die Stirn, Allmählich begann seine sonst so kühle Logik zu rotieren. Rumpelstilz setzte nach: „Es handelt sich hier um eine sensationelle Erfindung, einen wahren Durchbruch. Keinen seitens der Pharmaindustrie, die verliert bloß dabei, sondern die einsame Leistung eines genialen Tüftlers. Die reale Todesursache lässt sich auch mit den raffiniertesten Methoden nicht feststellen. Sie brauchen natürlich einen Mittelsmann vor Ort, besser noch eine Mittelsfrau. Ideal wäre eine Krankenschwester."

„Warum suchen Sie sich denn nicht Ihre Handlanger direkt im Hospital?"

„Das Wort ‚Handlanger' möchte ich überhört haben, es ist unter Ihrem Niveau. Auf die Frage selbst gibt es drei überzeugende Antworten. Erstens tun wir das ohnehin, man sollte nach Möglichkeit stets mehrgleisig fahren. Zweitens ist das Anwerben von Ärzten und Pflegepersonal komplizierter als die Akquisition von Kassenbediensteten, deren Tarifstruktur förmlich dazu einlädt. Drittens sind gerade Sie ein attraktiver Mann, dieser Gesichtspunkt hat bei unserer Wahl durchaus eine Rolle gespielt. Es dürfte Ihnen nicht schwer fallen, einschlägige Bekanntschaften zu machen und zu vertiefen."

„Bisher hatte ich noch nie engere Kontakte zu Krankenschwestern. Zu Kindergärtnerinnen und Friseurinnen schon, aber die helfen hier kaum weiter."

„Nein, das tun sie nicht", pflichtete der Fremde bei. „Ich gebe Ihnen ein paar Adressen von Bars, Diskotheken und Clubs, in denen das medizinische Personal der Universitätsklinik verkehrt. Die Uniklinik ist bekanntlich die größte am Ort und dort findet man just die für Sie interessanten Fälle gehäuft."

Sven nahm den Zettel entgegen. Im Stillen wunderte er sich, wie rasch Rumpelstilz ihn von seinem bisher relativ gradlinigen und ebenen Lebenspfad abgebracht hatte. Ihm war klar, dass er diesem verlockenden Angebot nicht widerstehen konnte. In Gedanken ging er die Prämienstaffeln durch, insbesondere jene Rubrik, die vom Ausscheiden unheilbar

Kranker handelte. Zwar war dort von Tod keine Rede, aber Sven begriff jetzt, warum dieser Passus schwammiger gehalten war als andere Passagen. Auf Rückfrage würde die Geschäftsleitung im Brustton der Überzeugung erklären, damit seien selbstverständlich Kündigungen gemeint, lediglich aus juristischer Vorsicht habe man etwas allgemein formuliert. Aber würde man ihm dann im Fall des Ablebens überhaupt die Prämie zahlen? Normalerweise war ein Exitus ja nicht der Verdienst des Sachbearbeiters und verklagen konnte er seinen Arbeitgeber kaum.

„Das sind törichte Gedanken!", sagte Rumpelstilz. „Für die Kasse zählen Resultate, nicht persönliche Meriten. Sie spekulieren doch nicht auf öffentliche Ehrungen, nicht wahr? Ihnen ist ein bestimmter Personenkreis zugeordnet, sinken die Ausgaben, wird Ihnen das gutgeschrieben, fallen die Ausgaben besonders stark und zudem endgültig, wie es beim Tod eines Schwerkranken zwangsläufig zu sein pflegt, steigt logischerweise die Belohnung automatisch entsprechend an. So funktioniert die freie Wirtschaft nun einmal."

Sven nickte. Die schon für einen einzigen Fall verhießene Summe ließ seine Augen leuchten. Multiplizierte man sie, geriet man rasch in schwindelerregende Höhen.

„Stecken Sie den Paradiser ein und nehmen Sie ihn nur bei Bedarf aus der Schutzhülle! Ich vertraue Ihnen den Surfer an, aber passen Sie gut auf! Er ist wirklich wertvoll. Wir bleiben jedenfalls in Kontakt. Und nun schauen Sie, dass Sie möglichst umgehend eine geeignete Partnerin finden! Ich drücke Ihnen kräftig die Daumen."

Bei seinen bisherigen Freundinnen war Sven der Beruf ziemlich egal gewesen. Vorläufig plante er keine feste Bindung und erst recht keine Ehe. Zugegeben, eine Fleischwarenverkäuferin nahm deshalb einen besonderen Platz in seiner Erinnerung ein, weil sie neben besonderen Qualitäten im Bett schier unerschöpfliche Mengen verschiedener Wurstsorten herbeischleppte, dazu Schinkenstücke, Rollbraten und sonstige Köstlichkeiten.

„Das gibt Kraft", sagte Elvira dann schelmisch. „Und die wirst du brauchen."

Andere Mädchen waren Angestellte gewesen, wie er selbst, teils gestylt, teils graue Mäuschen, die sich erst bei der Begegnung mit Leidenschaft und Liebe zu häuten begannen. Nun musste er andere Prioritäten setzen, denn je länger er das Für und Wider abwog, desto heftiger wurde sein Wunsch, endlich einmal finanziell aus dem Vollen schöpfen zu können, nicht jede kleine Anschaffung auf einer Warteliste eintragen zu müssen. Dagegen verflüchtigten sich auch die letzten Skrupel.

Mit gewohnter Akribie ging er ans Werk. Gleich am ersten Abend lernte er im „Blue Kentucky" Anna kennen, blond, mit durchaus ansehnlichen Konturen. Nach dem dritten Drink an der Bar, Bourbon, was sonst, sagte er leichthin: „Hier verkehren ja anscheinend ausschließlich Mediziner. Ich möchte wetten, dass du auch dazu gehörst."

„Diese Wette würdest du verlieren. Ich bin bei einer Krankenkasse beschäftigt, seit einer Woche. Mode und Kunst."

Sven verschluckte sich fast. „Einen Augenblick. Ich bin gleich zurück."

Statt der Tür zur Toilette, wählte er allerdings den Ausgang ins Freie. Noch war der Abend nicht zu Ende, und er wollte keinen Tag verlieren. Also suchte er das nächste Lokal seiner Liste auf, aber das Pech schien sich förmlich an seine Fersen geheftet zu haben. In immer kürzeren Intervallen quatschte er ein halbes Dutzend Frauen an, einige ließen ihn sofort abblitzen, er sei nicht ihr Typ, sie seien in festen Händen, dem Rest lag das Betreuen von Patienten ferner als der Mond. Eine lachte ihn sogar schallend aus. „Hältst du mich für bekloppt?"

Erst Anfang der folgenden Woche wendete sich das Blatt. Eva arbeitete tatsächlich als Krankenschwester, noch dazu in der Uniklinik, Abteilung Innere Medizin. Volltreffer, dachte Sven aufatmend. Nun galt es, Interesse zu heucheln, Gefühle. „So viel Verständnis ist bei Männern selten", sagte sie beeindruckt. „Du scheinst ein guter Mensch zu sein." Wenn du wüsstest, dachte Sven, doch er verfolgte sein Ziel hartnäckig. Zwei Tage später schlief Eva bereits bei ihm und wiederum zwei Tage darauf unternahm er den ersten Vorstoß. Vielleicht brauchte er das Mädchen gar nicht einzuweihen, sondern konnte den Job selbst erledigen. Aus zahllosen Krimis wusste Sven, wie gefährlich Mitwisser sein konnten, besonders seelisch verletzte Frauen. Ganz nebenbei erkundigte er sich: „Kannst du mich nicht mal mitnehmen? In die Klinik?"

„Wie stellst du dir das vor? Und warum möchtest du das überhaupt?"

„Aus zwei Gründen. In erster Linie möchte ich deinen Arbeitsplatz kennen lernen. Mich interessiert doch alles an dir, wie du so lebst, was du tust."

Eva lächelte gerührt. „Und zweitens?"

„Du weißt doch, dass ich bei einer Krankenkasse beschäftigt bin. Das ist reine Theorie, etwas für Bürohengste, Schreibtisch eben. Es würde mir sicher helfen, gerechter zu entscheiden, wenn ich mal Menschen kennen lernen könnte, die sich in einer extremen Notsituation befinden."

„Also Schwerkranke? Womöglich Intensivstation?"

„Genau. Und besonders toll fände ich, wenn ich den Bedauernswerten anschließend nützen könnte, finanziell natürlich, den anderen, wichtigeren Teil besorgt ja ihr."

„Dazu musst du vermutlich wissen, wo die Patienten versichert sind?"

Das lief ja glatter als erwartet.

„Der absolute Hit wäre, wenn es sich nicht bloß um unsere Kunden handelte, sondern ihre Namen überdies mit den

Buchstaben L bis P begännen. Das ist mein Verantwortungsbereich, da kann ich unmittelbar eingreifen."

Das Wort „Verantwortung" betonte Sven und bemühte sich dabei um eine wichtige Miene, als laste eine gewaltige Bürde auf ihm.

Eva schmolz dahin. „Ich will sehen, was sich tun lässt. Bei uns laufen so viele Leute herum, Vertretungen, Angehörige, so dass du wahrscheinlich nicht auffällst. Am besten ziehst du einen orangefarbenen Kittel über, den organisiere ich, das schützt dich vor lästigen Fragen. Falls du nicht gerade der Visite in die Arme rennst, kann eigentlich nichts passieren."

Doch am Abend brachte sie eine zwiespältige Nachricht: „Keiner von meinen Patienten entspricht deinen Wünschen, aber ich habe in den Computer geschaut. Auf Station 17 liegen zwei Männer, die passen dürften."

Sven reagierte enttäuscht. „Was nützt mir Station 17?"

„Oh, ich habe dort am Wochenende Nachtdienst. Ich denke, es wird nicht allzu schwer, dich einzuschmuggeln. Allerdings werden die beiden dann hoffentlich schlafen. Mach mir ja keine Dummheiten und weck' sie etwa!"

„In Sachen Diskretion bin ich schließlich Meister", sagte Sven lächelnd und nahm sie in die Arme.

Tatsächlich verlief alles ohne Zwischenfälle. Sven stand an den Betten der Männer, die, ein glücklicher Zufall, in einem Doppelzimmer lagen, und mimte den mitleidigen Samariter. Während er sich über die eingefallenen Wangen der unruhig Atmenden beugte, zog er den Paradiser aus seiner Jacke.

Ich entwickle mich zum Taschenspieler, dachte er. Obwohl Eva ihn liebevoll von der Seite musterte, gelang es ihm, den Surfer in der hohlen Hand zu verbergen und mit ihm sanft über die ausgemergelten Arme zu fahren. Für die Schwester sah es aus wie ein Streicheln und wieder empfand sie Rührung und tiefe Freude, einem so gütigen Mann begegnet zu sein. Der leichte Druck auf den Knopf entging ihr natürlich ebenfalls. Als sie ihren Freund hinausgeleitete, auf dem Korridor, fragte sie: „Nun, hast du dir einen Eindruck verschafft? Wird dir das bei deiner Arbeit helfen?"

„Sicher, ich bin echt erschüttert. Freilich benötige ich noch zusätzliche Hintergrundinformationen und es wäre schön, wenn es sich bei unserem kleinen nächtlichen Ausflug nicht um ein einmaliges Ereignis gehandelt hätte. Die Alten sind mir schon richtig ans Herz gewachsen. Vielleicht kann ich sie demnächst im Hellen sehen und mit ihnen reden? Ich hoffe zuversichtlich, etwas Nachhaltiges für sie erreichen zu können."

Das war am Sonntag gewesen. Am Dienstagabend hatte Eva gerötete Augen. Es schien, als habe sie geweint.

„Was ist denn heute los mit dir?", erkundigte Sven sich scheinheilig. Natürlich erriet er den Grund ihres Kummers. Innerlich bebte er vor Spannung und Vorfreude

„Stell dir vor, Herr Lampe und Herr Nabutoff sind heute Nacht verstorben. Ausgerechnet die beiden, die wir vor zwei Tagen besucht haben."

„Wir" klingt beruhigend, dachte Sven. „Du" wäre kritischer gewesen.

„Dabei sah es doch absolut nicht hoffnungslos aus. Monika, die Stationsschwester, kann es sich gar nicht erklären."

Am folgenden Morgen klemmte Sven sich zwei Akten unter den Arm und ließ sich bei seinem Abteilungsleiter melden. Zuvor hatte er überschlägig berechnet, welche Kosten das rechtzeitige Ableben der beiden Mitglieder dem Versicherer mutmaßlich ersparen würde.

„Sauber", sagte der Chef. „Sie sind ein rechtes Glückskind. Ich lasse die Prämie sofort festsetzen. Da die Fälle endgültig abgeschlossen sind, erhalten Sie den Betrag mit dem nächsten Gehalt, das sich dadurch vervielfachen dürfte. Weiter so!"

Im Nebenzimmer wartete Rumpelstilz, der sich nun als Herr Lehmann entpuppte, Inhaber einer Werbeagentur und Lobbyist diverser Verbände, auf den Abteilungsleiter. Gemeinsam begaben sie sich zum Geschäftsführer.

„Habe ich es Ihnen nicht prophezeit?", fragte Lehmann.

„Ja, ich bin beeindruckt. Aber Sie werden von uns ja auch geradezu fürstlich dafür bezahlt, dass Sie die richtigen Mitarbeiter anwerben. Das Ganze bereitet auch mir keine ungetrübte Freude, aber nicht wir tragen die Schuld an der ausufernden Misere. Der Kostendruck wächst und wächst."

„Bei mir brauchen Sie nicht um Verständnis zu werben", entgegnete der Besucher. „Winterberg macht hundertprozentig weiter, der hat Blut geleckt. Ich habe bereits eine neue Kandidatin im Visier. Die Frau heißt Anna Brunner und arbeitet in der Außenstelle Palmgarten. Es ist eben von Vorteil, dass ich außer den Gehaltslisten die erweiterten Personalakten nebst Bewerbungsunterlagen, inklusive der internen Notizen und vertraulichen Kommentare einsehen kann. Das lässt interessante Rückschlüsse auf die Charaktere zu." Dass er gerade einen inoffiziellen Auftrag zugunsten mehrerer Ministerien angenommen hatte, verschwieg Lehmann wohlweislich. Die Herren von der Regierung konnten da sehr heikel sein.

Zu Hause fand Sven bereits Eva vor. Vor einigen Tagen hatte er seiner Freundin feierlich den Wohnungsschlüssel überreicht, ihre Besuche bei ihm waren inzwischen recht häufig geworden. In der rechten Hand hielt sie den Paradiser. Ohne Schutzhülle! Erschrocken stürzte Sven auf sie zu: „Was machst du da? Gib mir sofort den Surfer!"

Erstaunt musterte sie den Freund. Dermaßen aufgeregt hatte sie ihn bisher nie erlebt. „Es fühlt sich so beruhigend an, wenn man mit ihm über die Haut streicht."

Svens Entsetzen wuchs. „Er hat einen winzigen Knopf. Hast du daran herumgefummelt?"

„Ich habe ihn nur ganz kurz berührt, er ist bestimmt noch heil. Es hat zwar kurz und heftig gekribbelt, doch vielleicht war das auch bloß Einbildung." Warum hatte er das Gerät bloß nicht sorgfältiger versteckt? Jetzt galt es, Umsicht zu bewahren! Heilung auf normalem Weg schien unmöglich und Rumpelstilz konnte er nicht so rasch erreichen, aber vermutlich wäre selbst der hier überfordert gewesen. Er versuchte, Unbefangenheit zur Schau zu stellen, sich wie gewohnt mit Eva zu unterhalten.

„Tust du mir einen Gefallen? Ich habe meinen Wohnungsschlüssel verloren oder verlegt und muss mir also einen neuen besorgen. Leihst du mir so lange deinen?"

„Na klar!" Ihr Gesicht strahlte unschuldig, wie schön, dem Geliebten helfen zu können, nachdem der vorige Versuch so tragisch geendet hatte. „Wann kriege ich ihn denn zurück?"

„Spätestens übermorgen. Notfalls, wenn ich gerade unterwegs bin, musst du vorübergehend mit deinem alten Domizil vorlieb nehmen, dann ist die Sehnsucht umso größer ..."

Bei sich beschloss Sven, umgehend für zwei Tage Urlaub zu beantragen, telefonisch, nach seinen jüngsten Erfolgen konnte man ihm das unmöglich abschlagen, und heute noch hinauszufahren aufs Land. Er wusste da einen Gasthof mit mäßigen Preisen und vortrefflicher Hausmannskost. Bei seiner Rückkehr würde bereits alles vorüber sein. Irgendwie bedauerte er das, aber jeder war sich selbst der Nächste. Jetzt, da er sich in diesen Kreisen auskannte, würde es ihm nicht schwer fallen, eine andere Krankenschwester aufzureißen. Neues Spiel, neues Glück! Vielleicht war das nicht die schlechteste Lösung. Und es traf sich ausgezeichnet, dass Eva heute Nachtdienst hatte.

Als sie das Haus verließ, schaute er ihr nach, bis sich ihre Gestalt zwischen Häusern, Menschen und Autos verlor. Dann packte er eine kleine Tasche, steckte den Paradiser nebst beiden Schlüsseln ein und verließ fröhlich pfeifend die Wohnung.

Der Vertreter

Jerk Jalder sehnte den November herbei. Einem warmen, für seinen Geschmack viel zu sonnigen September war ein praller Oktober gefolgt. Äpfel, die noch nie von Nachtfrösten gehört hatten, hingen rotwangig von den Bäumen, das Violett der Zwetschgen und die Üppigkeit der blauen und gelbgrünen Trauben wetteiferten miteinander um die Krone von Stillleben oder impressionistischer Malerei. Nur die Kürbisse trösteten Jerk. Zwar strotzten auch sie geradezu vor Lebenslust, aber Halloween stand ihnen unsichtbar in die Haut geritzt, ein erfreuliches Menetekel.

Halloween schien dem Vertreter eine Art Codewort für die Pforte zu jenem Monat, den so wunderbare Namen wie „Allerheiligen" und „Allerseelen" einleiteten. Eine Zeit, die Nebel verhieß, Nieselregen, matt von den Zweigen taumelnde Blätter.

Bereits seit Mitte März liefen die Geschäfte schlecht. Das war zwar nicht unüblich, saisonbedingte Einbrüche konnte man nie ganz vermeiden, doch in diesem Jahr fielen sie besonders heftig aus. Andererseits war Jerks finanzielle Lage angespannter als normal.

Im Januar hatte er sich in einem Anfall von Leichtsinn einen Raumsprinter gekauft, einen neuen sogar, wenn schon, denn schon. Die Lieferfirma begnügte sich mit einer ungewöhnlich geringen Anzahlung, umso höher waren seine Raten, aber mit dem Privatflieger ließen sich die neuen Kolonien auf Hephaistos Eins und Zwei erheblich schneller, bequemer und unabhängiger erreichen als mit dem dürftigen Linienverkehr. Während der letzten Jahre hatte Jerk nachgerade einen Widerwillen gegen die großräumigen öffentlichen Raumschiffe entwickelt. Er hatte sie nie gemocht, doch seit dem Inkrafttreten der letzten Novelle zum Orbit-Beförderungsgesetz hasste der Vertreter sie geradezu.

Er war nicht mehr ganz jung, seine Figur, der das viele bewegungslose Herumsitzen auf den weiten Touren nicht sonderlich bekam, wies immer unübersehbarer Anzeichen der Abnutzung auf. Daher schämte er sich, sozusagen als Adam unter junge, sportliche Mitreisende zu treten, insbesondere dann, wenn sie dem weiblichen Geschlecht angehörten.

Ab Jahresbeginn mussten sich sämtliche Passagiere bereits am Tor zum Terminal splitternackt ausziehen. Urologen führten die vorgeschriebene Analkontrolle aus, HNO-Ärzte prüften sorgfältig Mund und Rachen. Die durch Abstriche gewonnenen Proben wurden von speziell gedrillten Spürhunden beschnuppert und bei dem geringsten Verdacht, etwa einem nicht auf der Stelle erklärbaren Wedeln der Rute des zuständigen Rüden, umgehend im mobilen Labor getestet. Dank neuester Technologie verzögerten auch die Untersuchungen des Magen- und Darmtraktes die Abfertigung nicht entscheidend, jedenfalls nicht, wenn man die hier verbrachten Stunden in Relation zur oft wochenlangen Flugdauer setzte.

Derweil demonstrierten auf den Zufahrtsstraßen der Flughäfen unablässig Mitglieder der Tierschutzverbände. Sie schwenkten Plakate mit Aufschriften wie „Stoppt die Diskriminierung von Vierbeinern" oder „Keine Sklavenarbeit für Hunde". Aber natürlich blieben derartige Proteste erfolglos, angesichts der Einheitsfront aus Regierung, Fluglinien und einer Vielzahl interessierter Verbände.

Für unkundige Außenstehende war es schon ein seltsamer Anblick, seriöse Geschäftsleute, hohe Beamte, Künstlerinnen in schäbiger, unmoderner oder gar zerlumpter Aufmachung aus den Taxis klettern zu sehen, doch auch dieser eher wohlsituierte Personenkreis war durch die Bank preisbewusst. Denn selbstverständlich wurden sämtliche getragenen Kleidungsstücke sofort nach dem Ablegen vernichtet.

„Am Ziel werden Sie auf Kosten der Fluggesellschaft neu eingekleidet!", hieß es. „Die Wege dorthin sind absolut steril und voll klimatisiert. Niemand braucht gesundheitliche Schäden zu befürchten."

Trotzdem empfand nicht nur Jerk es als äußerst unangenehm, dass die Ausgabe des anfangs verteilten behelfsmäßigen Übergangsdresses für den Flug aus Kostengründen eingestellt worden war. Zwar gab es grundsätzlich gesonderte Kabinenteile für Männer und Frauen, doch existierte diese Einteilung häufig bloß auf dem Papier. Verheiratete widersetzten sich einer Trennung, und Pärchen ohne Trauschein pochten auf die verfassungsmäßige Gleichstellung mit Eheleuten und Schwulen. Transsexuelle drohten mit Klagen, Chefs wiederum wollten nicht auf die Gegenwart ihrer Sekretärinnen verzichten, auch ließ sich die geschlechtliche Trennung der ebenfalls nackten Flugbegleiter nicht lückenlos durchführen. Am Ende überwogen Ausnahmen die Regel so deutlich, dass man nicht länger darauf bestand, ein undurchsetzbares Prinzip einzuhalten.

Nun, Jerk war es im Grunde egal, wie viele Gattinnen, Geliebte, Assistentinnen und Stewardessen ihn umgaben. Nicht auf die Zahl kam es ihm an, sondern auf die, im wahrsten Sinne des Wortes, nackten Tatsachen an sich. Und an denen störte er sich eben, bis er beschloss, dem Ärgernis für seine Person ein Ende zu bereiten.

„Tun Sie, was Sie nicht lassen können!", sagte der Chef mit warnendem Unterton. „Es ist Ihr Geld, und wenn unsere Provisionen und Gratifikationen so reichlich fließen, soll mir gleichgültig sein, was Sie damit machen. Nur kommen Sie ja nicht mit der Bitte um Zuschüsse. Auch ich muss nackt fliegen, wenn ich zu einem anderen Himmelskörper will."

Aber du fliegst nicht jeden Tag, dachte Jerk aufsässig, und auch selten so weit. Wenn ich erst in deinem Alter bin, wird mich ebenfalls kaum mehr kümmern, was die flotten Tussis von mir halten.

„Und noch etwas. Ihnen ist ja wohl bekannt, dass Sie Ihre Anschaffung nicht steuerlich abschreiben dürfen? Nicht einmal die Betriebskosten. Bereits ein Versuch könnte Finanzbeamte zu Rückfragen veranlassen und würde somit die Pflicht zur Geheimhaltung Ihrer Aufgabe gröblichst verletzen. Die Folgen brauche ich Ihnen sicher nicht zu schildern. Sie müssten äußerst drastisch sein, undichte Stellen können wir uns unter keinen Umständen leisten."

Leider erwies sich der private Gleiter als perfekte Geldvernichtungsmaschine. Bereits einen Monat nach seiner Anschaffung konnte der Vertreter nicht mehr bestreiten, dass er mit seiner emotional beeinflussten Kalkulation völlig falsch gelegen hatte. Beide Planeten waren zwar Jerks Heimatland offiziell zugeteilt worden, sonst hatte seine Tätigkeit dort auch weder eine rechtliche Basis gehabt noch einen Sinn ergeben. Sie gehörten unbestritten zu dessen Hoheitsgebiet, sämtliche Auswanderer und vorübergehend dort Lebende besaßen die entsprechende Staatsangehörigkeit. Der Pferdefuß steckte ganz woanders. Die Siedlungen waren jung, ihre Bewohner, die noch der Gründergeneration angehörten, ebenfalls. Die Menschen auf Hephaistos Eins und Zwei waren extrem aktiv, zäh und auf Erfolge aus. Dennoch hatte Jerk im vergangenen Jahr, länger betreute er das Gebiet noch nicht, durchaus gelegentliche Abschlüsse tätigen können, allerdings bedeutend weniger, als seine Zielvorgabe verlangte. Doch nun reagierten die Siedler geradezu euphorisch auf die anspringende Konjunktur mit ihrer Fülle positiver Nachrichten, den sich überschlagenden Rekorden der Börsen. Gerade die Neubürger investierten hier und dort in die wunderbare Gegenwart, eine rosige Zukunft. Obwohl die meisten von ihnen noch keine großen Vermögen angehäuft hatten, füllten ihre Aufträge die Bücher der Reisenden in anderen Branchen und mit jeder neuen Nachricht erwiesen sie sich resistenter gegenüber Jerks Anliegen. Rasch waren seine finanziellen Reserven aufgezehrt.

Kurz entschlossen bat er darum, ihm ein anderes Gebiet zuzuweisen, auf seinem Heimatplaneten. Zwar hatte er mit diesem Antrag Erfolg, doch die große Investition war verloren, zumindest ein wesentlicher Teil davon. Obwohl die Umsätze nur in wenigen Branchen des Konsums zurückgingen, leisteten sich die wenigsten Leute den Luxus eines privaten Gleiters. Bevor Jerk im Internet einen Käufer fand, holte die Firma das Gerät zurück, jedoch zu einem Bruchteil des Kaufpreises. Auf dem Rest und damit auf den Raten blieb Jerk sitzen. Nun also hoffte er inständig auf den November. Täglich stand er am Fenster, sah heraufziehende Nebelschwaden mit Freude und ärgerte sich, wenn die Kraft der Sonne so gar nicht recht abnehmen wollte. Er verfolgte die Wetterprognosen in Presse und Fernsehen, schrieb sogar meteorologische Stationen an, per Fax oder E-Mail, wobei er sich wechselweise als Urlauber, Journalist, ja, sogar als Regierungsvertreter oder Mitglied des Raumflug-Sicherungsamtes ausgab, natürlich nicht bloß wegen der Schweigepflicht unter falschen Namen. Manchmal erhielt er detaillierte Auskunft, aber wenn er diese mit den realen Erscheinungen am Himmel verglich, kam ihm gelegentlich das Lesen im Kaffeesatz gar nicht so abwegig vor.

Zugleich studierte Jerk verschiedene amtliche Statistiken. Er war zwar Vertreter, aber kein gewöhnlicher, für Nanosauger oder Kaffee aus Katzenkot, sondern eigentlich eher ein Beauftragter. Gern hätte er sich „Emissär" genannt, was der Wahrheit näher gekommen wäre, doch selbst diese kleine Befriedigung hatte man ihm verwehrt. Und irgendwie sah er das auch widerwillig ein.

Immer noch waren die Kirchen und mannigfache Interessenverbände, Ärzte, Apotheker, Pharmaindustrie, Hersteller medizinischer Hilfsgeräte, um nur die bekanntesten zu nennen, mächtig genug, um die offizielle Installierung von Agenten für diesen Aufgabenbereich zu verhindern. Es war ein eigentümlicher Zwitterzustand, in dem er lebte und vor allem arbeitete. Einerseits wurde er aus der Staatskasse bezahlt. Das geringere

Gehalt und die ansehnlicheren Provisionen standen im Haushalt des Gesundheitsministeriums unter der unverfänglichen Bezeichnung „Besondere Maßnahmen zur Kostendämpfung".
Der genaue Untertitel lautete „Außerordentliche Entsorgungskosten im Bereich physischer Altlasten". Gelegentliche Rückfragen von Abgeordneten, was es denn mit diesen Kosten konkret auf sich habe, immerhin handelte es sich um stattliche Summen, wurden vom Minister ebenso elegant wie nichts sagend beantwortet. Und selbstverständlich schwiegen die Prüfungsberichte zu diesem Punkt; schließlich waren die leitenden Beamten in groben Zügen eingeweiht. Im Einzelnen umfasste die Position besagte Ausgaben für Jerk und seine rund dreihundert Kollegen. Außerdem enthielt sie Rückstellungen für Bonifikationen. Diese zerfielen wiederum in Prämien für das Erreichen einer bestimmten Stückzahl, in Jerks Fall 48. Vier pro Monat, nicht mal einer pro Woche. Das dürfte ja wohl mit links zu schaffen sein, meinte sein Chef.

Komplizierter verhielt es sich mit den so genannten „Sonderzahlungen gemäß Einsparbetrag", an denen sich auch die Ressorts für Arbeit und Soziales beteiligten, um deren Entlastung es hier ging. Bei deren Berechnung wurde zunächst die normale restliche Lebenserwartung der betreffenden Person ermittelt. Sodann addierte man die demnach mutmaßlich noch fällig werdenden öffentlichen Leistungen aller Art, Renten, Krankenkosten, Pflegeaufwendungen und dergleichen, abzüglich der dafür aus eigenen Mitteln zu erbringenden Beträge. Diese Differenz wurde mit zwanzig Prozent berücksichtigt. Davon erhielt der zuständige Beauftragte bei Erreichen eines bestimmten Mindestumsatzes ein Prozent. Die Kürzung des Basisbetrages um achtzig Prozent erfolgte deshalb, weil es sich offiziell ausnahmslos um Schwerstkranke handelte, deren verbleibende Lebenszeit als gering veranschlagt wurde. Zugleich zeichnete die Regierung sich damit in gewisser Weise frei. Es war ein offenes Geheimnis, dass manche

Agenten aus Mitleid, Not oder Gier auch Gesunde, des Lebens Überdrüssige, die etwa unter akutem Liebeskummer litten oder sich vorübergehend in einer sonstigen Konfliktsituation befanden, nicht abwiesen, sondern, im Gegenteil, in ihrem Vorsatz bestärkten. Doch dieses Thema stellte innerhalb der großen Zone des Schweigens ein besonderes Tabu dar. Den Extremfall bildeten Eingriffe ohne Wissen und Wollen der Behandelten, meist durch ungeduldige Erben oder gehässige Ehepartner veranlasst.

Aus den Statistiken konnte der fleißige Mitarbeiter nun recht gut ablesen, welche Witterung auf welche Persönlichkeitstypen mit welchen Genen und unter welchen Voraussetzungen wie wirkte. Nebel wurde mit Nieselregen, Sturm und sonnigen Wetterlagen verglichen und insbesondere potenzielle Folgen für Depressive, Melancholiker, Hypochonder, Misanthropen, Phlegmatiker unter Berücksichtigung von Alter, Geschlecht und körperlichem Gesundheitszustand umfangreich aufgelistet. Witwen, Schwangere, Krebskranke, unter Prüfungsstress stehende Studenten verschiedener Leistungsfähigkeit wurden untersucht, Besuche an Gräbern und bei Geistlichen, Zahlungen an Friedhofsgärtnereien und Alkoholkonsum, kurz, es handelte sich um überaus ergiebiges Material.

Zwar war dessen Verwertung für das aktuelle Werbegespräch aus einsichtigen Gründen von Amts wegen untersagt, doch pflegte Jerks Chef gelegentlich bei gemütlichen Runden nach Dienstschluss, so genannten „Incentive-Abenden", wie zufällig Allgemeinplätze zu streuen wie: „Wo kein Kläger, da kein Richter" oder „Der Zweck heiligt die Mittel".

„Das sind allgemeine Lebensweisheiten", fügte er dann vorsichtshalber hinzu. „Nicht mehr und nicht weniger."

Tatsächlich konnten Vertreter anderer Branchen kaum mit annähernd so intensiver Vorbereitung und Unterstützung ihrer Tätigkeit durch den Brötchengeber rechnen, dachte Jerk.

Und dennoch war es ein schwerer Job, in dem man mitunter verzagen konnte. Immer wieder biss man gerade bei hinfälligen Leuten, die eigentlich voll dankbarer Freude auf sein Angebot eingehen sollten, gleichsam auf Granit.

Die Hauptsaison begann um den 1. November herum, steigerte sich über die Adventszeit auf Weihnachten zu, erhielt dort neuerlich einen kräftigen Schub, bis sie in die kalten Wintermonate mündete wie ein Fluss ins Meer. Allerdings bargen Januar und Februar auch besondere Risiken. Jerks Kunden, manchmal schon über Wochen intensiv vorbehandelt, starben unversehens an allerlei läppischen Krankheiten, begünstigt durch Frost, Unterernährung, das allgemeine Nachlassen der Widerstandskräfte. Am ärgerlichsten war freilich, und Jerk empfand solches Verhalten geradezu als boshaft, obwohl er selbst mitunter den Boden dafür selbst gedüngt hatte, wenn jemand seinem Leben eigenhändig oder mit fremder Hilfe ein Ende setzte. In solchen Fällen erhielt er keinerlei Entschädigung für seine Mühe.

„Wer den Antrag schreibt und ihn einreicht, ist König!", sagte sein Chef. „So ist es nun einmal. Sie müssen wacher und schneller sein als die Konkurrenz, dann tragen Sie auch den Lohn davon."

Allmählich hatte Jerk gelernt, sich nach Möglichkeit abzusichern, gegen Zufälle aller Art, Freunde der Kandidaten, nicht zuletzt gegen gierige Pfleger, die überall mit Spritzen und Kissen herumlungerten, unlautere Wettbewerber allesamt. Nützlich war zum Beispiel eine Bescheinigung des Kunden, aber auch die bedeutete keine hundertprozentige Garantie, angesichts der vielen schwarzen Schafe und Neider. Zuverlässige Zeugen waren da schon besser und notfalls musste man eine Obduktion veranlassen.

Das offizielle Medikament des Ministeriums ließ sich nicht nachahmen. Seinen eigentlichen Wirkstoff konnte kein Test nachweisen, der Tod wirkte auf jeden Arzt, jedes Labor absolut natürlich. Daneben enthielt das Mittel jedoch einen absolut unwirksamen Stoff als Marker, der fälschungssicher den Zusammenhang nachwies. „Provisionator" nannten Jerk und seine Kollegen diesen chemischen Zusatz, der nicht eingeweihten Medizinern regelmäßig ein unlösbares Rätsel aufgab. Andererseits bereitete ihnen das auch kaum Kopfzerbrechen, allzu evident war seine Harmlosigkeit.

In diesem Jahr führte sich der Oktober besonders eitel auf. Verfügte er ohnehin über 31 Tage, in Jerks Augen ein schändliches Vorrecht gegenüber seinem Nachfolger, so protzte er heuer geradezu ekelhaft mit seinem Attribut „golden." Alles gleißte und glänzte und der süffige Wein, dem ja allerlei positive Einflüsse nachgesagt wurden, auf Kranzgefäße und Diabetes, besonders jedoch auf die Laune, trug dazu bei, dass selbst greise und sieche Mitbürger sich eher nach Musik und Tanz als nach dem Grab sehnten.

Auf der anderen Seite wurde Jerks Lage zunehmend prekärer. Neuerdings schnüffelte sogar ein Privatdetektiv im Auftrag der Gleiter-Firma hinter ihm und seinen Einkünften her, bloß weil er drei Monate lang nicht die vollen Raten gezahlt hatte. Keinesfalls durfte der Mann auf die Spur des Ministeriums stoßen, also beschloss Jerk, aktiver zu werden, als ihm sonst seine lebenserhaltende Vorsicht gestattet hätte. Er sann über Möglichkeiten nach.

Eines Abends, bei einer Flasche Weißherbst, fiel ihm Linda Wandholm ein. Die Frau war eine ehemalige Nachbarin, beide kannten sich schon eine kleine Ewigkeit. Wegen verschiedener Leiden, angefangen bei künstlichen Gelenken, über Tumoroperationen, bis hin zu Schüttellähmungen hatte Linda vor einiger Zeit ihre Wohnung mit einem Zimmer im Pflegeheim getauscht. Schon im vergangenen Winter war Jerk mehrfach dort gewesen, um der Leidenden die endgültige Befreiung aus ihrer misslichen Lage anzubieten, diskret, schmerzlos und kultiviert.

Die Gespräche blieben jedoch im Unverbindlichen, schon wegen Jerks häufiger Abwesenheit auf den Zwillingsplaneten, die einen definitiven Abschluss verhinderte. Freilich meinte der Agent, das Netz damals bereits eng genug geknüpft zu haben, um es nunmehr relativ mühelos zuziehen zu können. Hoffentlich war die alte Dame nicht bereits verstorben.

Indes hatten die milden Lüfte des März Linda Wandholm den Duft erster Frühlingsblumen durch muffige Gardinen ins Zimmer geweht und ihr vorgegaukelt, lediglich Vorboten noch größerer Wonnen zu sein. Mit den Blüten der Veilchen und Kirschen würde alles anders, kehre Jugend und Vitalität zurück. Seither hegte die Frau heftigen Groll gegen Jerk. Ihr schien, der Mann habe sie um einen wunderbaren Sommer prellen wollen, und sie zog ihren Bruder, einen Pfarrer, ins Vertrauen. Der ermahnte sie ernsthaft.

„Dieser Jerk ist ja ein schlimmer Bursche, biblisch ausgedrückt ein Diener Satans! Er wird nicht von dir ablassen, das ist die Art solcher vom Bösen besessenen Wesen. Du allein kannst ihm nicht widerstehen, er steckt voller List und Finesse. Versprich mir, dass du mich sofort verständigst, sobald er sich dir wieder nähert. Außerdem sage ich der Heimleitung Bescheid. Bis ich komme, wird sie dir beistehen."

In der Tat trieb jene finanzielle Klemme, die Jerk zu ersticken drohte, ihn bereits mitten im Oktober erneut ins Pflegeheim. Ausgerüstet mit einem üppigen Blumenstrauß, Astern kamen ihm im Hinblick auf die Jahreszeit und den Anlass seines Besuchs passend vor, betrat er Lindas Zimmer.

„Nun, wie geht es Ihnen, liebe Frau Wandholm?"

Die Angesprochene verkroch sich ein wenig unter ihrer Decke. Die Worte des Bruders hatten tiefe Spuren hinterlassen, jetzt flößte der so harmlos dreinschauende Mann ihr geradezu Angst ein. Unbemerkt drückte sie den Alarmknopf.

„Ich habe Ihnen noch etwas anderes mitgebracht", sagte der Vertreter, der ohne viel unnützes Federlesen Nägel mit Köpfen machen wollte. War er erst im Besitz einer Kopie des Totenscheines, würde eine Abschlagszahlung des Ministeriums erfahrungsgemäß durchaus ohne großen bürokratischen Aufwand zu erlangen sein. Jerk zog ein unscheinbares kleines Etui aus der Jackentasche. In derselben Sekunde stürmten zwei Pfleger in den Raum und entrissen ihm den Pen.

Am nächsten Tag erteilte der Minister höchstpersönlich einen diskreten Auftrag. Es war nicht der erste dieser Art, je größer die Zahl der „Sonderagenten", wie sie im Jargon der Behörde hießen, desto höher die Ausfälle. Dummheit, Geschwätzigkeit, Angabe, es waren immer wieder die gleichen Fehler. Ein kleines erlesenes Kommando des Amtshilfe leistenden Innenministeriums, ausgestattet mit jeder erdenklichen Vollmacht, stand stets einsatzbereit zur Verfügung, um derartige Pannen rasch und geräuschlos auszubügeln.

„Hauptsache, keine Zeugen!", sagte er zu seiner Sekretärin. „Gewisse ausländische Medien zerreißen sich zu gern die Mäuler, wenn es um unser Ressort geht. Aber so lange sie nichts beweisen können, stellen sie keine echte Gefahr dar. Ein Mörder stirbt im Gefängnis, wird auf der Flucht überfahren oder erschossen, na und? Dabei hätten unsere Freunde jenseits der Grenzen nicht die mindeste Ursache, überheblich zu tun. Ihre Probleme unterscheiden sich kein bisschen von den unseren und die Lösungen vermutlich auch nicht."

Vor dem Verlassen des Zimmers drehte er sich noch einmal um. „Und dass mir ja keine Zahlungen mehr an diesen Jalder hinausgehen!"

Die Sekretärin fasste sich ein Herz. Der Minister wirkte bei allem Stress heute leutseliger als sonst. „Darf ich noch etwas bemerken?"

„Bitte." Neugierig kehrte ihr Chef zum Schreibtisch zurück. So eigenwillig kannte er die gewöhnlich stille und bescheidene Frau gar nicht.

„Sie brauchen gewiss Ersatz für ausscheidende Mitarbeiter. Wenn nicht im Moment, in diesem Fall, so doch auf Dauer. Und man munkelt, dass die Vertreter sich organisieren. Ihnen geht es natürlich um Geld, aber ebenso um Ansehen, Macht und, mit Verlaub, Garantien dagegen, bei Verstößen gegen die Richtlinien ohne Verfahren aus dem Verkehr gezogen zu werden. Vielleicht wäre es unter diesen Umständen ratsam, nicht bloß auf eine einzige Organisation zu setzen, sondern noch eine Reservekarte im Ärmel zu haben."

Der Minister überlegte. Im Prinzip waren derartige Erwägungen keineswegs abwegig, er selbst hatte sie bereits angestellt. Aber dass seine Sekretärin sie offen aussprach, überraschte und erschreckte ihn. Die Dinge entwickelten sich stärker als vermutet in eine absolut unerwünschte Richtung.

„Ihnen schwebt anscheinend etwas Bestimmtes vor?"

„Ja." Die Frau raffte allen Mut zusammen. „Vielleicht wäre es gut, diese Sektion des Ministeriums ein bisschen zu entflechten und teilweise sogar zu privatisieren. Wir gerieten dann weniger leicht in die Schusslinie."

„Das ist aber nicht so einfach. Weder praktisch noch juristisch. Denken Sie allein an das Haushaltsrecht."

Zugleich wuchs sein Interesse. Untergebene waren manchmal praxisnäher, kamen auf verblüffend simple Lösungen. „Wer näher an der Erde lebt, kann alle Sorten von Kot unterscheiden", hatte sein Vater derartige Zusammenhänge drastisch auf den Punkt gebracht. Diversifikation, Delegation, es gab viele schöne Worte für das Abwälzen eigener Verantwortung und der damit verbundenen Gefahr, haftbar gemacht zu werden.

„Hätten Sie denn bereits konkrete Vorstellungen?"

„Schon, aber lachen Sie mich bitte nicht aus, wenn Sie die albern finden. Man könnte doch die verschiedenen Bezirke verpachten oder an Franchise-Nehmer vergeben. Wird einer von ihnen bei Unregelmäßigkeiten ertappt, trifft das nicht so unmittelbar das Ministerium, es handelt sich schließlich um keine Angehörigen des Öffentlichen Dienstes. Weder im engeren noch im weiteren Sinn."

„Das ist durchaus des Nachdenkens wert. Kennen Sie etwa solche potenziellen Subunternehmer oder wie man sie bezeichnen soll?"

„Einer, der vielleicht dafür geeignet wäre, hat gerade vorhin angerufen und wollte Sie sprechen. Ich musste ihn vertrösten. Sie waren gerade beschäftigt und wollten nicht gestört werden. Eigentlich bin ich erst durch ihn auf die Idee gekommen."

„Wer war das?"

„Seinen richtigen Namen weiß ich nicht, aber er ist irgendein Lobbyist. Alle Welt nennt ihn schlicht ,Rumpelstilz'. Das scheint ihn sogar zu freuen."

Der Minister zuckte zusammen. Freilich kannte er diese nicht gerade als besonders redlich beleumdete Person, und nicht nur vom Hörensagen. Selbstverständlich war ihm auch deren bürgerlicher Name vertraut. Sobald er wieder allein war, unbeobachtet also, zog er ein schmales Heftchen mit Adressen, Telefonnummern, Faxnummern, Internet und E-Mail aus einem verschlossenen Geheimfach. Schnell fand er, was er suchte. Nach kurzem Schwanken griff er zum Handy.

Die Schlange

Noch vor Anbruch des neunten Tages erblickte die Schlange ihr Ziel.

Die letzten Kilometer hatte sie in der Dunkelheit zurücklegen müssen, zu belebt wurde jetzt die Gegend, und zuvor hatte sie drei Tage und zwei Nächte in einem welken Gebüsch verbracht, fast reglos an die Erde gepresst, zwischen modernden Gräsern, Brennnesseln und menschlichem Kot. Während die schwindende Sichel des Mondes fast nur noch einem kümmerlichen seitenverkehrten Komma glich, leuchteten einige Sterne bedrohlich hell. Die Schlange durfte nichts riskieren, das war, nach dem eigentlichen Auftrag, die wichtigste der ihr mitgegebenen Regeln. Aber endlich war es so weit. Zugleich mit dem Einsetzen der Abenddämmerung hatte es zu regnen begonnen, kein Wolkenbruch, sondern ein stetes, sanftes Plätschern, auf dessen Dauer man sich eher verlassen durfte. Zögernd glitt sie aus dem Versteck. Anfangs benutzte sie Gräben am Straßenrand, später, als es in die Stadt hineinging, die Wege befestigter wurden, wich sie auf Rinnen längs der Bürgersteige aus. Sie war keine Wasserschlange, doch das Wasser floss nirgends so heftig, dass es sie hätte behindern können. Und noch bevor die Morgenröte den Ostrand des Himmels färbte, erreichte sie das Areal.

„Grundstück" wäre ein verniedlichender Ausdruck gewesen für das riesige Anwesen, selbst die Bezeichnung „Park" hätte seine Ausdehnung nur unvollkommen beschrieben. Immerhin war es ein klar abgestecktes Gelände und als solches nicht zu verfehlen.

Nach wie vor sandte die Schlange Peilsignale aus, auf einer Frequenz, die außerhalb der Zentrale des Widerstandes niemand empfangen konnte. Dort jedoch wurden sie mit angespannter Aufmerksamkeit verfolgt. Als sich der Standort des Reptils für gut sechzig Stunden nicht veränderte, brach an

der Spitze der Organisation „Pro Libertate" beinahe Panik aus.
„Und wenn sie nun nicht mehr funktioniert?"

„Unsinn. Sie ist nahezu unzerstörbar", wies der Chef der operativen Sektion seinen Mitarbeiter zurecht.

„Vielleicht hätten wir sie doch näher am Objekt absetzen sollen?"

Diesmal antwortete der Chef gar nicht. Wozu Dinge erörtern, die man nicht mehr zu ändern vermochte.

Jetzt, da der Monitor erneute Bewegungen der Schlange in die gewünschte Richtung meldete, machte sich entsprechende Erleichterung breit. Für einen endgültigen Triumph war es freilich noch zu früh, denn der schwerste Teil der Aufgabe lag noch vor dem Reptil.

Das Territorium um den Palast war elektronisch gesichert, wie eine Festung, ein Fort der sagenhaften alten Zeit. Kein Wunder, dachte die Schlange, sein Bewohner war schließlich schon oft genug das Ziel von Anschlägen gewesen. Aber diese Sorte von Schutzvorrichtungen bereitete ihr nicht die mindeste Sorge, mit derart flachen Kriechtieren hatten die Konstrukteure nicht gerechnet. Und Lebewesen als Hindernisse? Menschen stellten eventuell ein gewisses Problem dar, sah man von den Wachen ab, deren regelmäßiges Stiefelknallen den empfindlichen Ohren der Schlange bereits von Weitem Schmerz bereitete. Tiere betrachtete sie generell als ungefährlich. Für Ratten war der synthetische Körper des Eindringlings uninteressant und hinsichtlich der gewiss vorhandenen Wachhunde hatten die Entsender sie beruhigt.

„Vergiss nicht, auch dagegen bist du mehrfach imprägniert!", hatte ihr der Trainer eingeschärft. „Dein Deo ist unschlagbar, du brauchst beim Anblick der kläffenden Vierbeiner keinesfalls hektisch zu reagieren. Selbst die beste Nase des aufmerksamsten Spürhundes wird dich nicht erschnüffeln."

Trotzdem schlug das Reptil einen großen Bogen, um an die Rückfront des Hauses zu gelangen. Auf ein paar Minuten mehr oder weniger kam es nun auch nicht mehr an. Die Terrassentür war bloß angelehnt. Auch darauf hatte man die Botin vorbereitet, der Geheimdienst funktionierte in der Tat geradezu perfekt. Warum auch sollte jemand, der rund um die Uhr wie ein rohes Ei behütet wurde – beim Gedanken an diese Köstlichkeit empfand die Schlange plötzlich, trotz ihrer unbiologischen Struktur, heftigen Appetit –, sich den erfrischenden Luftzug versagen, der vom nahen Meer herüberwehte? Mit dieser kühlenden Brise konnte nicht einmal die raffinierteste Klimaanlage konkurrieren.

Das Reptil glitt über die Schwelle und die Treppe hinauf. Der rote Läufer mit seinen Borsten konnte ihm nichts anhaben.

„Er hätte auch Seide nehmen können, Brokat, Hermelin. Geld spielt für ihn keine Rolle", hatte der Trainer gesagt, als er die Einzelheiten des Palastes erläuterte. „Doch in dem Punkt ist er eben ein sentimentaler alter Narr."

Bei dem Wort „sentimental" hatte die Schlange verdutzt geschaut, sie konnte mit dem Begriff nichts anfangen, doch ohne ihre Verständnisschwierigkeiten zu bemerken, fuhr der Ausbilder fort: „Sonst schert er sich nicht um Tradition, um Sitte erst recht nicht. Aber seine Eltern haben diese grobe Wolle noch von den eigenen Schafen geschoren, gewebt, gefärbt. Er meint, Vater und Mutter dadurch nachträglich zu ehren. Zu deren Lebzeiten ist er mit ihnen freilich anders umgesprungen."

Die Schlafzimmertür erwies sich als geschlossen, doch der Umweg über den Balkon stellte keine ernsthafte Hürde dar. Langsam drang das Reptil gegen das untere Ende des Bettes vor. Dann richtete sie den vorderen Teil ihres Körpers auf. So etwas hatte sie in der Instruktionsstunde auf Bildern von Kobras gesehen und war beeindruckt gewesen. Kobras erschienen ihr cooler als plumpe, ungeschlachte Pythons oder billige Ottern. Die Schlange besaß durchaus einen Sinn für effektvolle Positionen, selbst wenn niemand sie beobachtete.

Ohne Zögern biss sie herzhaft zu. Wie man sie gelehrt hatte, biss sie in den großen Zeh. Der Präsident zuckte nicht einmal. „Er ist Diabetiker", hatte der Trainer erklärt.

Natürlich wusste die Schlange nicht, was dieses Wort bedeutete, aber sie begriff, dass irgendeine seltsame Krankheit das System des Mannes derart geschädigt hatte, dass seine Füße unempfindlich gegen Schmerzen geworden waren. „Die Ärzte haben ihm bereits eine Amputation in Aussicht gestellt. Deshalb ist äußerste Eile geboten. Bereits in einem Monat kann die Chance vorbei sein."

Zunächst hatte die Schlange spontan die Immunität gegen Schmerzen für einen Vorteil gehalten. Ihr eigener Leib fühlte die Unbilden des Bodens nicht und sie wusste das durchaus zu schätzen. Später empfand sie Anflüge von Bedauern, schob sie jedoch gleich wieder beiseite. Der Diktator hatte das, was ihm nun bevorstand, tausendfach verdient. Also registrierte das Reptil genüsslich, wie das Gift aus der in seinem Zahn untergebrachten Ampulle hinüber in die Blutbahn des Opfers floss. Ein wenig fühlte das Verströmen des Saftes sich an wie ein ausgedehnter Orgasmus.

„Ja!", jubelte der Chef in der fernen Zentrale. „Sie hat es geschafft!"

„Wäre es nicht vorteilhaft, wenn sie wieder unbeschädigt zu uns zurückkehrte?", fragte einer seiner Mitarbeiter, der maßgeblich an der Konstruktion und Entwicklung des Projekts mitgewirkt hatte. „Das Reptil ist schließlich stumm und kann nichts ausplaudern oder sich sonst wie verständlich machen."

„Sie kennen doch die Berechnungen und Computersimulationen. Sofern Ihr Schützling den Hinweg bewältigt und seinen Auftrag ausführt, und das ist ja jetzt erfreulicherweise zweifellos eingetroffen, besteht eine Chance von 73,208 Prozent, dass sie den Heimweg ebenfalls meistert. Was aber ist mit den übrigen 26,792 Prozent? Dieses Restrisiko können wir uns nicht leisten, so Leid es mir einerseits tut. Am schlimmsten aber ist folgende Analyse: Die Gefahr, dass unsere Agentin im Entdeckungsfall auf dem letzten Viertel der Strecke erwischt wird, ist ganz signifikant am höchsten." Der Ingenieur schwieg. Im überbordenden Stolz auf sein gelungenes Modell hatte er es sich nicht verkneifen können, dem Gift heimlich noch einige brisante Zusätze beizumischen. Seither schwankte seine Einschätzung dieser Eigenmächtigkeit zwischen zwei Extremen. Manchmal hielt er den Einfall für geradezu genial, dann wieder für eine ausgemachte Schnapsidee. Angesichts der eindeutigen Beurteilung der Lage durch den Chef wurde ihm bänglich zumute. Klappte alles so, wie er es berechnet hatte, dann flog die Sache natürlich auf, das hatte er in seiner Eitelkeit nicht anders gewollt. Nun schien ihm freilich, der Erfolg würde ihn womöglich Kopf und Kragen kosten, noch dazu, wo er sich zusätzlich einen skurrilen Scherz erlaubt hatte, der ihn jetzt makaber, nein, geradezu übel dünkte. Doch er konnte den Gang der Dinge nicht mehr aufhalten.

Der Chef wartete noch einen Augenblick, bevor er auf eine Taste drückte, von deren Existenz und Bedeutung die Schlange nichts ahnte. Irgendwie ist es schade um dieses gelungene Exemplar, dachte er, andererseits war sie kein Unikat. Höchste Priorität besaß die Beseitigung auch der schwächsten Spuren. Niemand durfte erfahren, auf welche Weise jener Mann ausgeschaltet worden war. Der eingebaute Zeitfaktor war da gewiss zum Verschleiern nützlich, aber im Untergrund musste man stets für doppelte und dreifache Absicherung sorgen. Das Reptil fand eben noch Zeit, überrascht zusammenzuzucken, dann zerfiel es in winzige Partikel, unendlich viel kleiner als Atome. Der Geheimdienst mochte das Zimmer noch so gründlich untersuchen, er würde nichts entdecken.

Als der Präsident erwachte, musste er kurz überlegen, wo er sich befand. Obwohl diese Phase nur Bruchteile einer Sekunde dauerte, irritierte sie ihn. Sein Überleben verdankte er nicht zuletzt der Schnelligkeit seiner Reaktionen, der Fähigkeit, sofort voll da zu sein, seine Betriebstemperatur aus dem Stand blitzartig auf Höchsttouren zu steigern. Dann kam ihm seine Krankheit in den Sinn. Unterzuckerung, dachte er, und schluckte eine widerlich klebrige Pille. In einem früheren Stadium hätte man ihm gewiss durch Genveränderungen helfen können, jetzt schien es zu spät dafür zu sein. Er zog sich an und frühstückte. Während er die neuesten Meldungen überflog, dachte er nicht mehr an die morgendliche Panne.

Gegen Mittag überkam ihn eine plötzliche Unruhe, die den Präsidenten veranlasste, gegen seine Gewohnheit ziellos im Raum auf und ab zu wandern. Der Dienst tuende Sekretär schaute verschreckt von seinen Papieren auf. Jede Veränderung im Verhalten des Hausherren konnte weit reichende Konsequenzen für das Personal, ja, die gesamte Bevölkerung haben. Er war zwar nicht immer berechenbar, welcher Vorgesetzte war das schon, aber keineswegs schrullig. Heute wirkte er dagegen ausgesprochen sonderlich, fast, als habe er die Orientierung verloren.

Nach dem Essen spürte der Präsident einen Juckreiz in der Nähe seines linken Knöchels. Er streifte das Hosenbein ein wenig empor und musterte die Stelle. Was er sah, machte keinen bedrohlichen Eindruck. Ein Mückenstich? Vielleicht hätte er nachts die Terrassentür doch lieber versperren sollen? Er suchte im Bad eine Tube mit der entsprechenden Creme hervor und bestrich den erbsengroßen roten Fleck.

Der Nachmittagstee, den er sonst so gern trank, reichlich mit Kandisbrocken versetzt, gegen den Rat der Ärzte, diese verdammten Medizinmänner wollten ihren Patienten nicht nur ständig das Geld aus der Tasche ziehen, sondern ihnen darüber hinaus offenbar das Dasein nach Kräften vermiesen, der Teufel mochte wissen warum, schmeckte ihm heute nicht. Er versuchte es zur Abwechslung mit einem Schuss Rum, doch schon der bloße Geruch machte, dass ihm bis an den Rand des Erbrechens übel wurde.

Der Juckreiz schien inzwischen die linke Wade emporgestiegen zu sein. Diesmal musste der Mann für eine gründliche Inspektion das Hosenbein beträchtlich höher heraufziehen. Der Unterschenkel war mit roten Linien überzogen, ein unregelmäßiges, weitmaschiges Netz, das leicht pulsierte. Einige Augenblicke überlegte der Präsident, ob er es vorerst bei einer Fiebermessung bewenden lassen sollte, entschied sich jedoch, trotz seiner Vorbehalte gegen diesen Berufsstand, vorsichtshalber den Leibarzt einzuschalten. Der kam mit seinem Erste-Hilfe-Köfferchen bereits nach wenigen Minuten; diesen Patienten nicht unverzüglich aufzusuchen, konnte für den Arzt gefährlicher werden als für den Kranken.

„Vermutlich eine Allergie", lautete seine erste Diagnose. „Irgendwelche unbekannten oder zumindest noch nicht hinreichend erforschten Pollen. Die Laboratorien der chemischen Industrie blasen ja täglich Myriaden neuer Schadstoffpartikel in die Luft, unter deren Einfluss Gräser und Bäume mutieren. Kein Mensch kennt die Ingredienzien, außer den Verursachern, versteht sich."

Es war der Versuch einer spaßhaften Bemerkung, gemischt mit der vorbeugenden Entschuldigung für seine Unwissenheit. Doch gleich danach biss er sich auf die Lippen. Da hatte er unbedacht intensiv vermintes Gelände betreten; über die Beteiligung des Präsidenten an den undurchsichtigen Geschäften der Industrie wurde allenthalben gemunkelt.

Der Patient reagierte barsch. „Ihre Diagnose kümmert mich weniger als die Therapie. Wie kriegen wir diese Schweinerei möglichst schnell in den Griff?"

Sein Arzt zog sich vorsichtig einen Schritt zurück. Möglicherweise handelte es sich doch um übertragbare Erreger. Er hatte Frau und zwei Kinder, eine Ansteckung wollte er tunlichst vermeiden.

„Oder haben Sie etwas gegessen, was Ihnen vielleicht nicht bekommen ist?"

„Quatsch!"

Das Wort klang nicht so markant, wie es gemeint war, eher ein bisschen kläglich, nach dem matten Kläffen eines alten Hofhundes, und der Präsident hasste sich für diese Schwäche. Er nahm alle Kraft zusammen, und tatsächlich hörte sich seine Stimme jetzt schon besser an. „Ich habe einen Magen wie ein Elefant!" Im Grunde wusste er nichts über die Mägen dieser Dickhäuter, aber er vermutete, dass sie gewaltig und belastbar waren. Fast widerwillig fügte er hinzu: „Mir schmeckt es allerdings seit heute Morgen nicht so gut wie sonst. Es ist übrigens seit Jahren derselbe Koch, Wolf Schenk, Sie kennen ihn ja. Eine entsprechende Rückfrage können Sie sich also sparen."

„Oder ein Insektenstich?"

„Daran habe ich selbst auch zuerst gedacht, aber das hätte ich doch wohl gemerkt, zumal es sich dem Erscheinungsbild nach um ein ganzes Rudel von Insekten gehandelt haben müsste. Und anscheinend bin ich hier im Haus das einzige Opfer. Ich habe, trotz des Zuckers, nie gewusst, dass ich wirklich süßes Blut besitze." Es war ein etwas dürftiger Scherz.

Der Arzt überhörte ihn. Seine Gedanken hafteten an einem früheren Ausdruck des Patienten: Rudel? Er blickte ein wenig verstört. Sicher wollte der Patient einen Witz machen. Nun, jeder Kunde war König und dieser spendable, nicht einmal privat versicherte Präsident sozusagen ein Kaiser. Pflichtschuldig lächelte der Mediziner.

„Was grinsen Sie denn so blöde?"

Der Präsident massierte sich die linke Schläfe, die nun leise zu schmerzen begann. Dann fiel es ihm ein. „Schwarm wollte ich natürlich sagen. Rudel wäre für Rehe passender, nicht wahr? Oder für Elefanten."

„Gewiss", antwortete der Arzt. Die Angelegenheit wurde ihm immer rätselhafter. Elefanten? Was hatte der Patient nur mit diesen Tieren im Sinn? Sollte es sich doch um eine ernsthaftere Beeinträchtigung seiner Gesundheit handeln? Irgendeine pathologische Fixierung auf jene grauen Riesen? Erst der Magen, dann das Rudel? Sobald die akuten Beschwerden geheilt waren, würde er sorgfältig erwägen müssen, eventuell einen Psychiater einzuschalten. Freilich sollte das behutsam geschehen, der Mann war nicht nur gefährlich, sondern auch empfindlicher als eine Mimose.

„Ich werde eine Blutprobe nehmen und ins Institut schicken."

„Tun Sie das. Aber nicht schicken, sondern bringen! Persönlich! Und machen Sie diesen Faulenzern Beine. Bis ich zu Bett gehe, will ich den Befund haben!"

Der Arzt rannte, als ginge es um sein Leben, und vielleicht war dem ja wirklich so. Unruhig wartete er im Vorzimmer des Kollegen auf die Ergebnisse der Tests. Als die ersten eintrafen, zeigte sich, dass sie keine brauchbaren Resultate lieferten, genauer gesagt waren diese unverständlich und daher vielseitig interpretierbar. Neben roten und weißen Blutkörperchen wies die Probe auch grüne auf. Unter normalen Umständen hätte das eine Sensation bedeutet, ein vorsichtiges Schielen nach dem Nobel-Preis. Doch wie die Dinge nun einmal lagen, nüchtern und verhängnisschwanger, verhieß es eher eine mittlere Katastrophe.

„Chlorophyll?", mutmaßte ein Laborant und handelte sich dafür einen kräftigen Rüffel ein. Nach einer Weile wurde das Grün heller, wechselte ins Gelbe. Die Ärzte, inzwischen hatten sie vorsorglich den renommiertesten Toxikologen der Universität hinzugezogen, schauten sich ratlos an.

„Ein Baum im Herbst!", lautete jetzt die Diagnose des Laboranten. Er besaß eine poetische Ader, doch diesmal flüsterte er seinen Einfall nur der neben ihm stehenden Kollegin zu, aus Schaden wird man manchmal klug.

Die Zeiger der Uhr rückten unerbittlich voran. Der Präsident versuchte gar nicht erst, etwas zum Abendessen zu sich zu nehmen. Heilfasten, dachte er, vielleicht hilft auch ein heißes Bad. Als er sich über den Rand der Wanne beugte, um das Wasser einlaufen zu lassen, wurde ihm so schwindelig, dass er fast kopfüber in das Becken gestürzt wäre. Mühsam zog er sich aus. Die roten Linien hatten sich verdickt und waren zu kräftigen Fäden geworden, die außerhalb des Körpers ein Eigenleben zu entfalten schienen. Sie reichten jetzt bis über die Brust hinauf und begannen, den Hals abzuschnüren. Schon machten sich erste Anzeichen von Atemnot bemerkbar.

In diesem Moment schoss die Erkenntnis blitzschnell durch sein Gehirn. Er war vergiftet worden! Aber wann, wie, von wem? Vor allem jedoch musste umgehend die chemische Zusammensetzung des Giftes bestimmt werden, um ein wirksames Gegenmittel auszuwählen. Falls es überhaupt eines gab und es nicht zu spät war für dessen Anwendung

Den letzten Gedanken schob der Präsident energisch beiseite. Er war eine Kämpfernatur, sonst wäre er nie in diese Position gelangt oder hätte sie längst wieder verloren. Aber während er versuchte, über das Handy seinen Hausarzt, den Notarzt oder einen Krankenwagen zu erreichen, spürte er in der Mitte des Körpers eine neue schmerzhafte Veränderung.

Er rannte zum nächsten Spiegel. Zuerst traute er seinen Augen nicht, dann jedoch schrie er entsetzt auf. Sein Nabel schwoll zusehends zu einer prallen Kugel, die eben jetzt mit einem schmatzenden Knall aufsprang wie eine reife Frucht. Aus ihrem Innern schob sich der Kopf einer Schlange. Es war eine kleine, geradezu niedliche Schlange, doch solche Details konnte der Präsident nicht mehr würdigen. Vom Gift zermürbt und vom Schlag getroffen, stürzte er tot zu Boden.

Die Schlange schlüpfte graziös aus ihrer Brutstätte und machte sich ohne Umschweife auf den ihr einprogrammierten Weg. Wartet nur, dachte sie. Ich werde den gemeinen, heimtückischen und sinnlosen Mord an meiner armen Mutter rächen!

Auge um Auge, Zahn um Zahn, spulte es immer wieder durch ihr Gehirn, jener fatale Satz, den der Ingenieur seinem Geschöpf in einer Mischung von Sarkasmus und Übermut unter die Software geschmuggelt hatte und der nun von einem Zeitzünder aktiviert wurde. Im Gegenzug schaltete das Programm automatisch den ererbten Peilsender ab.

Das Reptil glitt aus dem Haus, aus dem Park, hinein in die schützende Dämmerung. Unverbraucht, wie die eben erst geschlüpfte Schlange war, kam sie rasch voran und mit jeder Bewegung spürte sie deutlicher das Einschießen des Giftes in ihre Beißzähne, wuchs die Vorfreude auf jene Überraschung, die sie dem Verantwortlichen in der fernen Zentrale bereiten würde.

Der Banker

„So, jetzt haben wir es endgültig geschafft!" Sam Ringsteyn lehnte sich entspannt zurück. Vor ihm lag ein dicker Stapel Papier, Verträge zumeist, unterschrieben, gestempelt, besiegelt, dazu Gutachten und allerhand Beiwerk. „Die Sache ist in trockenen Tüchern."

Mit dem „wir" meinte der Vorstandsvorsitzende der Mondalbank, wie stets bei positiven Befunden, natürlich nur die eigene Person.

Dirk Mogischu, sein Stellvertreter und fast so etwas wie ein Freund, sofern von solch emotional gefärbten Beziehungen in der modernen Geschäftswelt überhaupt die Rede sein konnte, bremste die Euphorie des Vorgesetzten: „Du hast zwei Punkte vergessen, Sam. Einmal steht die Genehmigung der Übernahme des Cis-Konzerns noch aus und zum anderen gibt es nach wie vor die Sufibank."

„Ach, die Sufibank …" Ringsteyn machte eine abfällige Handbewegung. „Wer ist das schon? Kennst du deren Umsatzzahlen? Selbstverständlich kennst du sie. Lumpige 30 Milliarden Dollar pro Tag, wenn es hoch kommt. Ein wahrer Tante-Emma-Laden, wie mein Urgroßvater in seinen Memoiren derartige Minibetriebe zu nennen pflegte. Dessen Erinnerungen sind überhaupt sehr lesenswert, obwohl einem manches heute schier unbegreiflich naiv vorkommt. Ich leihe sie dir gern mal."

Innerlich dachte er allerdings ein kleines bisschen anders. Ihm war nur zu bewusst, aus welch geradezu winzigen Anfängen seine Firmengruppe zu dem geworden war, was sie jetzt darstellte. Zwar hatte diese Entwicklung ungefähr ein Jahrhundert gedauert, aber die Zeiten liefen immer rascher und Abdul Kefir, der Präsident der Sufibank, war ein Mann, den man nicht unterschätzen durfte. Im Moment schien es Ringsteyn freilich geratener, das Gespräch auf ein Nebengleis zu schieben.

„Und was deine Bedenken wegen dieser Bürokraten in Sachen Cis-Konzern betrifft, so weißt du doch genau, wie das läuft."

Mogischu nickte. Als leitender Direktor stand dem Kontrollamt für die verträgliche Globalisierung ein Studienkollege seines Chefs vor, in der Hinsicht musste man keine Komplikationen fürchten. Daneben existierten noch Organisationen und Vereine zum Schutz der Verbraucher, flankiert von einigen Dutzend Gesetzen nebst Novellen und Ausführungsbestimmungen zwecks Gewährleistung von Wettbewerb und freiem Markt, sowie Gerichte mehrerer Stufen, aber das waren samt und sonders Papiertiger. Der kürzlich mit wesentli cher Promotion seitens der Mondalbank zustande gekommene Vollmacht-Akt zugunsten des Imperators hatte geholfen, ihnen die letzten Zähne zu ziehen.

Dieser nunmehr nahezu unbeschränkt herrschende amtierende Imperator war wiederum mit dem obersten Beamten der Kontrollbehörde verschwägert. Beide befanden sich ständig in Geldnot. Der Direktor spielte leidenschaftlich gern, und der Diktator hatte sich während seines Aufstiegs den Luxus einer ganzen Flotte privater Raumschiffe gegönnt. In jener Phase hatte ihm ja noch nicht das staatliche Geschwader für die häufigen Blitzbesuche seiner zahlreichen Geliebten auf ebenso zahlreichen Planeten zur Verfügung gestanden und jetzt war es schwer, die gebrauchten Clipper ohne allzu große Verluste wieder zu veräußern. Sofern die Käufe mit Darlehen der Mondalbank finanziert worden waren, vermochte Ringsteyn ihm zu helfen, doch leider hatte Super-Cäsar, wie der Diktator sich neuerdings nennen ließ, seine Schulden über mehrere Institute gestreut. Jetzt hätte er sie mit einem Federstrich löschen können, die gleichgeschalteten Medien und den entmachteten Rechnungshof brauchte er nicht mehr zu scheuen, aber für Außenstehende undurchschaubare Motive schienen ihn an einem derartigen Vorgehen zu hindern.

Den Vorstandsvorsitzenden der Mondalbank erfüllte dieser unnötige Respekt vor formal noch gültigen Regeln des Rechts gelegentlich mit Misstrauen. Andererseits war Ringsteyn die Vertragstreue des Diktators natürlich lieb. So lange der Diktator seine finanziellen Verpflichtungen gegenüber Cis-Konzern und Sufibank anerkannte und bediente, verschaffte das der Mondalgruppe nur Vorteile. Was deren Engagements betraf, unterhielten sich Super-Cäsar und Ringsteyn gelegentlich darüber in einer diplomatischen Chiffre-Sprache. Kredit, Darlehen, Raten, stunden, leasen und dergleichen waren inhaltslose Tarnwörter für den schlichten Tatbestand des Schenkens. Für Ringsteyns Bank handelte es sich in der Tat um lächerliche Summen, verglichen insbesondere mit der unschätzbaren Position eines Monopolbetriebs, der man auf diese Weise Schritt um Schritt näher rückte.

Schon lange reiften die Entwürfe für ein kräftiges Erhöhen der Sollzinsen, kombiniert mit einem ebenso spürbaren Senken der Habenzinsen, zum Ausgleich, wie es hieß, in den Schubladen der Druckreife entgegen. Ringsteyn wollte lediglich eine gewisse Schamfrist verstreichen lassen, bis sich die zu erwartende Unruhe über den Erwerb des Cis-Konzerns gelegt hatte. Der würde bald vollzogen sein, begleitet von einem Feuerwerk der Public Relations, beginnend mit hoch dotierten Preisausschreiben, bis hin zu Vereinigungsfeiern inklusive Tombola, Freibier und unentgeltlichem, unlimitiertem Verzehr gegrillter Würstchen. Danach würden sich die Reste rebellischer Querulanten rasch beruhigen.

Anschließend sollte Super-Cäsar daran gehen, die Sufibank zu verstaatlichen, um sie umgehend wieder zu veräußern, dachte der Banker. Natürlich an die Mondalbank. Noch ahnte der Diktator hoffentlich nichts von diesen Plänen, ein Schritt nach dem anderen, das war wie bei einem erlesenen ausgedehnten Bankett. Zunächst musste man den Cis-Konzern verdauen und später Super-Cäsar das nötige Belastungsmaterial gegen Abdul Kefir in die Hände spielen, echt oder getürkt. Aber wie?

Jim Harlinger war einer der persönlichen Assistenten des Diktators. Genauer gesagt, war er der oberste der externen Assistenten; in der eigentlichen, perfekt abgesicherten Schaltzentrale arbeiteten nur wenige handverlesene Kräfte. Harlinger hatte seinen Platz etwas außerhalb, immerhin war sein Büro durch einen unterirdischen Gang mit dem Palais des Super-Cäsar verbunden. „Ich stehe gleichsam in vorderster Front", pflegte er zu formulieren. „An mir kommt niemand vorbei." „Schon wieder dieses hartnäckige Subjekt!", sagte Myriam Becz.

„Lass ihn meinetwegen herein", seufzte Jim Harlinger und klappte die Mappe zu, die eines der illegal importierten besonders scharfen Männermagazine enthielt. Trotzdem glichen auch hier die Mädchen einander wie ein Ei dem anderen, das ewige Betrachten wurde allmählich öde. Der Besucher hingegen versprach Abwechslung, und die fast mysteriöse Art, in der er sein Anliegen gegenüber den bohrenden Rückfragen der Sekretärin zu kaschieren verstand, erregte eine gewisse Neugier.

„Was kann ich für Sie tun?", eröffnete der Assistent das Ritual des Zappelnlassens. „In", er schaute auf die Uhr, „sieben Minuten steht der nächste Termin ins Haus."

„Mein Name ist Sven Hasenfluh."

So viel hatte Myriam Becz natürlich bereits herausbekommen und gemeldet.

„Das tut mir Leid, aber wir können ja beide nichts dafür, nicht wahr? Was also wünschen Sie?"

„Mir ist eine interessante Erfindung gelungen."

„Wie schön für Sie. Ich hoffe, Sie haben Ihre Idee bereits zum Patent angemeldet."

Allmählich ließ sich die Ironie in Harlingers Worten nicht mehr überhören.

„Es handelt sich um einen Beamer."

„Wenn es weiter nichts ist. Der Markt quillt über davon. Auch ein noch so tolles Design wird kaum Umsatzrekorde bringen."

„Mein Beamer ist flexibel und er verfügt über ein einmaliges multifunktionales Orientierungssystem."

Harlinger verstand nicht viel von Technik, dafür besaß er ein gutes Gespür für Menschen. Ton und Gestik dieses Herrn Hasenfluh beflügelten seine Aufmerksamkeit. Immer noch hielt er besagte Mappe in der Hand, den linken Zeigefinger als Lesezeichen eingeklemmt, nun verstaute er sie in einem Fach seines Schreibtisches.

„Das sollten Sie mir genauer erklären. So kurz und knapp wie möglich."

„Mein Prinzip ist ganz einfach. Ich gebe ein beliebiges Ziel ein, zum Beispiel ein Hotel, ein Café oder eine Bank. Anschließend tasten Sensoren dieses Objekt ab." Der Besucher machte eine Pause. Bei dem Wort „Bank" hatte er sein Gegenüber scharf gemustert. Das Ergebnis befriedigte ihn.

„Nun gut, aber wie steht es mit dem Beamen?"

„Zunächst muss ich die Richtung einstellen. Von selbst kann das Gerät ja nicht wissen, wo etwa das Hotel Lindemann liegt, also kann es auch nichts von mir dorthin oder umgekehrt von da zu mir befördern."

Harlinger verriet Ungeduld. „Das versteht sich ja von selbst. Aber warum fahren Sie nicht per Taxi ins Hotel Lindemann? Oder liegt das etwa in Alaska, und der Beamer funktioniert über Hunderte oder Tausende von Meilen?"

Auf derart provokante Fragen ging der Besucher prinzipiell nicht ein. Auch hier setzte er seine Erklärungen unbeirrt fort.

„Wenn ich ein Krimineller wäre, könnte ich zum Beispiel ungesehen eine Bombe dorthin beamen und gegebenenfalls zünden. Dank der Präzisionsskala in jedem beliebigen Raum des Gebäudes. Oder ich könnte Unterlagen von dort zu meinem Labor übertragen, Gästelisten einschließlich der Zimmernummern, die gesamte Software des Computers, ohne dass ich als Hacker auftreten müsste, mit dem Risiko, entdeckt zu werden. Mein Beamer hinterlässt keine Spuren, Überwachungskameras zeichnen höchstens auf, wie irgendwelche Gegenstände in den Raum eindringen oder ihn verlassen."

Die Spannung des Assistenten wuchs. „Gehen wir einmal von der zweiten Alternative aus. Würde man nicht ..." Er zögerte, strich die Vokabel „Diebstahl" „einen Verlust sofort bemerken und auf der Stelle Gegenmaßnahmen treffen, um den Schaden wenigstens zu verringern?"

„Nicht unbedingt. Das hängt unter anderem vom Zeitpunkt der Operation ab. Und das angezapfte Material ist schließlich unabwendbar nur für Bruchteile von Sekunden blockiert. Man macht eine Schnellkopie und schickt die Originale umgehend zurück. Das geht ratzfatz. Sollte das, entgegen jeder Wahrscheinlichkeitsregel, dennoch auffallen, wird man an einen kleinen, unbedeutenden technischen Defekt glauben. Es ist ja alles wieder im Lot."

Jims Gehirn lief auf Hochtouren. Durch Zufall war er da auf etwas gestoßen, was von größter Bedeutung sein konnte.

„Ich muss Sie bitten, ein wenig draußen zu warten. Meine Sekretärin wird Sie bestens betreuen. Vielleicht kommen wir ins Geschäft."

Sobald Sven Hasenfluh das Zimmer verlassen hatte, ließ Harlinger sich mit dem Vorzimmer des Imperators verbinden. Als er der Chefsekretärin von seinem Gespräch berichtet hatte, stellte sie ihn sofort zum Diktator durch.

„Kommen Sie in einer halben Stunde zu mir!", entschied dieser. „Und bringen Sie diesen Hasenfluh mit!"

Anschließend rief Super-Cäsar seinen Schwager an, und fünf Minuten später betrat der Direktor des Kontrollamtes die Schaltzentrale der Macht.

„Passt das nicht ausgezeichnet?", fragte William Buck, so hieß der Diktator laut der Eintragung im inzwischen beseitigten

Register des Standesamts, zu Mack Linsing, dem Leiter der Globalisierungsbehörde. Mit wenigen Sätzen informierte er den Bruder seiner Frau über die neueste Entwicklung. „Gott ist mit uns im Bunde", seufzte Linsing erleichtert. Erst gestern hatte er geklagt, wie heftig Ringsteyn ihn in Sachen Cis-Konzern bedränge. „Auf diesen Hasenfluh bin ich neugierig, hoffentlich ist er nicht bloß ein angeberischer Schaumschläger."

„Dann würde er sich kaum hierher wagen! Jedem Bürger ist bewusst, was es für Konsequenzen hat, wenn man versucht, mich an der Nase herumzuführen."

„Weißt du, was ich glaube? Ringsteyn wird sich nicht mit dieser fetten Beute begnügen, als Nächstes kommt die Sufibank an die Reihe."

Der Super-Cäsar nickte nachdenklich. „Dem Mann ist so etwas durchaus zuzutrauen, aber das dürfen wir unter keinen Umständen dulden! Zu große Macht in einer Hand könnte sogar für uns bedrohlich werden."

„Genau so denke ich auch."

„Abdul Kefir gehört zwar nicht gerade zu meinen Freunden, doch er bildet ein nützliches Gegengewicht gegen die allmählich unverschämt werdende Mondalbank. Erst kürzlich hat er mich um eine Audienz gebeten. Ich hatte den Eindruck, es sei ihm eilig, vielleicht fürchtet er tatsächlich bereits um den Fortbestand seines Unternehmens. Ich habe ihn hinhalten lassen, hungrige Bittsteller sind willfähriger."

„Das war goldrichtig in dieser Situation. Abdul Kefir darf sich nicht einbilden, auch nur die niedrigsten Trümpfe in Händen zu halten. Er muss sich deine Gunst, deinen Schutz teuer erkaufen. Zumindest mit vollständigem Erlass deiner restlichen Schulden."

Der Diktator überlegte. „Es reicht jedenfalls, die Expansion dieses Ringsteyn muss ein Ende haben, sonst machen wir uns noch zu seinen Marionetten!"

Sind wir das nicht schon?, wollte Mack Linsing fragen, unterließ es jedoch. Der Schwager und er saßen in einem Boot und solche Gemeinschaftsboote sollte man im eigenen Interesse tunlichst vor Lecks bewahren.

„Man könnte Ringsteyn irgendwelcher Verbrechen beschuldigen", fuhr William Buck fort. „Belastende Dossiers zusammenstellen."

Beide waren noch dabei, Pläne zu entwickeln, als Harlinger sich meldete, Hasenfluh im Schlepptau.

„Das ist ja eine tolle Erfindung!", sagte Linsing, nachdem der Ingenieur Wirkungsweise und Einsatzmoglichkeiten seines Beamers ausführlich dargelegt und etliche Rückfragen zufrieden stellend beantwortet hatte. Inzwischen hatte Hasenfluh wieder im Vorzimmer Platz genommen und harrte näherer Vorschläge. Anweisungen würde er nicht entgegennehmen, dazu war er finster entschlossen. Seine Erfindung war ihren Preis wert, wollte der Diktator ihn nicht zahlen, ging er notfalls eher ins Gefängnis. „Wir sollten sie unbedingt für uns nutzen! Mir schwebt da schon etwas vor."

Am Abend des gleichen Tages saß Ringsteyn mit Mogischu bei einem Absacker in der Bar „Chez Skonto". Beide spannen das Thema vom Vormittag fort. „Belastungsmaterial" lautete auch hier das Stichwort.

„Wenn wir keine Beweise in Händen haben, müssen wir etwas tun, hinbiegen, frisieren."

„Nur nichts überstürzen. Kommt Zeit, kommt Rat!"

Als Abdul Kefir einen erneuten Vorstoß unternahm, um dem Diktator seine Sorgen vorzutragen, erhielt er zu seiner Überraschung sofort einen Termin, noch dazu binnen weniger Tage. „Sie brauchen mir nichts zu erzählen!", empfing ihn der Super-Cäsar. „Ihre Ängste sind mir bekannt."

Der Präsident der Sufibank stutzte. Damit hatte er nicht gerechnet. Ihn wunderte nicht, dass der Diktator informiert war, sein Geheimdienst durchdrang das ganze Land, aber allgemein glaubte man, dass William Buck jederzeit seine mächtige Hand schützend über die Mondalbank hielt. Sollte er sich getäuscht haben?

„Es gibt da offenbar Unterlagen gegen uns, gefälschte Unterlagen. Sie sind noch nicht auf dem Markt, aber, nach meiner Kenntnis, bereits auf dem Weg dorthin."

Man konnte ruhig ein bisschen übertreiben, die Lage dramatischer schildern als sie war.

„Verstehe", sagte der Diktator. „Ich will gar nicht fragen, wen Sie verdächtigen. Nur eins: Wissen Sie, wo sich diese Dokumente befinden?"

„Nun ja ..." Abdul Kefir kniff die Lippen zusammen. Sollte er sein mühsam bei der Konkurrenz eingeschleustes U-Boot enttarnen? Er entschloss sich zu einem Kompromiss.

„Ich vermute sie bei Sam Ringsteyn, in dessen Dienstzimmer und zwar im Safe hinter dem Van Gogh."

Super-Cäsar nickte: „Sie sind doch Geschäftsmann. Was wäre Ihnen mein Wohlwollen denn wert? Die Gunst des Super-Cäsars?"

Abdul Kefir atmete auf. Und dann begann ein Handel, bei dem der Diktator leichtes Spiel hatte. Trotzdem verließ der Präsident der Sufibank hochbeglückt das Palais. Schön, er hatte Opfer gebracht, doch wogen sie gering gegenüber der gewonnenen Sicherheit.

„Die Kombination des fraglichen Safes kann ich übrigens besorgen, falls Ihnen daran liegt", hatte Abdul Kefir gegen Ende der Unterredung angeboten. Der Verlauf des Gesprächs ermutigte ihn, den Schleier des Geheimnisses um seinen Undercover-Helfer wenigstens einen kleinen Zipfel zu lüften. Dass dieser ein Verhältnis mit Sam Ringsteyns Privatsekretärin unterhielt, brauchte der Diktator allerdings nicht zu wissen.

Gleich anschließend ließ Super-Cäsar Sven Hasenfluh zu sich rufen. Er nannte ihm nackte Daten, ohne Namen, Firmen oder Straßen anzugeben.

„Was schlagen Sie vor?"

„Ich könnte die Unterlagen einfach hierher beamen."

„Gut. Und wenn es Duplikate gibt? Irgendwo hinterlegt, bei einem Notar, einem Anwalt? Was nützen dann die beschlagnahmten Ausfertigungen, meinetwegen Originale?" Als er sah, dass der Erfinder den Mund öffnete, erstickte er dessen Worte im Keim.

„Ich weiß, was Sie sagen wollen. Ja, natürlich haben wir die Macht, jedes Papier für echt oder falsch zu erklären, unerwünschte Dokumente mit Stumpf und Stiel auszurotten, andere dafür zu produzieren. Bevor wir uns allerdings für eine radikale Lösung entscheiden, sollten wir jede den Schein der Legalität wahrende Möglichkeit erörtern."

Er sah sein Gegenüber auffordernd an.

„Ich wüsste da vielleicht eine interessante Lösung", wagte Sven Hasenfluh sich vorsichtig einen Schritt weiter auf das glatte Parkett. „Mit der heutigen Technik lässt sich von jedem Menschen ein Doppelgänger herrichten. Wenn ich den an die entscheidende Stelle beame, kann er nach Belieben schalten und walten. Falls er intelligent genug ist ..."

Das war es! Bingo! Super-Cäsar strahlte. Zugleich sann er angestrengt nach. Wen sollte man denn sozusagen klonen? Sam Ringsteyn selbst? Das wäre in der Tat das Sahnehäubchen.

„Der Doppelgänger sollte nicht nur die Unterlagen entfernen, sondern sie zudem durch andere ersetzen. Der Clou ist, wenn er dabei durch eine Überwachungskamera erfasst wird, die zugleich die neuen Dokumente deutlich abbildet." Dann würde der Chef der Mondalbank sich womöglich selbst anzeigen. Was für ein Gag! Trotzdem blieben noch Fragen offen.

„Kann man auch arrangieren, dass sämtliche Ausfertigungen vernichtet werden, unabhängig davon, wo sie sich befinden?"

„Selbst das ist mit meiner neuen Methode möglich. Die vorgefundenen Papiere werden gescannt und mit einem bestimmten Wirkstoff behandelt. Dieser sorgt dafür, dass in einem gewissen Umkreis alle textlich übereinstimmenden Schriftstücke automatisch derart zerfallen, dass keine Spurensicherung sie jemals wieder entzifferbar machen kann."

„Wie groß wäre denn dieser Umkreis?"

„Die Garantiegrenze liegt bei fünfhundert Meilen."

„Das dürfte genügen." Sam Ringsteyn war zwar ein Fuchs, aber sicher nicht schlau genug, um auch entfernte Filialen seiner Bank mit Duplikaten zu bestücken.

Danach wurde Jim Harlinger mit dem Konzept vertraut gemacht. Es gehörte zu den Prinzipien des Diktators, möglichst wenige Menschen in solch diffizile Vorhaben einzuweihen, aber ganz ließ sich das nicht vermeiden. Als der Assistent erfuhr, dass er selbst verkleidet in die Höhe des Löwen gebeamt werden sollte, verzog er ein wenig das Gesicht. Ihm schien dieses Unternehmen die nur unwesentlich abgemilderte Variante eines Selbstmordanschlags zu sein. Immerhin blieb ihm noch eine Galgenfrist.

„Bevor wir die Aktion starten, müssen wir natürlich sicher sein, dass Ringsteyn seine Arbeit vollendet hat."

Das geschah zur Freude des Diktators zügig. Der Chef der Mondalbank war viel zu machtgierig, um seinen Schachzug auf die lange Bank zu schieben. Für einen erfahrenen, mit allen Wassern gewaschenen Insider bereitete das Anfertigen hieb- und stichfester Belastungspunkte gegen einen Konkurrenten wenig Schwierigkeiten. Da alle Banker Dreck am Stecken hatten, brauchte der wahre, etwas dürftige Kern nur überzeugend garniert zu werden.

„So, das wäre geschafft!", sagte Sam Ringsteyn zu Dirk Mogischu, als er die letzten Teile des ausgeklügelten Puzzles in seinem Safe verstaute. „Alles ist komplett, Kopien sind gefertigt, morgen gehe ich damit zum Super-Cäsar. Der wird Augen machen, aber vernachlässigen kann er die erdrückenden Beweise unmöglich!"

Anschließend meldete er seinen Besuch bei dessen Sekretärin an. Der Gedanke, William Buck könne ihn abweisen, vertrösten, sich auf seinen übervollen Terminkalender berufen, kam ihm keine Sekunde. Dafür war er seiner Bedeutung viel zu sicher.

Der Diktator seinerseits ließ umgehend Jim Harlinger und Sven Hasenfluh zu sich rufen.

„Heute Nacht muss die Sache steigen!"

Alles verlief reibungslos. Der Assistent wurde so hergerichtet, dass er Sam Ringsteyn zum Verwechseln ähnlich sah, und in den Flur vor dessen Büro gebeamt. Hier erfasste ihn die erste Kamera und während er den Safe öffnete, filmte ihn die zweite. Eine Sekunde vorher hatte er das vereinbarte Zeichen gegeben und sofort lösten sich die belastenden Papiere im noch verschlossenen Stahlschrank gleichsam in Luft auf. Jim Harlinger deckte die Öffnung mit seinem Körper gegen Aufnahmen ab. Zugleich zog er das mitgebrachte Ersatzmaterial heimlich aus der Jacke und hielt es wie zufällig vor die Kamera. Sodann legte er es in den Safe und verließ das Zimmer. Auf dem Korridor setzte er ein weiteres Signal ab. Im selben Moment stand er abermals seinem Chef gegenüber.

„Na, war es schlimm?"

„Nein", antwortete Jim Harlinger, zutiefst erleichtert.

Am nächsten Vormittag betrat Sam Ringsteyn siegesgewiss den Präsidentenpalast. Natürlich hatte er den Inhalt des sorgfältig zugeklebten Umschlages nicht erneut kontrolliert. Das ernste Gesicht des Super-Cäsars irritierte ihn freilich.

„Was haben Sie denn da, zeigen Sie einmal her!", sagte William Buck, ohne lange Vorrede. Und bevor Ringsteyn sich dessen recht versah, hatte der Diktator ihm das Kuvert bereits aus der Hand genommen und aufgerissen.

Das verläuft gar nicht so, wie ich es mir vorgestellt habe, dachte der Vorstandsvorsitzende der Mondalbank ernüchtert. Nun, wenn der Super-Cäsar erst den Inhalt las, würde sich die Stimmung schon wenden.

Doch im Gegenteil wurde die Miene des Diktators im Verlauf der flüchtigen Lektüre zusehends strenger, geradezu finster. Unbemerkt drückte er auf einen Knopf an der Unterseite seines Schreibtisches. Mehrere bewaffnete Männer in Uniform stürzten herein.

„Sam Ringsteyn, Sie sind verhaftet wegen Hochverrats!", sagte William Buck. „Die mir von Ihnen selbst soeben überreichten Beweise belasten Sie auf das Schwerste."

Nachdem der sprachlose Präsident der Mondalbank abgeführt worden war, zusammen mit dem ebenfalls festgenommenen Sven Hasenfluh, der als Mitwisser selbstverständlich aus dem Verkehr gezogen werden musste, kehrte Jim Harlinger guter Dinge an seinen Arbeitsplatz zurück.

„Das ist moderne Marktwirtschaft pur", sagte der Assistent bewundernd zu Myriam Becz. „Der größere Fisch frisst den kleineren. Und keiner ist größer als unser Super-Cäsar."

Die Tunnel-Gang

„Komisch", sagte John Simon zu seiner Frau. „Kannst du dich daran erinnern, dass hier jemals ein Tunnel war?" Shirley schüttelte den Kopf. Sie hatte diese Route höchstens drei oder vier Mal benutzt, stets als Beifahrerin, und sie besaß keinerlei Antenne für Verkehrsstrecken. Was es unterwegs zu essen gab, in Raststätten und Restaurants, das konnte sie sich gut merken, natürlich auch die Garderobe ihrer Freundinnen, die Preise in Supermärkten und dergleichen, aber Straßen? Vielleicht noch diese langweiligen dunklen Röhren, die sich Tunnel nannten und in denen es, trotz modernster Technik, immer noch erbärmlich nach Abgasen stank? Shirleys Nase funktionierte extrem sensibel, sehr zum Leidwesen ihres Mannes. Im Verlauf ihrer Ehe hatte er sich nach und nach das Rauchen, das Trinken und nicht zuletzt den Besuch zwielichtiger Bars abgewöhnt. Zuverlässig zerlegte seine Gattin jenen Duftcocktail, der John bei dessen abendlicher Heimkehr früher unweigerlich begleitete, präzise analysierend, in seine einzelnen, regelmäßig negativen Komponenten. „Irgendwo in dieser Gegend muss es eine Abzweigung geben! Nach rechts. ‚Winterford' steht auf dem Schild. Aber ich hab es nicht gesehen. Du vielleicht?"

„Sollte ich? Du hast mich nicht gebeten, darauf zu achten."
Reklametafeln für Schokoladeneis oder ein neues Waschmittel wären ihr nicht entgangen, dachte John in einer rebellischen Anwandlung. So perfekt Shirley zur Detektivin taugte, als Navigatorin war sie unbrauchbar.
Die Beleuchtung im Tunnel, die anfangs hell gestrahlt hatte, fast ein wenig zu intensiv, flackerte kurz und erlosch.
„Typisch!", knurrte John. „Immer muss erst etwas passieren, damit die beamteten Schlafmützen aufwachen."

Seine Frau schreckte empor. Gerade hatte sie sich ausgemalt, was sie im Hotel zum Abendessen bestellen wollte. Lamm? Rehrücken? Auf jeden Fall einen üppigen Eisbecher zum Nachtisch. „Was ist denn jetzt los?"

„Gar nichts. Zum Glück funktionieren die Scheinwerfer." Zugleich blickte John auf den Tachostand. Ihn interessierte, wie lang diese verdammte Röhre noch sein würde. Bedauerlicherweise hatte er sich die Zahlen bei der Einfahrt nicht gemerkt.

Zwei Meilen, schätzte er, vielleicht auch drei mochten sie seither zurückgelegt haben.

Lin Yu verfolgte am Bildschirm aufmerksam das Geschehen. Die Auflösung war so perfekt, dass man jede Bartstoppel des Fahrers zu erkennen vermochte. Schlecht rasiert, dachte er. Und er sah die Schweißtropfen auf Johns Stirn anschwellen und endlich zögernd abwärts rollen. Auf die Frau achtete Lin Yu weniger, die würde keine Scherereien verursachen. „Langsam biegen!", befahl er. „Und enger!" Die beiden Männer am Schaltpult nickten.

Besorgt registrierte John, dass der Tunnel offenbar eine Kurve machte, so scharf, dass man eigentlich einen Hinweis erwartet hätte, die Geschwindigkeit herabzusetzen. Er konnte sich das alles nicht recht erklären. Tunnel errichtete man doch nicht zum Spaß, wie Karusselle oder Achterbahnen. Wo ein derartiges Bauwerk sich als notwendig oder zweckmäßig erwies, in der Regel durch ein Gebirge, aber auch unter Gewässern, wählten die Behörden schon aus Kostengründen möglichst den direkten Weg, also eine Gerade.

Shirley verfolgte inzwischen die Fahrt mit wachsender Furcht. Sie konzentrierte sich nun selbst auf Kleinigkeiten und mit den schärferen Sinnen einer Frau bemerkte sie winzige Veränderungen früher als ihr Mann.

„Die Straße wird schmaler", sagte sie. Erste Anzeichen von Panik schwangen in ihrer Stimme mit.

Jetzt nahm auch John das vorerst geringfügige Schrumpfen der Fahrbahnbreite wahr.

„Bestimmt wird sie gleich wieder normal", beruhigte er Shirley, ohne selbst von der Richtigkeit dieser Behauptung überzeugt zu sein. „Manchmal sind die Felsen einfach zu hart, dann nimmt man so eine ungewöhnliche Trasse eben für ein paar hundert Yards in Kauf."

Inzwischen beschäftigte ihn überdies der Umstand, dass sie sich in einer einspurigen Röhre befanden. Zunächst hatte er das eher als positiv empfunden. Wo es keinen Gegenverkehr gab, entfiel wenigstens eine mögliche Unfallquelle. Nun zeigte diese Besonderheit ihr Janusgesicht. John war ohne jedwede Alternative, sozusagen auf Gedeih und Verderb, von der Beschaffenheit dieser einzigen Fahrbahn abhängig.

Flüchtig kam ihm der Gedanke an Umkehr, aber für ein Wendemanöver reichte der Raum bereits nicht mehr, selbst wenn er dutzende Male vor- und zurücksetzte. Zwar war der Verkehr offenbar äußerst dünn, trotzdem musste man jederzeit damit rechnen, dass ein folgendes Fahrzeug aufprallte. Und diese Erwägung hinderte John auch daran, einfach den Rückwärtsgang einzulegen. Ganz abgesehen davon, dass es für ihn bei seinem steifen Genick wahrlich kein Vergnügen wäre, mindestens fünf bis sechs Meilen auf solch unbequeme Weise zurückzulegen. Immerhin reduzierte er das Tempo nahezu auf Schrittgeschwindigkeit. Die Vorstellung, andere Autos könnten ihn einholen, schien ihm auf einmal eher reizvoll.

Aber je langsamer er fuhr, die Tachonadel pendelte sich allmählich unterhalb der Fünf ein und sogar im ersten Gang knurrte der Motor unwillig, desto rascher rückten die steinernen Wände von links und rechts zusammen. Langsam packte auch John nackte Todesangst. Wir sitzen in einer Falle, dachte er. Mit den Felsen muss etwas passiert sein, ein Bergrutsch oder gar ein Erdbeben. Plötzlich fiel ihm ein, dass es bei Steinschlag auf freier Strecke manchmal geraten war, zu beschleunigen. Es gilt, einen Wettlauf zu gewinnen, hatte ein Freund ihm einmal gesagt. Entweder bist du tatsächlich schneller, dann hast du Schwein gehabt, oder die harten Brocken sind rascher, dann war es eben Pech, Schlamassel, Schicksal, je nach Betrachtungsweise. Aber hier gab es keine offene Straße. John trat auf die Bremse, der Wagen rollte aus.

„Was soll das?", schrie Shirley hysterisch. „Willst du hier tatenlos warten, bis wir erdrückt werden?"

John begriff, dass die Lage weit aussichtsloser war, als er bisher hatte wahrhaben wollen. Die Tunnelwände krochen nicht nur vor dem Auto aufeinander zu, sondern auch neben ihm. Beinahe berührten die Mauern, die ihm nun aus Beton zu sein schienen, bereits die Karosserie. Nach hinten zu blicken, traute sich der Fahrer nicht mehr. Und nun fielen ihm auch noch die Medienberichte der jüngsten Zeit über das angeblich mysteriöse Verschwinden mehrerer Verkehrsteilnehmer ein. Mysteriös, so ein Unsinn, hatte er überheblich gedacht. Unfähige Polizei! Aber hatten sich die seltsamen Vorfälle nicht just in dieser Gegend ereignet?

„Stopp!", ordnete Lin Yu an. Er war nicht bloß Chef einer florierenden Gang, sondern darüber hinaus ein ausgesprochener Sadist. In pulsierender Vorfreude hörte er bereits Bleche knacken, sah, wie sich splitternde Wagenteile in Hüften und Wangen der Insassen bohrten und rotes Blut auf die beigefarbenen Polster spritzte. Zugleich jedoch war Lin Yu ein Verstandesmensch, sonst hätte er auch schwerlich diese Horde undisziplinierter Krimineller derart erfolgreich leiten können. Und natürlich wusste er, dass Vorfreude meist die schönste Freude und mitunter die einzige Form des Genusses war.

Gelegentlich sollte man es sogar willentlich bei ihr belassen, um nicht eine herbe Enttäuschung oder gar das Misslingen des gesamten Unternehmens zu riskieren.

„Das Objekt steht richtig", meldete Shu Men.

„Öffnen!"

Schräg rechts vor sich gewahrte John plötzlich ein Tor. Langsam schwenkten beide Flügel zurück, dahinter wurde so etwas wie eine Einfahrt sichtbar. Sie wirkte, als gehöre sie zu einer Garage, und für einen Moment beschlich den Mann Unbehagen. Was mochte in dieser Garage, falls es denn eine war, verborgen sein? Fast schien es, als habe der Schlund nur auf ihn und seine Frau gewartet. Aber blieb ihm eine Wahl? Vorsichtig trat er aufs Gaspedal und der Wagen glitt hinein.

„Phase eins beendet!", stellte Lin Yu fest. Ein Mausklick verschloss das Tor, ein zweiter ließ den gesamten Tunnel spurlos verschwinden.

„Das ist schon die achte Meldung dieser Art im laufenden Monat", sagte Kommissar Grabowsky. „Zwar liegt uns erst eine relativ frische, noch nicht eindeutige Vermisstenanzeige vor, aber ich fürchte, es wird enden wie die früheren Fälle."

„Also im Nichts", kommentierte Assistent Ruberg und erntete dafür einen finsteren Blick seines Vorgesetzten.

„Wir haben das in Frage kommende Gebiet inzwischen ziemlich genau ermittelt." Kriminalinspektor Stetson war ein erfahrener Beamter, der alles tat, um die mysteriöse Serie aufzuklären. In einem halben Jahr würde er in den Ruhestand treten und als krönenden Abschluss seiner beruflichen Laufbahn wünschte er sich nichts sehnlicher als die Lösung dieser rätselhaften Verbrechen, an bloße Unfälle glaubte längst niemand mehr. Unfälle hinterlassen meist klare Fährten, Abdrücke. Es würde ein Triumph sein, der ihn weithin bekannt machen musste, denn in letzter Zeit beschäftigte der ominöse „Touristenklau", wie die auf griffige Schlagzeilen erpichte Boulevardpresse jenes Phänomen nannte, das breite Publikum mehr als aktuelle Skandalgeschichten von Popstars und Prinzessinnen.

Grabowsky beugte sich über die auf dem Tisch ausgebreitete Landkarte und folgte aufmerksam Stetsons Erläuterungen. „In sämtlichen Fällen haben wir ermittelt, wo die Vermissten gestartet sind. Außerdem kennen wir ihre Zielorte. Dabei dürfen wir aufgrund exakter Überprüfungen sicher sein, dass niemand sein Reiseziel verschleiern wollte, etwa wegen einer Affäre, eines illegalen Geldtransportes, Drogenschmuggels oder aus anderen intimen oder kriminellen Motiven. Wenn wir nun die Strecken übereinander legen, sieht man, dass sich sämtliche Linien ein Stück weit decken. Dort sollte es also passiert sein und dort können wir vermutlich nähere Aufschlüsse erwarten."

„Wie lang ist denn dieses Stück?"

„Ungefähr zwanzig Meilen."

Der Kommissar atmete auf. Das klang wirklich viel versprechend. Nach außen hielt es sich allerdings bedeckt. „Zwanzig Meilen. Das kann viel sein oder wenig, je nachdem, wie man es betrachtet."

„Wir können den verdächtigen Abschnitt wohl noch stärker reduzieren. Etwa in der Mitte befindet sich eine Rastanlage. Zwei der Fahrer haben dort mit Kreditkarten getankt."

„Die könnten doch auch gestohlen sein."

„Möglich. In der Tat sind sie später von Unbefugten benutzt worden. In einem der Fälle hat die Tochter der Vermissten sie gleich nach dem Verschwinden ihrer Eltern sperren lassen, allerdings zu spät. Die Frau schwört, dass die letzten Verfügungen unmöglich durch die legitimen Inhaber erfolgt sein können. In einem anderen Fall hat die kontoführende Bank die Karte eingezogen, weil das Limit überschritten war."

Stetson schwieg. Sein Chef aber sah ihm an, dass er noch nicht alle Trümpfe auf den Tisch gelegt hatte.

„Heraus mit der Sprache! Sie wissen doch noch mehr."

„Eine Kellnerin der Gaststätte hat ein Ehepaar eindeutig anhand der Fotos identifiziert. Die beiden sind ihr aufgefallen, weil sie ununterbrochen gestritten haben und der Mann ständig gerufen hat: ‚Sei still, Babylon!' Den ausgefallenen Namen hat die Bedienung sich gemerkt und sich zudem das Gesicht der ständig zickenden Frau eingeprägt. Sie sagt, diese habe im Grunde eher einer unfreundlichen Schuhverkäuferin geglichen als einer biblischen Hure. Diese Bemerkung zeugt nicht nur von einer gewissen Bildung, sondern vor allem von einer ausgezeichneten Beobachtungsgabe, denn die Vermisste hat tatsächlich in der Sandalenabteilung eines Supermarktes gearbeitet."

„Nun, dann wollen wir mal Nägel mit Köpfen machen!", entschied Grabowsky. „Unsere Spurensicherer müssen die zehn Meilen eben Inch für Inch unter die Lupe nehmen."

„Was sollen wir tun, Boss?", fragte Shu Men angesichts der ausrückenden Kolonne.

Lin Yu grinste. „Was schon? Wir werden eben unser Aktionsfeld verlegen. Der Boden hier wird vielleicht doch heißer, als uns lieb sein kann."

„Ist das wirklich nötig? Die Schwachköpfe werden nichts entdecken."

„Mit solchen Behauptungen solltest du ein bisschen vorsichtiger sein. Wenn man die Felswände intensiv genug mit entsprechenden Sensoren und Detektoren durchforscht, ist es immerhin möglich, dass die Schnüffler auf gewisse Hohlräume stoßen. Und auf gewisse Relikte."

„Die könnten wir immer noch entfernen."

„Wozu sich die Mühe geben? Das mit der Verlegung unseres Tätigkeitsgebietes ist übrigens nicht so brandeilig. Im Moment habe ich etwas anderes vor. Wir werden viel Spaß haben. Baut die Röhre wieder auf! An der alten Stelle."

Vor dem ersten Wagen des Einsatzkommandos materialisierte der Tunnel, in genügender Entfernung, so dass die Plötzlichkeit seines Erscheinens nicht auffiel, und zugleich zu nah, als dass dem Fahrer des Jeeps genügend Zeit geblieben wäre, stutzig zu werden und womöglich Rückfragen an seinen Vorgesetzten zu richten. Im dritten der insgesamt fünf Fahrzeuge saß Kommissar Grabowsky. Er hielt Theorien, nach denen der Chef sich entweder an der Spitze oder am Ende einer Kolonne befinden sollte, für puren Humbug. „Ich bin zwar der Kopf, doch mein Platz ist die Mitte", pflegte er gelegentlich zu bemerken. Und nach dieser Maxime handelte er auch.

„Wir müssten bald vor Ort sein", hatte er gerade eben, kurz nach dem Passieren der Rastanlage zu seinem Fahrer gesagt, als er, um eine Kurve biegend, den zweiten Jeep in einem dunklen Loch verschwinden sah.

Aber hier gab es doch noch nie einen Tunnel, wunderte er sich und verlor darüber wichtige Sekunden, bevor Argwohn aufstieg, sich verdichtete.

„Zurück!", brüllte Grabowsky ins Mikrofon. „Dies ist ein Hinterhalt! Sofort stoppen!"

Bereits während des ersten Wortes hatte der Frontgrill seines Autos den Eingang der Röhre erreicht. Weisungsgemäß trat der Fahrer unmittelbar danach auf die Bremse, doch zu spät. Der Schwerpunkt beider Hinterräder befand sich knapp, aber eindeutig jenseits der magischen Grenzlinie. Eine undurchdringliche Felswand schob sich zwischen das Heck seines Wagens und das folgende Fahrzeug.

Der Kommissar sah die Standlichter der vor ihm eingefahrenen Autos. Aufgeregt stieg er aus, um sich mit Inspektor Stetson, der tatendurstig in den ersten Jeep gedrängt war, zu besprechen. Doch da begann sich der Asphalt wellenförmig zu bewegen. Grabowsky gelang es nur mit Mühe, sich auf den Füßen zu halten. Indem er mit beiden Händen den

Türrahmen seines Autos umklammerte, schrie er: „Stetson, zu mir!"

Der Inspektor vernahm den Befehl nicht mehr. Infernalischer Lärm erstickte jeden menschlichen Laut. Dröhnend und ratternd spaltete sich die abschließende Rückwand. Während ihr hinterer Teil nach wie vor den Eingang verriegelte, schob sich der vordere in voller Höhe und Breite der Röhre vorwärts. Wie in einer riesigen Waschanlage presste er die drei Fahrzeuge erst gegeneinander und trieb sie sodann vor sich her. Weder angezogene Bremsen noch eingelegte Rückwärtsgänge vermochten den Druck auch nur im Mindesten aufzuhalten. Zudem verengte sich die vor ihnen liegende Straße zusehends.

„Soll ich die Seitenwand öffnen?", erkundigte sich Shu Men. „Nein. Wir sind auf diese Beute nicht angewiesen und die Autos sind ohnehin schon fast Schrott, der Triumph zählt mehr als ein paar lausige Geräte. Wertsachen besitzen solche Leute kaum, sogar zur Korruption sind sie meistens zu dämlich. Die Mehrzahl von ihnen hat vermutlich nicht einmal Plastikgeld. Ich möchte einfach, dass sich die Burschen vor ihrem Tod in die Hosen machen. Ihre Kollegen daheim sollen begreifen, dass wir mächtiger sind als diese Staatstrottel. Um die Lektion richtig zu lernen, müssen sie Leichen finden, vollgeschissen und ungeplündert, dann wird ihnen der Schreck erst recht in die Glieder fahren. Also, zieh den Stöpsel aus der Flasche!"

Der Lärm im Tunnel verebbte so plötzlich, wie er entstanden war. Grabowsky, der inzwischen mit Hilfe seiner Leute wieder auf den Sitz neben dem Fahrer gelangt war, griff zum Mikrofon. In derselben Sekunde erblickten die drei Besatzungen vor sich helles Tageslicht, immer größer, breiter, strahlender werdend.

„Vollgas!", rief der Kommissar. Man musste den Augenblick nutzen, wer wusste denn, welch neue Teufelei ihnen drohte, falls sie zögerten.

Im Gleichtakt ruckten die Wagen an. Die grelle Sonne schien den Männern nun beinahe waagerecht in die Pupillen und lähmte die Sehnerven, trotz der heruntergeklappten Sichtblenden. An dunkle Brillen hatte niemand gedacht, der neblige Oktobermorgen war trübe gewesen.

Stetsons Auto verschwand hupend.

Freudentöne, dachte Grabowsky, Siegesfanfaren. Eigentlich war der Kollege schon zu alt, um seine Erleichterung derart knabenhaft hinauszuposaunen. Doch dann überwältigte der Spannungsabfall auch den Kommissar. Er griff an dem Fahrer vorbei zum Lenkrad. Nein, er durfte schließlich als Chef bei dem Befreiungskonzert nicht zurückstehen. Das wäre unsolidarisch gewesen.

Auch der zweite Wagen geriet unvermittelt aus dem Blickfeld, und nun begriff Grabowsky. Vor ihm starrte ein Abgrund, gewiss mehrere hundert Meter tief, und der Kommissar meinte, von unten her schepperndes Aufschlagen zu vernehmen, als rollten Mülleimer über unendliche Steintreppen.

„Halt!", brüllte er abermals, aber tausendfach entsetzter als bei der Einfahrt in den Tunnel. Und wieder kam sein Befehl zu spät. Als letztes sah er zwei Feuersäulen, denen er unaufhaltsam entgegen flog.

„Fertig", sagte Lin Yu befriedigt. „Abbauen!"

Der Mutator

Wolkenburgs Kinderspielplatz war um eine Attraktion reicher geworden. Sie stand ein wenig außerhalb des Zentrums, aber das tat ihr keinen Abbruch. Für die Wünsche der kleinen Besucher bildete sie sofort den Mittelpunkt der gesamten Anlage. Dennoch hatte ihre etwas abseitige, ja, verdeckte Position gute Gründe.

Die Attraktion war diskret eingezäunt und der einzige Zugang konnte leicht überwacht werden. An der altmodischen Drehtür hing ein großes Schild: „Das Betreten ist Personen unter 14 Jahren nur in Begleitung Erwachsener gestattet!"

Für einen Kinderspielplatz war das eine widersinnig anmutende Regelung, und der Bürgermeister hatte sie auch nur aus haftungsrechtlichen Überlegungen angeordnet, mit einem Augenzwinkern sozusagen, aber er war Beamter auf Zeit und folglich in erster Linie auf die Absicherung seiner Stellung und die nächste Wiederwahl bedacht.

Die Einschränkung bot volljährigen Schülern der höheren Klassen einen willkommenen Nebenerwerb. Die Kleinen waren derart wild darauf, in das Gehege ihrer Träume zu gelangen, dass sie geradezu freudig erhebliche Teile des Taschengeldes opferten, um einen berechtigten Begleiter anzumieten. Leider begrenzten diese die Verweildauer unnachsichtig.

„Eine halbe Stunde!", verkündeten die „Patrone" genannten älteren Jungen und Mädchen unisono. Der Wettbewerb unter ihnen wurde erbittert geführt und eine längere Betreuung, mit oder ohne Aufstockung des Entgelts, hätte jedem Solidaritätsbrecher zumindest Scherereien eingebracht, einschließlich einer kräftigen Tracht Prügel für die Knaben, etlichen Schrammen und blauen Flecken für die weiblichen Tutoren.

Eigentliches Ziel der jugendlichen Begierde war der erst vor einer Woche installierte „Mutator". Seine geheimnisvollen

Energien ermöglichten es, in die Gestalt eines anderen fiktiven Lebewesens zu schlüpfen. Natürlich wäre auch eine Verwandlung in tote Materie realisierbar gewesen, doch wer wollte schon ein unbeweglicher Stein, ein willenloser Kiesel oder gar ein machtloses Sandkorn werden? Derlei Zustände mussten äußerst langweilig und daher total unbefriedigend sein. Rim und Rom hatten sich unmittelbar nach dem Mittagessen von daheim fortgestohlen. Der Vater hockte noch im Büro, und die Mutter war bei einer Nachbarin zum Kaffeeklatsch eingeladen. Noch hatte sie freilich das Haus nicht verlassen, daher blieb als sicherster Weg in die Freiheit einzig das seitwärts gelegene Kellerfenster. Zum Glück für die Geschwister befand sich das Spielcenter ganz in der Nähe. Sie brauchten nur knappe zehn Minuten, um dorthin zu gelangen.

„Na, ihr beiden Hosenscheißer?", sprach ein hoch aufgeschossener Junge sie bereits vor der Pforte des Spielplatzes herablassend an. „Ihr wollt doch gewiss zum ,Mutator'. Dafür braucht ihr erwachsene Begleitung, das wisst ihr doch?"

„Willst du vielleicht ein Erwachsener sein?", fragte Rom, die weitaus kesser war als ihr ein Jahr älterer Bruder.

Der Junge musterte das Mädchen von oben bis unten. Verachtung lag in dem Blick, doch zugleich Respekt und kaum verhehltes Interesse. Wider Willen errötete Rom.

„Ich hoffe, ihr habt das nötige Kleingeld."

Rom nickte schweigend und zog zwei Münzen aus der Tasche.

„Na, dann kommt mal!", sagte der Junge gönnerhaft, nachdem er die Geldstücke prüfend betrachtet hatte. „Aber macht keinen Unsinn. Vor jeder Eingabe fragt ihr mich gefälligst. Kapiert?"

„Ja", sagten Rim und Rom.

Viele Einwohner rätselten, wer denn wohl dieses teure Gerät gesponsert haben mochte. Das Städtchen war relativ klein und seine Finanzen galten als so zerrüttet, dass man allgemein bereits mit dem baldigen Eintreffen einer Art staatlichen

Zwangsverwalters rechnete. Auf die richtige Lösung verfiel allerdings niemand, nicht einmal die Mitglieder des Stadtrates waren sich im Klaren, wem sie die großherzige Spende verdankten. Der Bürgermeister hatte sie mit einer Reihe von Floskeln eingelullt, Diskretion, Konkurrenz, einem geschenkten Gaul schaut man nicht ins Maul, und über allem schwebte die zutiefst beruhigende Zauberformel: Eigenmittel werden nicht benötigt.

Keinem der beiden Ingenieure, die den „Mutator" überprüft und abgenommen hatten, war eine winzige Besonderheit an der Technik aufgefallen. Sie war freilich auch so raffiniert getarnt, dass selbst kompetentere Spezialisten sie schwerlich entdeckt, geschweige denn ihre Bedeutung präzise zu entlarven vermocht hätten.

Rim und Rom besuchten die neue Einrichtung zum ersten Mal und angesichts der Anlage fielen ihnen fast die Augen aus dem Kopf. Jedem Besucher stand eine Einzelkabine zur Verfügung und deren Zahl war weit größer, als man von außen für möglich gehalten hätte, fast gewann man den Eindruck, der Raum blähe sich beim Betreten geradezu auf.

„Da staunt ihr, was?", sagte der Ranger. „Der Andrang ist eben enorm und die Betreiber wollten Staus tunlichst vermeiden. Die Benutzung der Kabinen ist übrigens kostenlos."

Gegenüber der Eintrittspforte jeder Zelle lag der Ausgang, der in einen Park führte, die eigentliche Spielfläche, auf der die Gäste sich nach Belieben tummeln und experimentieren durften. Völlig frei waren sie dabei freilich nicht, denn es gab eine ganze Reihe von Vorschriften, insbesondere Verbote. So war es strikt untersagt, sich in gefährliche Tiere zu verwandeln, Löwen etwa, Krokodile oder Schlangen. Die Liste, die in jeder Kabine hing, umfasste eine Vielzahl von Positionen.

Begonnen hatte alles mit einem Anruf im Rathaus.

Wider jede technische Normalität, war er durch Sperren und Filter hindurch direkt bei Bürgermeister Hempel gelandet und durch den verblüffenden Vorschlag gleichsam überrumpelt, hatte dieser nach kurzem Zögern auf seinem Terminkalender einen freien Platz für den Anrufer gefunden.

Als Hempel den Fremden sah, empfand er Überraschung. Am Telefon hatte die Stimme heiser geklungen. Oder wäre krächzend die richtigere Bezeichnung gewesen? So genau konnte er sich nicht mehr erinnern. Jedenfalls hatte sie bei ihm einen unangenehmen, fast unheimlichen Eindruck hinterlassen und er war nahe daran gewesen, das Gespräch abzubrechen, doch die Idee hatte gar zu reizvoll geklungen.

Jetzt saß ihm ein sympathisch wirkender, gepflegt gekleideter junger Mann gegenüber. Hempel entspannte sich. Und nun hörte sich das Angebot noch unwiderstehlicher an. Nur komisch, jedes Mal, wenn er die außergewöhnlich ebenmäßigen Gesichtszüge seines Besuchers näher musterte, fast hätte er sie als „schön" bezeichnet, fiel ihm dieser irgendwie diabolisch anmutende Zug zwischen Mund und Augen auf und ein leichtes Kribbeln lief über seinen Rücken. Aber ihm blieb wenig Zeit zum Sinnieren.

„Wie wäre es mit einer kleinen praktischen Demonstration? Ich habe eine Mini-Version des ‚Mutators' bei mir. Es ist absolut kein Risiko dabei."

Eine Viertelstunde später war der aus einem Schäferhund rückverwandelte Bürgermeister begeistert. „Das ist ja phantastisch!", rief er aus.

„Warten Sie erst einmal auf das nächste Modell. Wir entwikkeln bereits ein noch weit leistungsfähigeres Gerät. ‚Metamorphotor Intense' lautet der Arbeitstitel, ein wahrer Zungenbrecher, nicht wahr? Doch je schwieriger der Name, desto durchschlagender die Wirkung." Er lachte meckernd und der Bürgermeister fühlte sich unangenehm berührt. Waren das nicht ähnliche Laute, wie er sie bei dem Ferngespräch vernommen hatte? Aber sofort nahm der Besucher ihn wieder gefangen.

„Auf hundert Kilometer im Umkreis werden Sie die erste Gemeinde mit einem Mutator sein."

„Wie sind Sie denn gerade auf uns verfallen?"

„Nun, man hat Sie uns empfohlen. Und wir haben auch selbst Recherchen angestellt. Mit durchaus befriedigendem Ergebnis." Befriedigend ist nicht Gut, dachte der Bürgermeister. Ihn beschlich Sorge, die vor ihm ausgebreitete Lockspeise könne Wolkenburg im letzten Moment von einem Konkurrenten vor der Nase weggeschnappt werden. Von Hillerstadt etwa oder von Breitenau.

Abermals lachte der Fremde mit seinem Bocksorgan, als könne er Gedanken lesen.

„Das mag für Sie etwas mysteriös klingen, lassen Sie mir einfach ein kleines Geheimnis. Es wird Ihr Schade nicht sein. Dass der ‚Mutator' funktioniert, haben Sie ja selbst erlebt."

„Nun, das wohl ..." Hempel fühlte sich hin und her gerissen.

„Sie hätten gern ein Prüfsiegel? Ein Zertifikat?"

„Nein, nein", beeilte sich der Bürgermeister zu beschwichtigen.

„Das ist recht. Wir werden schon von anderen Städten bedrängt, aber ich fände es unfair, jetzt unser Angebot zurückzuziehen."

Da sprach der Fremde ja seine geheimsten Befürchtungen aus. Hempel schwitzte vor Angst.

Er ist reif, dachte der Besucher, und seine Augen funkelten.

„Dass der ‚Mutator' eine Unsumme wert ist, dürfte Ihnen sicher klar sein. Kennen Sie einen Sponsor, der solche Beträge verschenkt? Ganz ohne eine winzige Gegenleistung?"

Da war der befürchtete Pferdefuß.

„Natürlich machen wir Reklame für Sie. Der Erfolg wird sich herumsprechen, jede Gemeinde wird das Gerät besitzen wollen. Und dann können Sie die Preise diktieren."

Der Gast wischte dieses läppische Geschwätz mit einer Handbewegung vom Tisch. „Meinen Sie im Ernst, dass wir Ihre

Werbung nötig hätten? Dass sie uns auch nur den mindesten Nutzen bringen würde?"

„Nein, das habe ich keineswegs sagen wollen. Mein Gott, ist das alles kompliziert ..."

Den jungen Mann schien das Wort Gott unangenehm zu berühren. Er zuckte leicht und beugte sich vor. „Ich will Ihnen noch etwas anvertrauen. Meine Firma hat zwar den ‚Mutator' entwickelt und verfügt über die Patente, trotzdem bin ich nur der Makler für die wahren Sponsoren. Diese bezahlen mich und sie sind auf mein Unternehmen verfallen, weil ich weltweit einen Ruf als äußerst erfolgreicher Verhandler besitze. Meine Auftraggeber wollen unter allen Umständen anonym bleiben. Und sie sind es auch, die einen einzigen kleinen Gefallen zur Bedingung für dieses ungeheure Geschenk machen."

Wenige Tage später wies Hempel das Bauamt an, in einer Nacht- und Nebelaktion vollendete Tatsachen zu schaffen. Er war sich sicher, diese Entscheidung später vor dem Gemeindeparlament vertreten zu können. Grundsätzlich bestätigte ihn die Reaktion der Volksvertreter. Allerdings protestierten gleich nach der Installation des „Mutators" und dem ersten Probelauf mehrere von ihnen dagegen, dass die Anlage prinzipiell die Erfüllung auch extrem gefährlicher Wünsche ermöglichte.

„Das ist ein erheblicher Fehler!", rief Stadtrat Bruckner. „Ein nicht hinnehmbarer schwerer Mangel. So etwas wird die Aufsichtsbehörde nie und nimmer dulden!"

Einige Zuhörer, es handelte sich um eine öffentliche Sitzung, klatschten und ließen Bravo-Rufe hören, insbesondere besorgte Mütter. Dem Bürgermeister gelang es jedoch, auch diese Klippe zu umschiffen.

„Wir können nicht mehr zurück", sagte er, äußerlich achselzuckend, innerlich triumphierend. „Ein Umbau, der, falls überhaupt möglich, sehr kompliziert wäre, würde nicht bloß

kostenträchtige Zeitverluste bedeuten, durch Schadenersatz-
forderungen die Gemeinde womöglich in den Ruin treiben,
sondern von vornherein auf entschiedenen Widerstand seitens der Patentinhaber und Konstrukteure stoßen."
Als erfahrenem Politiker fiel es ihm nicht sonderlich schwer,
das Votum der Mehrheit in richtige Bahnen zu lenken. Die
Höhe der Summe, welche ihm über den Makler von den Sponsoren unmittelbar nach Abschluss des Vertrages unter der
Hand gezahlt worden war, beflügelte ihn dabei zu ungeahn-
ten rhetorische Leistungen. Nachdem er den Boden mit Hilfe des häufigen Wiederholens von Begriffen wie „Blamage"
und „Regressansprüche" bereitet hatte, zog Hempel endlich
einen Kompromissvorschlag aus dem Hut.
„Wir stellen einfach eine Verbotsliste auf."
„Die muss aber überwacht werden!", forderte Stadträtin
Mellmann.
„Selbstverständlich", stimmte der Bürgermeister zu.
„Und die Liste muss wasserdicht sein. Dazu ist ein Ausschuss
erforderlich."
Diesmal zog der Bürgermeister die Stirn kraus, der Antrag
schmeckte ihm nicht besonders. Aber war Politik nicht die
Kunst des Möglichen?
Die Regelung trat schneller als erwartet in Kraft. Man hatte
Personal zur Überwachung angeworben, Arbeitslose und Rent-
ner zunächst, doch dann ließen die immer noch anonymen
Sponsoren ebenso überraschend wie erfreulicherweise wissen,
dass sie bereit seien, die Kosten für solche Kontrolleure bis zu
einer gewissen, recht beträchtlichen Höhe zu übernehmen.
Offenbar lag ihnen einiges an einem möglichst reibungslosen
Verlauf.
Seither betreute jeder der Wärter fünf Kabinentüren. Sobald
ein Besucher den Raum betreten hatte, wurde die Eingangstür
automatisch verriegelt. Nach dessen Rückkehr aus dem Park
öffnete der Aufseher auf ein Klingelzeichen hin sie wieder, stets

darauf gefasst, trotz der strengen Verbote mit irgendeinem gefährlichen Wesen konfrontiert zu werden. Für diesen Fall bestand die strikte Anweisung, unverzüglich den „Remutator", ein kleines pistolenähnliches Gerät zu betätigen. Der stracks in seine natürliche Gestalt Zurückverwandelte wurde sodann auf Lebenszeit vom Betreten der Anlage ausgeschlossen. Auch das hatte man hinreichend publiziert, und diese rigorose Sanktion schreckte derart ab, dass bisher noch kein Kontrolleur einem Tiger oder einer Kobra begegnet war.

Der einzige, den die Großzügigkeit der Sponsoren nicht ernsthaft überraschte, war der Bürgermeister. Denn über den offiziellen Vertrag hinaus, der mit geschwärzten Namen sorgfältig verwahrt in seinem Privatsafe lag, existierte noch ein Protokoll der geheimen Zusatzabrede, die jenen kleinen Gefallen formulierte, welchen der Makler Hempel abverlangt hatte. Anfangs empfand der Verwaltungschef deswegen manchmal einen leichten Druck in der Magengegend, irgendwie erinnerte der Besucher ihn an die Märchen der Kindheit, den Leibhaftigen, der seinen bösen Kern oft hinter schmucker Fassade verbarg. Beruhigend war freilich, dass er keinen schwefligen Gestank verbreitete, den hätte der Bürgermeister zuverlässig wahrgenommen, seine Nase funktionierte einwandfrei. Und nachdem in den ersten vier Wochen seit Eröffnung der Anlage jener in besagtem Anhang skizzierte Fall nicht ein einziges Mal eingetreten war, besänftigte sich sein elastisches Gewissen allmählich. Es wurde eben nichts so heiß gegessen, wie es gekocht wurde.

„So etwas geschieht wirklich extrem selten", hatte der Makler versichert. „Eigentlich handelt es sich eher um eine Pro-Forma-Klausel, sie besitzt keinerlei praktische Bedeutung. Es ist eben nur so, dass meine Mandanten darauf beharren und ich insoweit in der Pflicht stehe. Ich bin halt bloß ein kleines Glied in der Kette, wenn Sie verstehen, was ich meine."

Über diese Worte nachzudenken, vermied der Bürgermeister geflissentlich.

„Was wollt ihr denn werden?", fragte der große Junge die Geschwister möglichst beiläufig, Neugier zu zeigen, hielt er für unter seiner Würde. Eigentlich hätte er nach den Regeln fairen Wettbewerbs nur ein einziges Kind geleiten dürfen, aber die Situation war gerade günstig gewesen, sein Doppelgeschäft keinem Konkurrenten aufgefallen.

„Das geht dich gar nichts an!", entgegnete Rom schnippisch. Ihr Selbstbewusstsein ließ sich nicht so leicht erschüttern.

Natürlich mussten die Geschwister separate Kabinen beziehen, das verlangte der Datenschutz, und bei der Trennung wurde ihnen erstmals ein bisschen bänglich zumute. Immerhin hatten sie sich untereinander abgesprochen, jeder kannte das Vorhaben des anderen.

An der linken Seitenwand jeder Zelle hing ein schwarzer Apparat. „Dein Wunsch?", ertönte eine metallene Stimme. „Du hast drei Minuten Zeit."

Eine Mamba, hätte Rom am liebsten gesagt, aber im letzten Moment korrigierte sie sich: „Ein Fuchs!"

Ein Knacken, das wie ein leichtes Zögern wirkte, eine Rückfrage vielleicht? Fuchs? Tollwut? Zu gefährlich? Dann leuchtete ein grünes Lämpchen auf, die Tür zum Park öffnete sich. Rom sprang hinaus. Rims Plan klang ja in ihren Ohren reichlich abartig, aber sie hätte darauf gewettet, dass sie den Bruder unter Millionen von Faltern erkennen würde.

Das Mädchen blickte sich um, aber hier schien es keinen einzigen Schmetterling zu geben. Nun, umso besser, das musste ihre Aufgabe weiter erleichtern. Rom war zutiefst davon überzeugt, dass Schwestern, auch wenn sie geringfügig jünger waren, schon wegen ihrer größeren Reife stets auf blöde Brüder aufpassen mussten. Die Tür der benachbarten Kabine knarrte leicht. Ein schmaler Spalt wurde sichtbar, ein glänzendes Etwas flog heraus und war sofort wieder aus dem Blickfeld der Füchsin verschwunden. Rom erschrak.

„Rim!", rief sie.

Aber natürlich wurde es kein eigentlicher Ruf, sondern ein seltsamer halb fiepender, halb kläffender Laut. Aber der Bruder musste ihn doch vernehmen! Zugleich spürte sie mit Entsetzen, wie ein unbekannter Drang in ihr wuchs, nach dem Falter zu schnappen, das verzweifelte Schlagen seiner Flügel als einen exotischen Gaumenreiz zu fühlen und endlich die luftige Speise mit einem Happs zu verschlingen. Während sie an das Knacken der dünnen Knöchelchen dachte und Geschmacksfäden aus den Winkeln ihres Maules troffen, schaute sie sich lüstern um. Aber alles Spähen blieb vorerst vergebens.

Derweil flatterte Rim in einiger Entfernung fröhlich von Strauch zu Strauch. Er war zu intensiv mit seinen neuen Erlebnissen beschäftigt, als dass ihm das Füchslein aufgefallen wäre, das ihn nun entdeckt hatte und auf dem Boden Kapriolen vollführte, Männchen machte und mit den Vorderpfoten wedelte. Rim hatte sich ein besonders hübsches Kleid gewünscht. Der linke Flügel schimmerte silbern, der rechte gleißte golden und um die schmale Taille zog sich ein Ornament in den Farben des Regenbogens.

„Verdammt!", knurrte der Chefsponsor. Der Bengel sah reichlich auffällig aus, aber verzichten mochte er denn doch nicht. Also musste er schnell handeln, ehe sich allzu viele Besucher des Geheges das seltene Exemplar einprägen und sein jähes Verschwinden womöglich als verdächtig registrieren konnten. Eine rasche Handbewegung und Rim war wie vom Erdboden verschluckt.

Rom geriet allmählich in Panik. Die Veränderung ihres Wesens bedrängten sie ebenso wie das neuerliche Untertauchen des Bruders in der Fülle der Pflanzenwelt. Lange vor Ablauf der Frist strebte sie dem Ausgang zu.

„Was soll denn das?", erkundigte sich der Wärter. „Hast du zu viel Geld? Oder hat es dir bei uns nicht gefallen? Da wärest du die Erste. Aber egal, in jedem Fall musst du die gebuchte Zeit abwarten. Die Remutation geschieht vollautomatisch, manuelle Rückführungen sind aus triftigen Gründen nur in krassen Notfällen zulässig, und dies ist keiner. Andererseits können wir dich als Fuchs unter keinen Umständen auf die Menschheit loslassen, das wäre auch für dich selbst zu gefährlich. Du bist groß genug, um das einzusehen. Denk nur an die Jäger!"

Ungefähr in derselben Minute blickte Rim sich entgeistert um. Seine Gestalt als Knabe hatte er zwar wieder erhalten, doch die Umgebung war ihm völlig unbekannt. Und erst recht die seltsamen Figuren ringsum. Handelte es sich bei ihnen um kostümierte Besucher des Spielplatzes? Gab es irgendein Maskenfest? Aber hätte er nicht davon erfahren? Oder war ihr Aussehen das Resultat bizarrer Verwandlungswünsche? Aus dem diffusen Dämmerlicht schälte sich ein fluoreszierendes Tableau. Erst allmählich erkannte Rim, was es darstellte. Er selbst war dort abgebildet, nackt, von vorn, von hinten, beide Seiten, eine langsam rotierende Totale. Überall liefen rote Linien über seinen virtuellen Leib. Operation, fiel dem Jungen ein. Arztfilme hatte er genügend gesehen. Nein, schlimmer, Tranchieren, ein Horrorfilm also? Er begann zu zittern. Die Fremden mussten begriffen haben, dass Rim bei Bewusstsein war. Einer von ihnen glitt auf sein Opfer zu, wabernd, schillernd, fast konturlos. Mit undefinierbaren Organen, das Wort „Hände" passte absolut nicht, hielt er einen Gegenstand, Skalpell, Schlachtermesser, nein, kein Stahl, gefährlicher, offenbar ein elektronisches Werkzeug.

Rim blieb wenig Gelegenheit, weitere Überlegungen anzustellen. Eine unwiderstehliche Kraft presste ihn auf ein bettähnliches Gestell, das Instrument schwebte ihm entgegen, berührte seine Haut, drang hindurch. Ich empfinde ja gar keinen Schmerz, dachte der Junge verwundert, obwohl sie anscheinend bereits beginnen, meinen Körper regelrecht zu zerlegen.

„Wir tun das nicht gern", sagte eine Stimme aus dem Off. „Wir sind keine Sadisten. Es handelt sich um einen Akt reiner Notwehr. Wenn unsere Rasse nicht aussterben soll, benötigen wir Stoffe, die ausschließlich in menschlichen Leibern enthalten sind."

Der Sprecher legte eine Pause ein. Mühsam schien er Rims versickernde Gedanken zu buchstabieren und zu übersetzen. Endlich war es, als seufze er leise.

„So viele Fragen ... Aber ich werde sie dir beantworten, so gut ich kann. Du bist jung und hast ein Recht darauf, wenn du schon verlierst, was ihr Leben nennt. Zunächst ein Trost, der dir zweifelhaft vorkommen mag: Uns genügt ein einziger Mensch. Wir klonen jedes Detail binnen kürzester Frist, wir müssen es, denn unsere Zeit verrinnt unaufhaltsam. Dies war unsere letzte Chance. Für dich bedeutet das, du wirst ewig fortleben, in Milliarden von Zellen, Genen, mithin in einem tieferen Sinn unsterblich sein. Doch weiter. Wir brauchten ein Kind nach dem Säuglingsalter, aber vor Einsetzen jenes Stadiums, welches ihr Pubertät nennt. Erwachsene sind für unsere Zwecke wertlos. Zweitens herrscht bei uns das absolute Legalitätsprinzip. Wir dürfen nur mit friedlichen Mitteln, im Wege gütlicher Vereinbarung, ans Ziel gelangen. Stehlen, entführen, andere gewaltsame Beschaffungsarten scheiden damit aus, so weit es um Menschen geht. Andererseits müssen wir selbstverständlich den Erfolg um jeden zulässigen Preis wollen. Eine zu frühe Entdeckung unserer Anwesenheit auf diesem Planeten könnte alles vereiteln. Nach einigem Zögern haben wir uns für das Projekt ‚Mutator' als die sicherste Methode entschieden. Korrupte Beamte schweigen wie Gräber, das hat die Auswertung aller Unterlagen ergeben. Leider mussten wir ein wenig tricksen, doch wir hoffen, dass du uns verzeihst."

„Man darf vom Boten nicht auf den Herrn schließen und vom Makler nicht auf den Auftraggeber!", fügte eine zweite Stimme hinzu, doch der erste Sprecher korrigierte ihn sanft.

„Lass! Das begreift der Junge nicht, du verwirrst ihn nur. Wie soll er einsehen, dass wir diesen dubiosen Makler geradezu zwangsläufig gewählt haben, weil wir schließlich nicht selbst verhandeln konnten und weil integere Mittler den Zweck verfehlt hätten. Und wenn er das verstünde, wäre es ihm vermutlich egal." Diese Überlegungen waren freilich müßig, Rims letzter geistiger Lebensfunke war längst erloschen.

Die verzweifelten Eltern starteten mit Hilfe der Medien eine gigantische Suchaktion. Zugleich kündigten sie dem Bürgermeister Strafanzeigen an. Dieser rang in seinem Amtszimmer ratlos die Hände. Was da geschehen war, entsprach zwar offensichtlich dem Inhalt des geheimen Zusatzprotokolls, aber nicht einmal in seinen übelsten Alpträumen hatte er sich ernsthaft vorzustellen vermocht, solch schreckliche Situation könne einmal real werden. Und nun wurde ihm gleichsam aus heiterem Himmel bewusst, dass er nicht gegenstandslose Klauseln unterschrieben hatte, sondern von den so genannten „Sponsoren" mit Hilfe des durchtriebenen Maklers nach allen Regeln der Kunst über den Tisch gezogen worden war. Aber stimmte diese Version seiner Blauäugigkeit wirklich, hielt sie einer kritischen Prüfung stand oder machte er sich da etwas vor? Im Grunde wollte er auch das nicht gar zu genau wissen. Den Kopf in den Sand zu stecken, war mitunter nicht das Schlechteste. Aber der Makler hatte doch alle seine Skrupel ausgeräumt! Kein Kind würde sich in ein Kerbtier oder etwas Ähnliches verwandeln wollen, hatte er versichert, schon gar nicht in einer Gemeinde mit so intelligenter Bevölkerung. Die lieben Kleinen sind doch ehrgeizig, streben weit höher hinaus. Und wenn ein aus der Art geschlagener Tunichtgut tatsächlich eine Mücke werden will, gar eine Wespe oder Hornisse, um seine Spielkameraden zu ärgern oder zu verletzen, dann offenbart er seinen boshaften Charakter. Einen solchen Fiesling auszumerzen, wäre doch nicht mehr als ein Akt zweckmäßiger Sozialhygiene, nicht wahr? Doch, wie gesagt, das sind alles rein theoretische Betrachtungen, Fiktionen aus dem unerschöpflichen Arsenal der Fantasie.

Vergeblich versuchte der Bürgermeister jetzt, da das Kind, entgegen den schwülstigen Beteuerungen, im Brunnen lag, den Makler oder gar die nie gesehenen Sponsoren zu erreichen. Dabei sagte er sich selbst, dass ein Gespräch sicher nichts mehr ändern würde, Vertrag war Vertrag. Weshalb sollten seine Partner plötzlich einer Revision zustimmen?

Bevor ein Monat verstrichen war, schloss die Aufsichtsbehörde zum Verdruss der ihrer Zusatzeinkünfte beraubten „Patrone" den Mutator-Park und ordnete dessen Abriss an. An seiner Stelle sollte eine schlichte Gedächtnistafel an Rim erinnern. Dem Bürgermeister ließ sich freilich keine Verletzung seiner Pflichten nachweisen. Den Zusatzvertrag kannte niemand, das Exemplar aus dem Safe hatte der Beamte unmittelbar nach dem tragischen Ereignis vernichtet, die Aufsichtskräfte waren ordentlich bestellt worden, und dass der Verwaltungschef die Namen der Sponsoren nicht offenbaren konnte oder wollte, entsprach seinem guten Recht. Jedem Bürger stand schließlich der Schutz der eigenen Persönlichkeit zu. Also versetzte man den Beamten, um ihn gegen Übergriffe einzelner rabiater Eltern abzusichern, in das entfernte Bildungsministerium und stufte ihn zugleich drei Besoldungsgruppen höher ein, um ihm den Umzug zu versüßen und etwaigen Klagen nach Möglichkeit von vornherein den Boden zu entziehen.

Einzig Rom wälzte sich Nacht für Nacht unruhig auf ihrem Lager, schrie und führte zwischen Schlaf und Wachsein wirre Reden, in denen sie abwechselnd behauptete, ihren Bruder im Stich gelassen oder ihn gefressen zu haben. Und mit der Zeit konnte sie beides nicht mehr unterscheiden. Rim indes blieb für immer verschwunden.

Der Teppichhändler

Abu Simbel handelte mit Teppichen. Dieses Gewerbe hatten seine Vorfahren schon seit vielen hundert Jahren ausgeübt, aber die weitaus meiste Zeit waren es normale Teppiche gewesen, in Handarbeit geknüpft von fleißigen Frauen und Kindern, während die Männer und Väter in den Kaffeehäusern ihre Wasserpfeifen rauchten und alte Spielsteine über alte Bretter bewegten. Kunstwerke mit unzähligen Knoten waren darunter gewesen, für Moscheen und private Gebetsräume der Reichen, und einfache Teppiche, für die Wohnstuben des Volkes. Doch das alles war einmal. Das Geschäft mit den traditionellen Teppichen ging von Jahr zu Jahr schlechter. Die Löhne stiegen, die Preise verfielen, Fabriken lieferten immer preisgünstiger. Jetzt saß Abu Simbels Frau in den Cafeterias der Warenhäuser, Stunde um Stunde bei demselben Tässchen Mokka, und die Kinder schliefen am hellen Nachmittag, um abends fit für die Piste zu sein.

Eines Tages, als der Kaufmann mutterseelenallein in seinem Laden hockte, trat eine verschleierte Frau ein. Abu Simbel stutzte ein wenig, denn der Gebrauch solcher Verhüllung war weithin aus der Mode gekommen. Andererseits freute es ihn immer, wenn jemand die überlieferten Bräuche hochhielt. Irgendwie gehörten alte Schleier und alte Teppiche zusammen.

Aber die Fremde war nicht an den Waren interessiert, die ausgebreitet oder zu Ballen gerollt Boden und Wände bedeckten. Was sie dem Händler erzählte, war diesem keineswegs neu. Ihr Vorschlag allerdings schon. Im ersten Moment erschreckte er Abu Simbel so sehr, dass dieser aufsprang und beide Hände mit gespreizten Fingern ausstreckte, als gelte es, den Teufel abzuwehren, doch als sie nun den Schleier von ihrem Gesicht zog, zwei lockende Augen und einen verheißungsvollen Mund sehen ließ, besann er sich eines anderen. In diesem Moment schlugen die Gene seiner Mutter durch, die einer alten Piraten-Familie entstammte. „Wenn Sie meiner Frau begegnen, sollten Sie Ihr Gesicht lieber bedeckt halten", sagte er nur. Und um nicht missverstanden zu werden, setzte er hinzu: „Sie ist eine fromme Anhängerin des Propheten."

Die Besucherin schloss aus dieser Bemerkung allerlei. Das Wichtigste für sie aber war im Moment, dass der Mann offensichtlich auf ihr Angebot einging.

Bereits drei Tage später wurde eine ungewöhnlich große Partie Teppiche vor dem Geschäft abgeladen. Abu Simbels Gattin war keineswegs angetan. Mangels eigener Einkünfte hing sie finanziell am Tropf der Händlers und dass der Absatz nicht bloß stagnierte, sondern geradezu drastisch zurückging, härmte sie schon geraume Zeit.

„Was soll denn das?", fragte sie in spitzem Ton. „Hast du noch nicht genug Ladenhüter?"

„Aber nicht solche."

In seiner Fantasie war die Sache im steten Hin- und Herwenden ganz einfach geworden. Seit einiger Zeit brachte eine ausländische Firma fliegende Teppiche auf den Markt, Prototypen zunächst, einstweilen nach Ansicht der Kritiker, zu wenig mehr nutze, als übersättigten Kindern eine neue Dimension zur Flucht aus der Langeweile zu bieten. Doch angeblich ließ sich das Prinzip fortentwickeln, stand mittelfristig ein völliger Umbruch des Verkehrswesens bevor. Und natürlich waren gerade die unvollkommenen ersten Produkte der neuen Technik als Prestigeobjekte viel zu teuer, um sie in diesem Viertel absetzen zu können. Abu Simbel gab sich alle Mühe, Farah für das Projekt zu begeistern, dennoch blieb sie skeptisch.

„Und solch minderwertiges Zeug bestellst du?"

„Sie stammen ja nicht von jener Christen-Fabrik."

Einen Moment lang schwieg Farah. Dann prasselte ein Feuerwerk aus Fragen und Einwänden auf ihren Mann nieder. War das legal? Jene Firma besaß gewiss Patente und gegen Nachahmer-Produkte ging der Staat rigoros vor. Wollte er im Gefängnis landen und sie womöglich gleich mitnehmen? Außerdem würden etwaige Kunden umgehend reklamieren. Er sollte doch nicht glauben, ein Imitat könne besser sein als das Original. Abu Simbel antwortete ausweichend. Von der fremden Frau mochte er vorsichtshalber nicht berichten. Zum Glück forschte Farah nicht lange, wie ihr Mann auf diesen Einfall gekommen war, der in ihren Augen eine ausgemachte Kateridee darstellte, und woher er die Ware bezog. Die zweite Frage hätte er übrigens ohne Bedenken beantwortet, denn als Mittelsmann fungierte ein alter Geschäftsfreund, der gleichfalls Besuch von der geheimnisvollen Schönen erhalten hatte.

Zwei Tage später stand diese abermals auf der Schwelle des Teppichladens. „Nun?"

„Was nun?", brummelte Abu Simbel etwas unwirsch.

„Du brauchst keine Angst zu haben, Farah ist auf Einkaufstour. Ich habe beobachtet, wie sie Schuhe anprobierte. So etwas beansprucht bei Frauen wesentlich länger Zeit, als unser Gespräch dauern wird."

Ihr neuer Plan erschütterte den Kaufmann im Innersten. Diesmal benötigte seine Besucherin stärkere Waffen als ein bloßes Lüften des Schleiers. Sie trat ganz nahe an ihn heran, so dass er den sanften und erregenden Druck ihrer Schenkel spürte, und flüsterte ihm ins Ohr: „Ich heiße Suleika."

Ihr Atem duftete nach Zimt und Vanille, ähnlich stellte er sich den Geruch der Huris des Paradieses vor.

„Warum gerade ich?"

„Du gefällst mir eben. Wo die Liebe hinfällt."

Von nun an hatte Suleika leichtes Spiel. „Aber es muss rasch gehen!", sagte sie. „Lass mich nur machen, ich bin groß im Organisieren."

Eine erstaunliche Frau, dachte Abu Simbel. So emanzipiert und doch so konservativ. Ja, die süßesten Früchte verbergen sich oft hinter unscheinbaren Schalen.

Eine Woche später war Abu Simbel verschwunden, als seine Frau abends vom Schwatz mit den Freundinnen und dem Tratsch beim Friseur heimkehrte. Zuerst dachte sie an nichts Böses. Auch dass er sich zum Abendessen nicht blicken ließ, ängstigte sie kaum. Vermutlich trieb der geile Bock sich wieder einmal bei jenen verdorbenen Geschöpfen herum, die ihm für Geld ihre Zungen in den Mund steckten und seinen Körper mit raffinierten Fingern bearbeiteten. Der Gedanke, dass sie dabei wenig Erfolg haben würden, schließlich lagen die so genannten „besten Jahre" weit hinter ihm, tröstete Farah nur wenig. Das schöne Geld tat ihr in der Seele Leid. Später wurde sie freilich besorgt und begann zu seufzen. Das Jammern steigerte sich erheblich, nachdem sie entsetzt festgestellt hatte, dass der Laden völlig ausgeräumt war. Diebe, dachte sie. Entführer! Polizei! Aber dann entdeckte sie den kunstvoll geschriebenen und von einem Mullah gegengezeichneten Bogen, und ihr Wehklagen wandelte sich in Wutgeheul.

„Ich verstoße dich!", stand in kalligraphischen Buchstaben auf dem blütenweißen Papier. Drei Mal, wie es der Sitte entsprach. Suleika hatte neue Räume in einem entfernten Viertel besorgt, den Transport der Teppiche gemanagt, bei Dunkelheit und völlig lautlos, und auch in der Folge erwies sie sich als wahres Goldstück. Ihre Tüchtigkeit bei Tag und Nacht belegte Abu Simbel derart mit Beschlag, dass er seine früheren Besuche in den stadtbekannten Etablissements gänzlich einstellte. Binnen einer Woche hatte er mehr Teppiche verkauft als sonst in einem Jahr und seine Einnahmen hatten sich vervielfacht.

Eines Morgens schaute Suleika beim Frühstück den Händler unschuldig an. „Ich denke, es wird Zeit."

Zeit wofür, überlegte Abu Simbel. Wollte seine Flamme mehr Geld? Womöglich eine Umsatzbeteiligung? Oder schielte sie nach dem Mullah, strebte eine religiöse Absegnung ihrer Verbindung an? Nun, im Grunde hätte er nichts dagegen. Suleika beobachtete ihn aufmerksam. „Ich fürchte, du bist mit deinen Gedanken auf dem Holzweg", sagte sie. „Ich meine, wir sollten die Tapeten wechseln. Ich habe das so im ..." Das letzte Wort verschluckte sie, Abu Simbel schien ihr noch nicht reif für jene etwas derbe Ausdrucksweise, derer sie sich sonst bediente, ihre Wiege hatte nicht gerade in einem Nobelviertel gestanden.

„Ich verstehe dich nicht."

„Ja, was denkst du denn, was du da verkaufst?"

„Nun, fliegende Teppich. Was sonst?"

„Dir ist doch klar, dass die Firma, die das Herstellungsmonopol besitzt, Millionen, ja, Milliarden in Forschung und Entwicklung investiert hat? Fliegende Teppiche, das ist eine technische Revolution. Keine teure Karosserie, kein Tanken, keine Steuern, nicht einmal der Erwerb eines Führerscheins ist erforderlich."

„Was willst du damit sagen?"

„Ganz einfach. Du weißt doch, dass du ein Nachahmer-Produkt vertreibst, eine Raubkopie."

„Sicher weiß ich das."

„Nun, abgesehen davon, dass dies eine strafbare Handlung ist, hat die Sache noch einen Haken: Deine Ware taugt nichts."

Abu Simbel sprang auf. „Das hast du mir verschwiegen!"

Suleika zuckte gleichmütig die Achseln. „Was regst du dich so auf? Läuft das Geschäft nicht gut?"

Der Händler fasste sich verwirrt an den Kopf. Tatsächlich beharrten die Käufer meist auf einem Probeflug und der funktionierte stets. Der Verkäufer stellte daraufhin eine Garantieerklärung aus, Dauer ein Jahr, und versah sie mit Datum, Unterschrift und Stempel. Bislang hatte es keine einzige Reklamation gegeben.

„Wie soll ich mir das erklären?"

„Ganz einfach. Früher verscherbelte man Uhren, die nach wenigen Tagen ihren Geist aufgaben, und viele ähnlich haltbare Sachen und zwar für Bruchteile des Preises der Originale. Warum sind deine Teppiche wohl so billig? Bloß, weil der Hersteller keine Entwicklungskosten hatte? Nein, mein armer Schatz, so harmlos liegen die Dinge nicht."

Immer noch begriff Abu Simbel die Zusammenhänge nicht vollständig.

„Ich bin keine Ingenieurin. Laienhaft ausgedrückt funktioniert das Antriebssystem deiner Teppiche je nach Häufigkeit und Intensität der Nutzung im Allgemeinen zwischen drei und fünf Tagen. Wann haben wir mit dem Vertrieb begonnen?"

„Am Montag."

„Und welcher Tag ist heute?"

„Donnerstag." Er sprang auf. „Verflucht, jetzt verstehe ich dich!"

„Ich hätte dir gern die Wahrheit erspart, nach dem Motto: Was du nicht weißt, macht dich nicht heiß. Aber das geht nun einmal nicht. Außerdem sind wir sozusagen Spießgesellen und du bist als Mann das Oberhaupt. Du triffst die Entscheidungen."

Die erste Behauptung kam dem Händler nicht ganz logisch vor, doch sie wurde überlagert von dem mittleren Satz. Dessen Formulierung gefiel Abu Simbel und gefiel ihm auch wieder nicht. Oberhaupt konnte man sein von einer Familie, aber auch von einer Räuberbande. Bislang hatte er sich für einen durchschnittlich rechtschaffenen Bürger gehalten. Zwar nahm er es hin und wieder beim Anpreisen seiner Ware mit deren tatsächlichen Eigenschaften nicht so ganz genau, etwa was die Zahl der Knoten, die Herkunft der Farben betraf, enthielt der Finanzbehörde da und dort ein kleines Geschäft vor und ließ sogar auf dem Markt gelegentlich ein paar Bananen oder eine Handvoll Datteln unbezahlt mitgehen, doch was wog das alles gegen sein jetziges kriminelles Verhalten? Ihm blieb freilich kaum Zeit, darüber zu grübeln.

„Hast du übrigens heute schon ins Lager geschaut?"

„Nein. Weshalb fragst du?"

„Ich dachte es mir, sonst wärest du gleich über mich hergefallen. Das Lager ist fast leer. Während du sanft und süß schliefst, habe ich die Teppiche abtransportieren lassen, bis auf fünf Stück. Manchmal kommen Interessenten ja in aller Frühe."

„Wohin hast du die Ware denn geschafft, um alles in der Welt?"

„In unser Geschäftslokal für die nächsten Tage. Nun guck' nicht so entgeistert! Wir werden noch häufiger umziehen, bevor wir uns mit den Ersparnissen zur Ruhe setzen können. Und trink rasch deinen Kaffee aus! Wir müssen fort sein, bevor womöglich die ersten Querulanten auf der Matte stehen. Diesmal wechseln wir auch die Stadt, aber es ist nicht weit bis zu unserem neuen Domizil."

Abu Simbel setzte unwillkürlich die bereits erhobene Tasse wieder ab. Diese Frau wurde ihm immer rätselhafter. Hatte sie nicht den ganzen Tag an seiner Seite im Laden gestanden, abgesehen von kurzen Unterbrechungen? Er versuchte, nachzurechnen. Schön, sie war in der Küche gewesen, um die Mahlzeiten zuzubereiten, aber hatte er nicht stets das Klappern der Töpfe nebenan gehört? Außerdem erinnerte er sich nur an einen Arztbesuch gestern Nachmittag. Suleikas Abwesenheit hatte jedoch kaum länger als eine Stunde gedauert, seiner Überzeugung nach viel zu kurz, um einen Laden auszusuchen und anzumieten. Andererseits war diese Frau ja unheimlich rasch. Oder verfügte sie etwa über geheimnisvolle Helfer? Bei diesem Gedanken wurde ihm etwas mulmig. Skeptisch musterte er sein Gegenüber.

Ihr Gesicht strahlte so viel unschuldige Zuneigung aus, dass er seine Bedenken sofort verwarf. Schnell schluckte er den Kaffee hinunter.

Tatsächlich, Suleika spülte eben das Geschirr, trocknete und verpackte es, als zwei Ehepaare mit ihren Sprösslingen das

Geschäft betraten. Sie schienen ob der Leere erstaunt zu sein, denn einer der Männer erkundigte sich: „Geben Sie den Laden auf?"

Durch den Spalt der angelehnten Küchentür versuchte Suleika, Abu Simbel warnende Zeichen zu übermitteln. Während sie den rechten Zeigefinger auf die geschlossenen Lippen legte, spreizte sie sämtliche Finger der linken Hand. Ihr Partner reagierte ungewöhnlich rasch.

„Wo denken Sie hin? Die Ware wird uns förmlich aus den Händen gerissen. Die Lieferanten können da gar nicht Schritt halten. Ich weiß nicht, ob die bestellte Sendung heute noch eintrifft, aber ich habe noch fünf sehr schöne Modelle am Lager."

„Wir brauchen nur zwei. Natürlich erwarten wir einen Rabatt."

Abu Simbel schielte fragend auf den schmalen Ritz in der Tür. Suleika nickte zustimmend.

Rasch wurden beide Parteien handelseinig. Dann verabschiedeten sich die Kunden.

„Warum bist du denn nicht hereingekommen? Vielleicht hättest du ja einen besseren Preis erzielt?"

„Nein, das hast du richtig toll gemacht. Mir war einfach nicht nach Unterhaltung zu Mute." Beim besten Willen hätte Suleika ihr Verhalten nicht rational begründen können. Irgendein Instinkt, vermutete sie. Frauen sind doch launische Geschöpfe, dachte Abu Simbel. Nun, wenn das der einzige Fehler seiner Geliebten war, konnte er ihn leicht verkraften.

An diesem Donnerstag, nach dem Umzug, legte Abu Simbel sich früh schlafen. Das tat er in letzter Zeit immer häufiger, die Arbeit im Geschäft und das dauernde Umziehen strengten ihn doch sehr an. Dazu forderte seine junge Partnerin ihn im Bett intensiver, als seine Lebensjahre und die Kondition eigentlich gestatteten.

„Nimm eine Tablette, du musst morgen fit sein!", hatte Suleika ihm fürsorglich geraten. Dankbar schluckte er zwei von den weißen Kügelchen.

Tatsächlich schlief er tief und traumlos, die Ware und vor allem das beträchtlich angeschwollene Barvermögen, das man ja keiner Bank anvertrauen durfte, waren bei ihr in besten Händen. Die offensichtliche Loyalität, der unermüdliche Einsatz fürs Geschäft und nicht zuletzt ihre Zärtlichkeit und Leidenschaft hatten längst jeden Zweifel zerstreut. Nein, er hatte wirklich bei allem Stress das große Los gezogen. Wenn er da an Farah dachte … Aber an sie wollte er absolut nicht mehr denken.

Suleika saß vor dem Fernseher. Es war ihre gewöhnliche Entspannung nach des Tages Mühe, aber heute litt sie unter einer unguten Ahnung. Und da kam es auch schon:

Am Nachmittag waren zwei Jungen mit ihren Teppichen abgestürzt. Der eine, sechsjährig, war ins Meer gefallen und vermutlich ertrunken, der andere, bereits 14 Jahre alt, hatte beim Aufprall auf eine Wiese schwere Verletzungen erlitten. Zurzeit befand er sich auf einer Intensivstation, seine Überlebenschancen standen schlecht. Beide Fluggeräte waren erst am Morgen gekauft worden, doch als die Polizei den Laden stürmte, war das Geschäft leer, der Vogel ausgeflogen.

Doppeltes Schwein gehabt, dachte Suleika. Natürlich erkannte sie in den Bildern der verzweifelten Eltern die letzten Kunden wieder. Ihr schauderte bei der Vorstellung, Abu Simbel und sie hätten den Umzug nur um einen einzigen Tag verschoben. Dann säßen sie jetzt im Knast. Ade, Wohlstand und sorglose Zukunft! Ein uralter Schlager aus dem Abendland schoss ihr durch den Sinn ‚what a difference a day makes' twenty-four little hours, weiter kannte ich den Text nicht. Zugleich segnete sie ihre spontane Idee, in der Küche zu bleiben. Nach ihr würde man vorerst nicht fahnden.

Die Väter und Mütter hatten genaue, übereinstimmende Beschreibungen des Händlers abgeliefert, von einer Frau war keine Rede.

An die Nachrichtensendung schloss sich ein Kommentar an. Dringend wurde vor dem Benutzen fliegender Teppiche, denen das staatliche Kontrollsiegel fehlte, gewarnt. Darüber hinaus wurde die Bevölkerung aufgerufen, verdächtige Beobachtungen den Behörden mitzuteilen und insbesondere auffallend billige Angebote zu melden. Phantomzeichnungen des skrupellosen Geschäftsmannes würden in Kürze im Fernsehen gezeigt und anschließend überall verteilt.

Jetzt galt es, unverzüglich zu handeln. Längst war Suleika auf diesen Fall vorbereitet, jeder Handgriff saß. Sie machte den Fernseher unbrauchbar, setzte eine E-Mail ab und zerstörte anschließend Computer und Telefon. Nur das Handy ihres Kompagnons verstaute sie sorgsam in einer Handtasche. Wenige Minuten danach erschien Mustafa, der sich in der Nähe einquartiert hatte.

Suleika, die in Wahrheit Selima hieß, fiel ihm um den Hals. Was Abu Simbel als stürmische Leidenschaft erschienen war, wirkte dagegen wie abgestandene Limonade. Aber Mustafa war ja schließlich auch ihr Ehemann.

„Der Trottel schläft also? Das genügt nicht."

„Ich weiß. Fesseln und Knebeln ist okay, aber ich will nicht, dass er stirbt. Irgendwie tut mir der Bursche Leid."

„Du hast dich wohl in ihn verknallt?", knurrte Mustafa.

„Laber' keinen Scheiß!", antwortete Selima. Sie genoss es, endlich wieder ungehemmt reden zu können, wie ihr der Schnabel gewachsen war.

Mustafa ging ins Nebenzimmer. Ein kurzes Poltern und Stöhnen, dann herrschte tiefe Stille.

„Keine Komplikationen?", fragte Selima.

„Doch nicht bei mir. Ich bin Profi. Wo ist die Kohle?"

Selima führte ihn dorthin, wo unter Teppichen ein Koffer versteckt war. Als Mustafa ihn öffnete, schaute er seine Frau überrascht an. „Ihr wart ja wirklich fleißig."

„Ja. Wenn wir es geschickt anstellen, reicht die Beute diesmal für den Rest unseres Lebens. Den übrigen Ramsch können wir ruhig liegen lassen. Sein Besitz würde uns ohnehin nur gefährlich werden."

„Ich habe mich auch genug mit dem Transport dieser Ware abgeplagt. Mein Rücken fühlt sich an, als wäret ihr hundert Mal umgezogen."

Selima lachte und gab ihm einen Kuss. „Stell dich nicht so an, es hat sich ja gelohnt, oder? Aber bevor wir uns endgültig absetzen, muss ich unbedingt noch eine SMS versenden. Du bist so kräftig. Ich habe Angst, dass man unseren Gönner nicht rechtzeitig findet und erlöst."

Zwei Minuten später klingelte Farahs Handy.

„Holen Sie Ihren Mann ab! Sofort! Sonst stirbt er."

Die Ortsangabe schloss sich an.

Einen Augenblick lang zögerte Farah, dann alarmierte sie die Polizei. Auch sie hatte von den beiden Abstürzen gehört und reimte sich zwei und zwei zusammen.

Abu Simbel verbrachte eine überaus ungemütliche Stunde. Am meisten peinigte ihn der Gedanke an Suleika. Sie musste entführt worden sein, tot womöglich, zumindest in einer ähnlich fatalen Lage wie er, sonst hätte sie ihm doch geholfen. Verglichen mit dieser Furcht wog die Sorge um sein Vermögen geradezu gering. Geld ließ sich ersetzen.

Als die Polizisten ins Zimmer stürzten, empfand er fast mehr Erleichterung als Schreck. Doch zu seinem Entsetzen folgte Farah den Beamten auf dem Fuß. Sollte er trotzdem nach Suleika fragen? Aber warum eigentlich nicht, er war ja geschieden?

„Haben Sie eine Frau gefunden? Draußen im Laden oder im Lager?"

„Nein", antwortete Farah. „Aber dein Flittchen hat mich verständigt. Wie es aussieht, ist sie mit ihrer Beute über den Jordan gegangen. Hast du blöder Hammel dir denn gar nicht denken können, dass es ihr bloß auf deine Mäuse ankam? Was sollte sie sonst wohl von einem abgewrackten Opa wollen? Allah sei Lob und Preis, dass du nicht mehr mein Mann bist!"

Zum ersten Mal in seinem Leben fiel Abu Simbel tatsächlich in Ohnmacht.

Das Pilzgericht

„Die Gefangenen sind besonders unruhig heute. Das geht schon den ganzen Vormittag so", sagte Unterleutnant Schmirdow. „Kein Wunder!", antwortete Unterleutnant Garborow. „Du weißt doch, wie schnell sich Neuigkeiten herumsprechen. Vor allem unangenehme."

„Unangenehm ja, Neuigkeiten wohl kaum." Die Offiziere saßen in der Kantine und tunkten mehr oder weniger missmutig das klebrige Schwarzbrot in den Borschtsch.

„Er ist noch dünner als sonst", murrte Schmirdow. „Der Koch hat wieder mal die Fleischration verschoben. Dabei sind die Lager voll. Es ist eine Schweinerei, uns so zu bescheißen! Noch dazu bei den paar Kopeken, die er für das minderwertige Zeug kriegt."

„Heute Borschtsch, gestern Sci, morgen Soljanka, das trübe Wasser hat viele Namen. Von diesem Fraß muss man ja Skorbut bekommen! Manchmal habe ich schon das Gefühl, meine Zähne fangen an zu wackeln."

„Unsere Gefangenen erhalten noch schlechteres Essen – außer bei den Tests."

„Die haben es auch nicht anders verdient. Und was die Tests betrifft, macht es wenig Unterschied, ob sie verhungern oder an der Spezialnahrung verrecken."

„Wenn man von der Statistik und den Schmerzen absieht, magst du Recht haben. Die Qualen sollen allerdings höllisch sein."

„Ich bin mir seit der Morgenkontrolle nicht mehr ganz so sicher, ob wirklich alle sterben. Vielleicht sind diese Forscher doch nicht so verrückt, wie wir gedacht haben."

Bevor Schmirdow fragen konnte, wie der Kamerad das meinte, betrat Oberleutnant Grigorja den Raum. Seine Untergebenen sprangen auf und salutierten.

„Was gibt es Neues?"

„Der letzte Versuch war abermals ein Fehlschlag!", meldete Schmirdow. „Zehn Tote."

„Und bei Ihnen?"

„Neun Tote. Bisher."

Grigorja stutzte. Zu oft hatten Latrinenparolen bei ihm und seinen Vorgesetzten Hoffnungen geweckt, die sich nachher als unbegründet erwiesen. Inzwischen reagierte er skeptischer. „Was wollen Sie mit dem Wort ‚bisher' sagen?"

„Nun, der letzte Teilnehmer lebt noch. Er klagt über Bauchweh, aber die Beobachter haben den Eindruck, er könne es vielleicht überstehen."

„Um wen handelt es sich?"

„Najewsky."

„Der Polacke, der seine Frau ermordet hat?"

„Exakt."

„Polen haben andere Mägen. Vielleicht verdaut er langsamer? Wir müssen es abwarten."

Doch am nächsten Tag lebte Najewsky immer noch und von Tag zu Tag verbesserten sich seine Aussichten. Als seine Beschwerden weiter abklangen und er endlich drei Tage ohne krankhaften Befund blieb, gaben die Ärzte Entwarnung.

„Der Durchbruch ist gelungen!", verkündete der Leiter des dreiköpfigen Forschungskomitees. „Wir können als sicher unterstellen, dass die Gentransplantation geglückt ist. Wir haben ein Gen entdeckt und erfolgreich verpflanzt, welches verhindert, dass gemeinhin tödliche Pilzgifte dem Organismus des derart Behandelten ernsthaft gefährlich zu werden vermögen!"

„Und wozu soll das eigentlich gut sein?", fragte der Jüngere der beiden Assistenten. „Ich meine, in der Praxis? Wären andere Dinge nicht wichtiger? Ich kenne die Statistik nicht, aber vermutlich ist das Risiko, einen tödlichen Pilz zu erwischen, doch relativ gering?"

Ein verächtlicher Blick des Teamchefs war die einzige Antwort für den albernen Schwätzer. Später nahm ihn sein älterer Kollege beiseite: „Du bist ein Schaf! Sei froh, dass du keine Auskunft erhalten hast, Wissen kann manchmal gefährlicher sein als der Verzehr von Knollenblätterpilzen."

„Wie meinst du das?"

Boris Tumarow seufzte. „Na schön, aber wenn du nicht schweigst wie ein Grab, wirst du bald dort landen. Hast du mal von der AVZ gehört?"

„Dem Geheimdienst? Für wie naiv hältst du mich?"

„Das will ich dir lieber nicht verraten! Also, der Geheimdienst soll uns schützen, vor Terroristen, Revolutionären, üblen Burschen aller Art. Zu diesem guten Zweck muss er manchmal auch unkonventionelle Mittel einsetzen, ohne dass Böswillige davon erfahren oder gar Beweise erhalten."

„Klar, das sieht doch jeder ein."

„Nimm einmal an, der AVZ sieht sich gezwungen, einen Kriminellen endgültig auszuschalten. Jeder Unfall erregt Misstrauen. Eine Nahrungsmittelvergiftung wirkt da harmloser."

„Aber man könnte das Essen doch entsprechend präparieren?"

„Dann lassen sich bei einer Obduktion Spuren nachweisen. Nein, das Gift muss natürlich wirken, wie zum Beispiel beim Verzehr von Pilzen."

„Auch einem Pilzgericht könnte man doch tödliche Exemplare beimischen."

„Jeder Kriminelle weiß ja, dass er gefährlich lebt. Er wird sich hüten, gerade Pilze zu essen, ohne sie hundertprozentig geprüft zu haben! Wie nun, wenn jemand, der über jeden Zweifel erhaben ist, ebenfalls davon isst?"

„Du meinst?"

Tumarow nickte. „Und jetzt kein Wort mehr!"

Oberleutnant Grigorja, der zuletzt unter erheblichem Druck gestanden hatte, nahm das erlösende Votum der Wissenschaftler aufatmend zur Kenntnis. Nach jeder Versuchsreihe hatte er seinem Vorgesetzten, Major Charkowsky, detailliert berichten müssen und die Miene des Stabsoffiziers war von Mal zu Mal finsterer geworden. Da er die Wissenschaftler kaum belangen konnte, ließ er seinen Frust voll an dem armen Grigorja aus. Umgehend ließ dieser sich bei Charkowsky melden. Und der begann umgehend, sorgfältig an der Falle zu basteln. Mehrere Wochen brütete er über dem Projekt, korrigierte immer wieder Einzelheiten. Dann konnte man zügig an die Realisierung seiner finalen Phase gehen.

Zunächst wurde der Vorsitzenden der halb legalen außerparlamentarischen Organisation „Freiheit für alle", Anisa Rupschenko, über Mittelsmänner ein Treffen mit einem ausländischen Reporter angeboten. Nicht einem dahergelaufenen Sensationsjäger, sondern dem stellvertretenden Chefredakteur einer der wichtigsten Tageszeitungen des Kontinents, dem bestens renommierten Professor Barnowicz. Angesichts der raffinierten Einfädelung biss Anisa prompt an. Die Person des Gesprächspartners war nicht nur über jeden Zweifel erhaben, an ihn würde sich selbst der sie argwöhnisch beobachtende AVZ nicht heranwagen.

Zeitgleich instruierte man Jan Najewsky eingehend. Dabei erwies der Pole sich als äußerst kooperativ und gelehrig.

„Unser Land wird es Ihnen danken", erklärte Charkowsky feierlich. „Sie werden eine neue Identität erhalten, nebst dem dazugehörigen echten Pass versteht sich, und so viel Geld, dass sie sich in jeder beliebigen Gegend der Welt eine schöne Existenz aufbauen oder sich, je nach Lust und Laune, sofort zur Ruhe setzen können. Die Summe wird für einen komfortablen Lebensabend mühelos reichen."

Endlich waren die Vorbereitungen vollendet, das Treffen konnte stattfinden.

An der Tür des Restaurants empfing der Wirt persönlich Anisa mit einer tiefen Verbeugung.

„Herzlich willkommen, gnädige Frau. Man erwartet Sie bereits."

„Kennen Sie mich denn?"

„Wer sollte die größte Hoffnung unseres Landes nicht kennen?"
Für eine Sekunde kam es Anisa vor, als schwänge in seinen
Worten so etwas wie Ironie mit, ein leiser Hohn, aber sie zuckte
die Achseln. Zwar war sie daran gewöhnt, auf leiseste Warn-
zeichen zu achten, Aufmerksamkeit konnte einem das Leben
retten, aber in diesem Fall schien ihr eine allzu misstrauische
Reaktion ins Blaue hinein nutzlos und übertrieben. Vorsichtig würde sie ohnehin sein.
Der Wirt führte sie in ein nicht sehr großes, matt beleuchte-
tes Hinterzimmer. Aus dem Halbdunkel trat ein großer schlan-
ker Mann auf sie zu und beugte sich tief über ihre Hand.
„Achtung, Wanzen!", flüsterte er fast unhörbar.
Er scheint umsichtig und zuverlässig zu sein, dachte Anisa.
Eigentlich hatte sie sich den Professor etwas älter und fülliger
vorgestellt, doch seine wahre Erscheinung wirkte ausgespro-
chen positiv.
Der Tisch in der Mitte des Raumes war für zwei Personen
gedeckt.
„Ich habe mir erlaubt, ein kleines Souper zu organisieren und
hoffe, dabei Ihren Geschmack getroffen zu haben. Das Essen
ist leicht, obwohl Sie gewiss keine Diät nötig haben. Darf ich
Ihnen einen Sherry anbieten?"
Anisa lehnte dankend ab.
Die Suppe bot keinen Anlass zur Sorge, doch dann folgte ein
Omelett, gefüllt mit Pilzen, auf zwei Portionstellern serviert.
Im Innern der Politikerin schrillte eine Warnglocke. „Oh nein,
bitte keine Pilze!"
Ihr Gesprächspartner zog ein betrübtes Gesicht. „Warum denn
nicht? Sie sind besonders lecker, ich habe sie daheim eigen-
händig ausgesucht. Ich kenne mich da aus. Und sie sind ga-
rantiert frisch, erst gestern geerntet."
Anisa zögerte. Wenn die Pilze von ihm stammten, aus dem
Ausland, nicht aus irgendwelchen dubiosen Quellen, bestand

vielleicht doch kein Grund, Arges zu fürchten. Auch hatte sie dem Mann, den sie inzwischen ausgesprochen nett fand, bereits beim Sherry einen Korb gegeben, keineswegs wollte sie ihn kränken. Und dann blieb da doch noch ein anderes Mittel, sich abzusichern.

„Ihr Teller ist blau und meiner rot", sagte sie. „Blau ist meine Lieblingsfarbe."

„Wollen wir tauschen? Ich wäre glücklich, Ihnen diesen winzigen Gefallen tun zu dürfen. Ich habe das Omelett noch nicht angerührt."

Bevor sie antworten konnte, wechselte er bereits die Teller. Anisa fühlte sich verunsichert. Sollte es sich wirklich um einen Anschlag handeln, hatten dessen Urheber womöglich mit eben dieser Reaktion gerechnet und sich darauf eingestellt. Dann stand jetzt das für sie bestimmte Essen tatsächlich vor ihr.

„Das kann ich so nicht annehmen. Sind wir Freunde?"

„Es gibt nichts, was ich sehnlichster wünschte."

„Bei manchen Völkerschaften haben Freunde früher ihr Blut vermischt. Das scheint mir ein wenig überspannt, aber die Mahlzeit zu teilen, wäre doch auch etwas. Was halten Sie davon, wenn ich Ihnen die Hälfte meines Omeletts abtrete und Sie dafür die Hälfte von meinem nehmen?"

„Ein entzückender Vorschlag!"

Die Pilze schmeckten wirklich köstlich. Nach dem nächsten Gang, einem ebenso leckeren Lammgericht, schob Professor Barnowicz seiner Gesprächspartnerin einen Zettel mit einer Telefonnummer zu.

„Rufen Sie mich morgen an, dann können wir Einzelheiten besprechen."

Das dürfte auch nötig sein, dachte Anisa. Bisher war bei dem Treffen eigentlich noch nichts Brauchbares herausgekommen. Irgendwie fühlte sie sich ein bisschen enttäuscht.

„Außerdem sollten wir das Lokal nicht gemeinsam verlassen. Ich benutze lieber die Hintertür, das liegt vor allem in Ihrem

Interesse. Es könnte der hiesigen Regierung vielleicht ins Konzept passen, wenn Sie sich in deren Augen kompromittieren."

Draußen auf der Straße vor dem Haupteingang wartete ein Rudel Journalisten. Zwei oder drei waren vom Ministerium beauftragt, die restlichen mehr oder weniger arglos. Ein Schwall von Fragen prasselte auf die populäre Frau ein.

„Was haben Sie hier gewollt?"

„Sie haben doch sicher nicht allein in dem Restaurant gesessen?"

„Ging es um neue Initiativen?"

Lächelnd wich Anisa sämtlichen Fragen aus. Endlich kam eine unverfänglichere. „Was haben Sie getrunken und gegessen?"

„Zu eins: Wasser. Zu zwei: unter anderem ein vorzügliches Omelett mit Pilzen."

Der Journalist, der die Frage als informeller Mitarbeiter der AVZ gestellt hatte, klappte zufrieden seinen Notizblock zu. Auftrag ausgeführt, dachte er, das würde sich für ihn auszahlen.

Als Anisa ihre Wohnung erreichte, fühlte sie sich nicht recht wohl. Sie schob das auf den Stress, die Überanstrengung. Sie schlief unruhig und gegen Morgen setzten heftige Leibschmerzen ein. Sie musste sich übergeben und zugleich begannen starke Durchfälle. Nun fielen ihr die Pilze wieder ein und sie rief ihren Hausarzt an, vergeblich, die Leitung blieb tot.

Also blieb nur der Notdienst, denn allmählich empfand sie aufsteigende Angst. Die Nummer kannte sie auswendig. Sofort meldete sich eine beruhigende Stimme, die rasche Hilfe versprach.

Dir wird gewiss geholfen werden, dachte Major Charkowsky, der die Manipulation an Anisas Telefon persönlich angeordnet und überwacht hatte. Natürlich stand der einsatzbereite Samariter auf der Gehaltsliste des Geheimdienstes.

Als der Mann im weißen Kittel klingelte, schaffte es Anisa gerade noch, ihm die Tür zu öffnen, dann kippte sie um. Der

Arzt tat, als spritze er ihr ein Mittel, hütete sich jedoch, ihre Haut auch nur im Geringsten zu verletzen.

„Es wird zu einer Obduktion kommen!", hatte Major Charkowsky ihm eingeschärft. „Wir werden sogar darauf bestehen, um den Schnüfflern im Ausland zu beweisen, dass unsere Weste rein ist. Man darf also keinerlei Einstiche finden und keinerlei Spuren irgendwelcher Medikamente. Als Sie kamen, konnten Sie nur noch den Totenschein ausstellen. Richten Sie Ihre Geschwindigkeit entsprechend ein."

Dr. Sczimerky brauchte nicht lange zu warten. Er zündete sich eine Zigarre an, angesichts des Schocks, den der Anblick der sterbenden Politikerin bei ihm auslösen musste, eine verständliche Nervenberuhigung. Bald hörte das verzweifelte Röcheln auf.

Er trat zu der Toten, die in glaubhaft verkrümmter Stellung auf dem Fußboden lag, und drückte ihr die Augen zu. Dann tätigte er die ihm von dem Major aufgetragenen Anrufe in der vorgesehenen Reihenfolge.

Davon, dass ein entsprungener polnischer Schwerverbrecher, ein gewisser Jan N., bei seiner Flucht von einem Hausdach gestürzt war und sich dabei das Genick gebrochen hatte, nahm die Öffentlichkeit kaum Notiz. Niemand stellte irgendeine Verbindung zwischen den beiden Unfällen her. Natürlich ging die Kriminalpolizei Pressehinweisen nach, die beliebte Anisa Rupschenko habe nach eigenem Bekunden am Tage vor ihrem Ableben ein Pilzomelett verzehrt, was die Vermutung nahe legte, die Pilze seien nicht sorgfältig genug geprüft worden. Einen noch ungeheuerlicheren Verdacht wagte kein Journalist zu äußern. Und das erwies sich als goldrichtig. Einen Tag später fand man den Koch des Restaurants erhängt vor.

„Er hat sich offenbar selbst gerichtet, weil er seine Schuld nicht ertragen konnte", verkündete Major Charkowsky auf der Medienkonferenz. Das würde Sczimersky und den Genforschern eine hinreichende Lehre sein, man konnte schließlich nicht jeden Beteiligten liquidieren. Zugleich lud er Ärzte aus aller Welt zur Obduktion ein. „Jeder soll sehen, was sich abgespielt hat. Wir haben nichts zu verbergen!"

Umsiedler

Bereits vor zwei Tagen hatte die Solhaug abgelegt, offiziell in Stavanger; eine leichte Verschleierung der Realität, denn in Wahrheit befand sich der Hafen dieser Stadt seit geraumer Zeit eine beträchtliche Strecke landeinwärts, den Lysefjord hinauf, an den Hängen des Kjerag. An Bord waren fast ausschließlich Norweger.

Nach den verbindlichen Richtlinien hätte Tore Erikson kein Billet für das Schiff erhalten dürfen. Weder gehörte er zu den Reichen und Mächtigen der Gesellschaft noch übte er einen privilegierten Beruf aus. Obendrein wohnte er in einem Ort, der wegen seiner Höhenlage vorerst zur Kategorie ungefährdeter Gemeinden zählte. Aber das allgemein verbreitete Gefühl einer Hilflosigkeit gegenüber dem nahenden Untergang, gepaart mit aufkommender Hysterie hatte auch ihn ergriffen. Und so nutzte er die Bekanntschaft mit einer Angestellten der Auswanderungsbehörde, um etwas außerhalb der Legalität das begehrte Dokument zu erwerben.

Nach wie vor versuchte der Hohe Rat, die Öffentlichkeit mit frisierten Statistiken und gekauften Gutachten zu beschwichtigen. Auch als ein ständig wachsender Teil der Bevölkerung angesichts der von Jahr zu Jahr bedrohlicher steigenden Hochwasser den amtlichen Kommuniqués noch stärker als gewöhnlich zu misstrauen begann, änderte sich diese Vogel-Strauß-Politik zunächst nicht. Freilich verfuhr man im Stillen zweigleisig. Seit Jahrzehnten arbeitete man bereits an einem Stufenplan, die nach und nach im Meer versinkenden Regionen der Erde zu evakuieren. So lange nur Südsee-Atolle untergingen oder lästige Nehmer-Länder wie Bangladesch, konnte man größere Aktionen getrost verschleppen, aber seit die Überflutung auch einflussreiche Staaten betraf, die USA, Europa, stieg der Druck zu handeln. Zugleich schwand aber der

Bewegungsspielraum, denn die zuständigen Stellen hatten weder ihre Transportkapazitäten noch die Aufnahmefähigkeit der als „Asylsterne" eingestuften Planeten ferner Sonnensysteme rechtzeitig dem steigenden Bedarf angepasst. Zwangsläufig wurden Genehmigungsverfahren eingeführt, die sich zusehends stringenter und langwieriger gestalteten. Ausreisevisa, ob zeitlich befristet oder unbegrenzt, waren schon lange schwieriger zu erlangen als im kommunistischen Herrschaftsbereich des 20. Jahrhunderts. Und anders als damals knüpfte man sie formell an besondere Eigenschaften oder Fähigkeiten. „Wichtig für den Fortbestand der Menschheit", lautete der Zauberschlussel. Freilich galt es dabei, die Balance auf einer komplizierten Gratwanderung zu wahren. So lange der Hohe Rat oder doch einige seiner Repräsentanten auf der Erde ausharrten, benötigten diese auch eine gewisse Zahl qualifizierter Mitarbeiter, durfte das für die Erfüllung der täglichen Aufgaben und Planungsarbeiten notwendige Reservoir nicht leerlaufen.

Reederei und Schiffsleitung hatten sich für die Rhein-Route entschieden. Dessen Delta, die Tiefebene des Niederrheins, lag mittlerweile hinter den Emigranten. Seit etwa einer Stunde passierte das Schiff winzige Inseln, eine Art Halligen, nur dass ihre Warften mit Buchen und Eichen bestanden waren. Die Häuser konnte Tore nicht recht einordnen. Manchmal wirkten sie auf ihn wie mittelalterliche Ruinen, Schlosstürme, Kirchtürme, dann wieder eher wie behelfsmäßige Hütten. Keines der Eilande maß mehr als ein paar hundert Quadratmeter. Das Echolot signalisierte gleich bleibende Wassertiefe, aber davon bekam Tore Erikson nichts mit. Er war kein Seemann, sondern eine blutige Landratte. Die Sonne schien warm und viele Fahrgäste sowie dienstfreie Besatzungsmitglieder lehnten an der Reling.

„Ich besitze ererbte Fotos von so genannten Schären im Baltischen Meer, Schweden, Finnland. Inzwischen sind sie längst versunken, aber vor zweihundert Jahren muss es östlich unserer Heimat ähnlich ausgesehen haben", sagte irgendjemand. Anhand einer alten Landkarte versuchte Tore, die Inseln zu identifizieren. Dabei mühte er sich, das Papier vor den Augen der Umstehenden zu verbergen. Diese Karte war von unschätzbarem Wert, denn seit einiger Zeit stand der Besitz sämtlicher Unterlagen unter Strafe, denen man entnehmen konnte, dass es früher Städte und Dörfer, Acker und Straßen gab, wo jetzt nichts außer einer schier endlosen Wasserfläche zu sehen war. Zwar schien die Kontrolle an Bord eher lax zu sein, aber gewiss war es besser, nichts zu riskieren.

Anfangs fiel Tore die Orientierung schwer, doch nach einer Weile gelang es ihm, System in seine Suche zu bringen. Die Landbuckel trugen unbekannte Namen, Ennertberg, Petersberg an Backbord, Venusberg, Rodderberg, Züllighoven an Steuerbord und machten trotz der Bauten einen unbewohnten Eindruck. Doch bald wuchsen sie auf der linken Seite breiter und höher aus der Flut, der Große Ölberg, Stümperich und Römerich, der Mahlberg.

„Passen Sie auf!", sagte der Dritte Offizier, betraut mit der Spezialaufgabe, die Passagiere behutsam zu informieren. „Demnächst verengt sich das Fahrwasser stellenweise. Dann müssen wir achtsam sein, das Prekariat ist zu allem fähig."

„Siedeln die Leute hier nicht um?"

„Zumindest nicht alle. Oft fehlt die Dringlichkeit gemäß dem Höhenkatalog. In anderen Fällen hapert es an entsprechender Qualifikation oder lokaler Lobby. Es ist müßig, darüber zu spekulieren. Jedenfalls ist nach Angaben unserer Reederei mit beträchtlicher Unzufriedenheit zu rechnen, die sich in Unbotmäßigkeit, Unruhen sogar Enterversuchen entladen kann."

Die Solhaug war ein kleineres Schiff, belegt bis an die Grenze ihrer Aufnahmefähigkeit. Vielerorts hätte man gar nicht wagen dürfen, sie überhaupt anlegen zu lassen, sie dem geballten Ansturm verzweifelter Menschen auszusetzen, aber in

Skandinavien gestaltete sich die Lage bislang weniger dramatisch. Ein erheblicher Teil der anerkannten Umsiedler aus den tiefer gelegenen großen Städten war bereits evakuiert, und die außerhalb der Ballungsgebiete relativ dünne Besiedlung sowie das weniger hitzige nordische Temperament taten ein Übriges, den Behörden die Arbeit zu erleichtern. Für die Beförderung der dort eher tröpfelnden Nachzügler boten so genannte „Lumpensammler" eine ausreichende und zugleich kostengünstige Alternative zu den riesigen atomgetriebenen Container-Transportern mit ihren mindestens 25 Decks. Trotzdem hielten die Passagiere der Solhaug vorsorglich Bettlaken bereit, auf denen in verschiedenen Sprachen unmissverständlich zu lesen stand: „Ohne Genehmigung keine Passage!"

„Schauen Sie sich lieber die Ufer an", fuhr der Dritte Offizier fort. „Haben Sie ein Fernglas?"

„Nein", antwortete Tore. „Meinen Sie, es lohnt sich?"

„In Kürze passieren wir den berühmten Felsen der Loreley, mit seiner Spitze wird er wohl noch aus der Flut ragen. Die schöne Hexe hätte freilich kaum noch Freude an ihrem Gesang. Die Welt ist wahrhaftig aus den Fugen."

Als Tore Erikson am nächsten Morgen das Deck betrat, hatte sich die Landschaft abermals gewandelt. Links und rechts ragten Bergrücken auf, riesigen Buckelwalen gleich, aber zunehmend steiler. Zu seiner Überraschung weideten dort Kühe. „Wir sind schon in den Hoheitsgewässern der Schweiz", erklärte der Dritte Offizier. „Über dem versunkenen Basel haben wir den Rhein verlassen. Am Schwarzwald konnten leider Demonstranten den Bau einer Startrampe verhindern, und bezüglich der Vogesen fehlen uns jegliche Daten, die Franzosen kochen eben gern ihre eigene Suppe. Aktuell befinden wir uns in einem ehemaligen Gebirgstal. In gut einer halben Stunde ankert die Solhaug bei dem neuen zentralen Raumbahnhof für Europa, Aarau-Geißfluh. Sämtliche Passagiere werden dann ausgebootet. Für historisch Gebildete oder Interessierte, das ist ein Verfahren, wie man es früher zum Beispiel auf Helgoland angewendet hat."

Ein Fjord, dachte Tore Erikson. Einen Moment lang kam ihm die Vorstellung, inmitten der Alpen auf einem Schiff durch einen Fjord zu fahren, aberwitzig vor, grotesk. Das hätten sich noch seine Großeltern in ihrer Jugend nicht träumen lassen, Ketten von Generationen, die das Schmelzen der Pole und Gletscher mit einem Achselzucken abtaten, Eis kommt und geht. Elementare Wut packte den Umsiedler, unbändiger Zorn auf jene egoistischen, bedenkenlos leichtfertigen Ahnen, die der Menschheit die gegenwärtige Katastrophe um kurzatmiger Bequemlichkeit, übermäßigen Profits willen eingebrockt hatten.

Etwas wie ein Hafen schälte sich aus dem Dunst. Inmitten eines riesigen Beckens, das gegen die Ränder hin immer seichter wurde, lagen drei Emigrantenschiffe, kleine Motorkähne beförderten die Auswanderer an Land. Das Ufer war von Stacheldraht umzäunt, Uniformierte patrouillierten dort, angeleinte Hunde mit Maulkörben fest im Griff. Vokabeln wie „Internierungslager", „Abschiebehaft" drängten sich auf, aber das war gewiss ungerecht. Niemand wurde hier eingesperrt, deportiert, alle Ankömmlinge gehörten im Gegenteil zu den Privilegierten mit der Lizenz zum Überleben.

Ob sich die beeindruckende Abschottung nur gegen abgelehnte Umsiedlungswillige richtete? Oder versuchten umgekehrt mitunter Passagiere der Fähren, auch der Solhaug, in letzter Sekunde, von jäher Angst befallen, hier zu bleiben, sich an diesen dem Untergang geweihten Planeten zu klammern, gegen alle Vernunft? Ein unsinniges Vorhaben schon deshalb, weil es für Fremde in den Resten der umliegenden Kantone trotz der idyllisch anmutenden Almen vermutlich weder hinreichend Wohnungen gab noch Arbeit oder Essen. Träumer und Narren starben halt nicht aus …

Niemand erteilte Anweisungen. Warum auch? Nur ein einziger unbeschilderter Weg führte aus dem Hafengelände, hinein in einen gut beleuchteten Stollen. Beinahe instinktiv strömte die Menge durch den großen runden Tunnel ohne gleitende Förderbänder, dessen Ende in eine von gleißendem Licht erhellte Halle mündete. Das Ganze wirkte so selbstverständlich, als ginge es darum, zwischen zwei Nahverkehrszügen zu wechseln.

Vor jeder Reise muss man einchecken, dachte Tore, kein Grund, besorgt zu sein. Allerdings hätte man unter normalen Verhältnissen wahrscheinlich mehr Gepäck mitgenommen, hier gestatteten die Vorschriften lediglich zehn Kilo, zuzüglich einer kleinen Bordtasche. Nun, vielleicht waren die Temperaturen auf dem Zielplaneten angenehm warm oder sogar tropisch, genügten T-Shirts und kurze Hosen, aber keiner der Passagiere kannte auch nur das Ziel seiner Reise, geschweige denn dessen nähere Beschaffenheit. Fast automatisch ging es voran, in einer Menschentraube, die sich allmählich verengte, zu einer Schlange verjüngte, welche sich ihrerseits teilte, zu einem tröpfelnden Rinnsal geriet.

„Die Papiere!"

Tore hatte sich vorbereitet. Die Genehmigung war wichtig, Ausweispapiere, vor allem die Berufskarte mit seinen Fähigkeiten und Arbeitsstätten und die Gesundheitskarte. Manche Planeten schieden für Umsiedler mit gewissen Krankheiten von vornherein aus. Er steckte die Unterlagen in den dafür gekennzeichneten Schlitz.

Das junge Mädchen jenseits des Panzerglases schien zufrieden, sie lächelte den Kunden sogar an. Dann scannte sie die Belege. Aus dem silbern glänzenden Rechner sprang ein Chip. Die Schalterbeamtin nannte Zahlen, Tore verstand sie nicht richtig, die Frau sprach einen seltsam kehligen Dialekt. Nun, es würde sich gewiss um den Flugsteig handeln, um Uhrzeiten, das konnte man bestimmt nachlesen. Zum Schluss schob sie ihm durch eine seitliche Öffnung einen kleinen Beutel zu. „Ihre Klimaausstattung! Am Zielort benötigt man lediglich Luftfilter. Die Druckunterschiede sind minimal. Sie werden sich etwas leichter fühlen, das ist durchaus angenehm und auch sonst von Vorteil."

Wieder klang ihr Idiom fremd. Sie hat etwas mit dem Hals, dachte Tore. Knödel, Klöße, Kropf, die drei K, das kam vom Jodmangel, der Inzucht abgelegener Gebirgstäler.

„Wohin fliegen Sie?", erkundigte sich ein Fahrgast, der unmittelbar vor Tore abgefertigt worden war.

Tore las eine Zahl vor. Der andere schien sich auszukennen. „Wow!", sagte er. „Das große Los. Sie sind ein Glückspilz, zeigen Sie mal!"

Tore hielt ihm den Chip hin, hütete sich jedoch, das Ticket aus der Hand zu geben. Mit einem großen Los ging man achtsam um. Alte Kneipenregeln fielen ihm ein: „Bei Verlust kein Ersatz!" oder „Für abhanden gekommenes Eigentum wird nicht gehaftet!"

Rune Skaland, so hatte sich der Neugierige vorgestellt, betrachtete das Kärtchen und begann zu lachen: „Sie haben sich geirrt. Ein geringfügiger und doch folgenreicher Zahlendreher, so toll ist Ihr Massel leider nicht."

Gerade wollte Tore den Chip wieder einstecken, als Rune Skaland ihm einen Tausch vorschlug. „Warum soll ich mein Ticket behalten? Ich habe keine lange Lebenserwartung mehr. Sie verdienen eine bessere Zukunft, als das Schicksal Ihnen zugeteilt hat."

Du lügst, dachte Tore. Nur Personen mit guter Gesundheit werden evakuiert. Keine Siechen. Er wandte sich mit einer kurzen Floskel ab. Der andere stieß einen Fluch aus. Es klang wie „Sturer Bock, du sollst verrecken".

Eine Stunde später saß Tore Erikson an Bord des Raumschiffes. Nach seiner Einschätzung war es ein älterer Transporter der Mittelklasse. Die früher auf irdischen Flügen vor dem Start üblichen Sicherheitshinweise unterblieben. Was sollte man auch im Weltraum auch mit Schwimmwesten, Atemmasken oder Rutschbahnen anfangen. Im Fall eines Unglücks gab es ohnehin keine Rettung. Immerhin stellte der Kapitän sich über das Mikrofon vor. Er hieß John Karg. „Sie erhalten jetzt pro Person eine Kapsel. Bitte schlucken Sie diese mit etwas Wasser, das wir Ihnen kostenlos reichen werden. Anschließend sinken Sie in einen genau getimten Schlaf, der es Ihnen erleichtert, die Reise entspannt zu verbringen."

„Noch drei Minuten bis zum Lampert-Gürtel", sagte Captain Karg viele Stunden später. „Crew, Müllschieber aktivieren!"

„Müllschieber" war die unter Astronauten übliche Slang-Bezeichnung für den mächtigen elektronischen Schutzschild, der dreieckig, mit der Spitze voraus, einem Schneeflug vergleichbar, die in diesem Sektor ungeordnet umherwirbelnden Gesteinsbrocken der Asteroiden beiseite fegte. Jeder Versuch, ihnen durch manuelle oder auch automatische Navigation auszuweichen, wäre angesichts der Vielzahl der Gesteinstrümmer und der eigenen Geschwindigkeit chancenlos gewesen. Die Eiger II flog mit unverändertem Tempo. Jim Spitz, der wachhabende Offizier, verfolgte fasziniert am Monitor, wie sich gleichsam von Geisterhand eine Gasse vor dem Bug des Raumschiffes öffnete. Manchmal wünschte er, die sausenden Geräusche hören zu können, das Prasseln der Gerölltrümmer. Natürlich war das ein unrealistischer Gedanke, irdische Begriffe wie „Lärm" hatten hier jede Bedeutung verloren. Hauptsache, keiner dieser gigantischen Kiesel beschädigte die Außenhaut.

Zehn Minuten später lag das „Minenfeld", auch das Jargon der Besatzungen, bereits hinter dem Auswandererschiff. Etwa eine Licht-Viertelstunde entfernt rotierte ein Planetoid gemächlich um die eigene Achse. Irgendwie wirkte er ein wenig verloren im Niemandsraum zwischen Lampert-Gürtel und Edward-System. Raumfähren ließen ihn unbeachtet links liegen. Wozu hätten sie dort stoppen sollen? Dafür bot er lichtscheuem Gesindel, entsprungenen Sträflingen, Piraten einen vorzüglichen Unterschlupf.

Bei dem Abstand und vor allem infolge des Mangels an Schallwellen leitender Atmosphäre war auf BX 7009, zu einem richtigen Namen hatte es der stellare Winzling bislang nicht gebracht, das Arbeiten des „Müllschiebers" auch mit sensiblen Instrumenten nicht wahrnehmbar, schon gar nicht an der dem Durchgangsverkehr abgewandten Seite. Dort, außerhalb des üblicherweise aktivierten Radarbereichs der Linienschiffe, hatte die Chairon angedockt. Ihr Kommandant, Jan Ross, verfolgte das Geschehen auf der Route zu den Kolonien des Edward-Systems gleichwohl mit eigens für diesen Zweck angefertigten Spezialinstrumenten. Neben ihm stand sein Vize, Bill Wet.

„Ein Transporter!", sagte Jan Ross. „Kurs Richtung Außenplaneten."

„Wollen wir ihn uns schnappen?"

Der Kommandant schüttelte den Kopf: „Das lohnt sich nicht. An Bord sind bloß wieder Aussiedler, darauf wette ich mit dir. Zwei Mal haben wir ja solche Transporter gestoppt und mit welchem Erfolg? Unsere Beute war absolut armselig. Die Leute haben ja nichts wirklich Kostbares bei sich. Sollen wir wegen ein paar Uhren, Goldschmuck oder im Höchstfall einiger Handtaschen mit Brillanten solchen Aufstand machen? Lass uns auf den Rückflug warten oder auch auf ein anderes Schiff! Sämtliche Transporter zum oder vom Edward-System und weiter zur Asterix-Gruppe kreuzen den Lampert-Gürtel, ein Umfliegen wäre viel zu aufwendig. Und alle benutzen auf wenige Lichtsekunden genau dieselbe Schneise. Darauf beruht schließlich meine Strategie. Bei der Rückkehr zur Erde sind sie mit den seltenen Edelmetallen der

Minen auf den Edward-Planeten oder anderswo beladen. Unsere Freunde, die Transveden, zahlen dafür Spitzenpreise. Bei dieser Gelegenheit werden wir zusätzlich unsere neue Technik ausprobieren."

Drei seiner vier Crewmitglieder schauten ihren Boss gläubig und erwartungsvoll an. Einzig Bill Wet wagte einen Einwand. „Ich fürchte, sie funktioniert nicht!", sagte er. „Wir haben sie doch oft genug im Simulator getestet! Inzwischen sitzt jeder Handgriff im Schlaf. Wir brauchen bloß einen größeren Körper im Lampert-Gürtel zu stationieren, einen, an dem der Schneepflug sich die Zähne ausbeißt. Notfalls verbinden wir zwei oder sogar drei Asteroiden zu einem Pulk. Meinst du, das schaffen wir nicht?"

„Darin sehe ich nicht das Problem. Was passiert aber, wenn der Transporter mit voller Geschwindigkeit auf unser Hindernis prallt?"

„Er wird schon rechtzeitig abbremsen."

Bill Wet schwieg. Aber später, in der Gemeinschaftskoje wurde er gegenüber seinem Freund Hendrik Schnurz deutlicher: „Das Raumschiff wird in Tausende Stücke zerrissen, ach was, in Millionen von Stücken, und unsere Superbeute dürfen wir anschließend Atom für Atom aufklauben."

„Vielleicht hat der Kommandant ja ganz andere Pläne?", wandte Hendrik Schnurz ein. „Vielleicht wartet er ab, bis die Aufnahme-Planeten richtig voll von Flüchtlingen sind. Dann kommen sicher Unmengen von Wertgegenständen zusammen. Sollten wir nicht doch ...?"

Hendrik Schnurz pflegte häufig in unvollständigen Sätzen zu sprechen, eine Eigenart, mit der er nicht bloß Bill Wet auf die Palme brachte. Aber er war Ingenieur, in gewisser Weise sogar ein Genie. Auf seine technischen Fähigkeiten konnte man schwer verzichten.

„Dafür leben dort in Zukunft auch viel mehr Männer, die ihren Besitz verteidigen. Gut bewaffnet werden sie außerdem sein."

Beinahe ahnungslos schrammte die Eiger II haarscharf an ihrem Verderben vorbei.

„Wir passieren jetzt den Planetoiden BX 7009", meldete Jim Spitz. „Gab es da nicht eine Piratenwarnung?"

„Das ist längst erledigt", winkte John Karg ab. „Seit der Operation ,Kehraus' herrscht Grabesstille in diesem Sektor des Kosmos, was illegale Aktivitäten angeht. Die Kameraden von den Kampfgeschwadern haben ganze Arbeit geleistet."

Im Stillen aber war sich der Kapitän seiner Sache nicht ganz so sicher. Er dachte an sein letztes Gespräch mit dem System-Gouverneur auf Edward 2. Der Beamte hatte ein Essen für mehrere Raumschiffoffiziere gegeben. Bei Kaffee und Zigaretten kam die Sprache auch auf die Sicherheit. Lächelnd zitierte der Vertreter des Hohen Rates amtliche Statistiken über die Verluste der Korsaren.

„Und das war wirklich ihr ganzer Bestand?", fragte einer der Kapitäne.

„Mag sein, dass noch versprengte Reste im Weltraum umherirren. Sie werden sich doch nicht vor denen fürchten? Diese armseligen Burschen stellen garantiert keine Gefahr mehr da, ihre Struktur, ihre Logistik, falls sie überhaupt so etwas besessen haben, ist zerschlagen. Ich halte die immer noch geltenden Vorschriften der Admiralität, mit Verlaub gesagt, für maßlos überzogen. Allein das falsche Deklarieren der Ladung … Offiziell befördern Sie ja auf dem Rückflug nur Schrott und Kranke, das soll die Beutejäger abschrecken, die, meiner festen Überzeugung nach, bloß noch in der Fantasie der Herren vom Grünen Tisch existieren. Nun, da ist wohl auch Angst um die eigenen Posten mit von der Partie. Die Aktionäre verstehen keinen Spaß, wo Einlagen und Dividenden auf dem Spiel stehen."

Die Erinnerung an diesen Abend machte John Karg nachdenklich. Vielleicht sollte die Eiger II auf dem Rückflug ihre Route vorsichtshalber ein wenig verändern?

„Allerdings sind wir nicht allwissend, die Lage könnte immerhin erneut instabil werden. Arbeiten Sie doch mal eine oder zwei andere Strecken aus, damit wir notfalls rasch reagieren können!"

„Natürlich!", antwortete Spitz, ein wenig irritiert.

Allmählich wachten die Umsiedler auf. Eine penetrante Durchsage verscheuchte die Reste der künstlichen Bewusstlosigkeit. Landung in weniger als dreißig Minuten. Erstmals, seit er die Solhaug verlassen hatte, spürte Tore Erikson nagenden Hunger. Stewardessen gab es hier offensichtlich nicht. Nun, die kurze Restzeit würde er auch noch überstehen, sicher erhielten sie auf dem Asylplaneten rasch eine ordentliche Mahlzeit.

Vor der Ankunftshalle, einer schäbigen Baracke, die auf der Erde kaum bei Bauern als Stall für Haustiere geduldet worden wäre, ohne Toilette und voller Kot, drängten sich aufgebrachte Siedler. „Wir brauchen keine Asylanten!", scholl es den Ankömmlingen entgegen. „Macht euch fort, das Boot ist voll!"

An einem gut bewachten Hangar wurde derweil die Eiger II entladen. Ihre Frachträume waren bis an die Decke mit Lebensmitteln für die Kolonisten gefüllt, raumsparende Konzentrate mit Geschmacksverstärkern. Edward 1 war ein unfruchtbarer Planet.

Kapitän Karg trieb zur Eile an: „Wir wollen schauen, dass wir hier fortkommen, draußen wird es ungemütlich!"

Falls die eben Ausgestiegenen umkehren und versuchen sollten, wieder an Bord zu gelangen, um ein besseres Ziel zu ertrotzen, konnte es immerhin Schwierigkeiten und Verzögerungen geben. Bis zum Nachbarstern Edward 2 war es nicht weit, bei mittlerer Geschwindigkeit eine knappe Flugstunde. Dort befand sich die komfortable Erholungsstation, Bäder, Physiotherapeuten und dort würden sie ihre Ladung für den Rücktransport zur Erde aufnehmen.

„Eine weise Entscheidung, unsichere Emigranten nicht auf den Planeten zu schicken, wo sich die Bodenschätze befinden", antwortete Jim Spitz. „Sonst kämen sie womöglich auf die Idee, daraus Kapital zu schlagen. Die Leute auf Edward 2 leben ja vielfach schon in der dritten Generation dort, fühlen sich wohl und sind absolut zuverlässig. Das Geld, das die Betreibergesellschaft am Bewachungspersonal spart, kann sie zum Teil in höhere Löhne und Erfolgsprämien für die Minenarbeiter stecken."

„Ja", gab ihm der Captain Recht. „In anderen Sonnensystemen funktioniert eine solche Trennung weniger perfekt. Flüchtlinge mit der Destination Edward 1 sind echt angeschissen!"

Vielleicht hätte ich doch mit jenem Rune Skaland tauschen sollen, dachte Tore Erikson. Ärger hätte er es kaum treffen können.

Als er sich umwandte, sah er, dass zumindest etwas an dem Schuppen stabil war, nämlich die Metalltür, welche sich hinter den Passagieren hermetisch schloss. Bevor die letzte Lücke verschwand, glaubte Tore, erste Startgeräusche der Eiger II zu hören. Aber egal, er wusste, dass seine Reise ein Trip ohne Wiederkehr war.

„Zumindest werden wir hier nicht ertrinken, dafür sollten wir dankbar sein!", sagte einer der Passagiere, die jetzt ziemlich hilflos wie zwischen Baum und Borke herumstanden.

Aber das schien auch der einzige Trost zu sein. Die dünne Luft war unerwartet kalt, Polizei ließ sich nicht blicken und die Handys versagten den Dienst. Nicht einmal die weltweit gleiche Notrufnummer hätte im Ernstfall etwas genützt.

Streifendienst

Veruschka stand vor dem Hotel Newskowskaja und wartete. Jedes Mal, wenn sich ein Lufttaxi näherte, hob sie den Arm, doch zog der Fahrer die Maschine daraufhin stets leicht empor. Es war das übliche Verfahren, um anzuzeigen, dass er die Anhalterin zwar gesehen hatte, aber nicht frei war. Befanden sich bereits Fahrgäste an Bord, wäre ein solches Manöver im Grunde überflüssig gewesen, denn die Sessel waren zwar komfortabel, doch nicht so tief, dass Passagiere sich darin verbergen konnten, selbst wenn sie es wollten. Penible Ausstattungsvorschriften verhinderten derartige Heimlichkeiten. Allmählich wurde Veruschka nervös. Es war zwar nur ein Katzensprung bis zur Station Naljewa, aber die Minuten verrannen. Je öfter sie auf ihre Uhr schaute, desto rascher schienen sich die Zeiger zu bewegen. Viele Freunde und Bekannte beneideten das Mädchen um dieses gute Stück, das über Jahrhunderte von der Mutter auf die älteste Tochter vererbt worden war. Zeiger, wie entzückend romantisch, sagten sie, die stammte gewiss noch aus der Epoche vor den Großen Galaktischen Kriegen. Ihre Besitzerin seufzte dann gelegentlich. Würde sie selbst je eine Tochter haben?

Veruschka war ein großes Mädchen, sie maß über 180 Zentimeter. Trotz des kräftigen Körperbaues wirkte sie zart, fast zerbrechlich. Meist blickten die braunen Augen in dem runden Gesicht, auf dessen Oberfläche man unwillkürlich nach Sommersprossen suchte lustig, und über ihre Lippen schlüpfte häufig ein munterer Spruch. Oft ging es dabei um Sex, was gab es denn auch Schöneres, ohne dass die mitunter recht deftigen Formulierungen je obszön klangen.

Seit ungefähr einem Vierteljahr hatte sich jedoch die Welt für sie radikal verändert. Dem Tod ihrer Mutter, der Entdeckung, dass diese total verschuldet gewesen war, Spielschulden als

Erbe des kurz zuvor durch Freitod aus dem Leben geschiedenen Vaters, war erst der Verlust der Wohnung gefolgt und endlich auch der des Berufs. Ein Schlag, den sie sich freilich selbst zuzuschreiben hatte, zumindest teilweise.

Der Geschäftsführer hatte sie zu sich gerufen und ihr eine ganze Liste von Fehlern und Versäumnisse vorgelesen, sämtlich durch den Abteilungsleiter sorgfältig protokolliert. „Ich habe Sie gedeckt, so lange ich irgend konnte, weil ich ja die tragischen Geschehnisse kenne, die über Sie hereingebrochen sind. Aber jetzt kann ich es nicht länger verantworten, so Leid es mir tut. Sie müssen verstehen, in einer freien Wirtschaft gibt es andere Prioritäten."

Heute war Veruschkas heitere Seite zusätzlich überdeckt von speziellen Sorgenfalten. Dass es regnete, leistete dazu den geringeren Beitrag. Das Mädchen trug eine rote Wetterjacke ohne Kapuze und aus ihren brünetten knapp schulterlangen Haaren tropfte es unaufhörlich. Aber vielleicht schreckte bereits dieser Anblick die um ihre Polster besorgten Taxifahrer ab.

Wladimir flog die übliche Morgenrunde. Vor sich erblickte er bereits die Bauten der Peter-Paul-Festung, in wenigen Minuten musste er das Einsatzgebiet erreichen. Langsam bereitete er sich auf seine eigentliche Aufgabe vor. Den gewerbsmäßigen Berufsverkehr im Luftraum über der Stadt beachtete er nur am Rande. Auch wenn hier etwas nicht stimmte, lohnte es sich kaum, mit entsprechenden Kontrollen die Zeit zu vertrödeln. Kleine Fische, allenfalls geringfügige Unregelmäßigkeiten. Interessanter waren da schon die so genannten „Schwarzflieger". Erfahrene Kontrollbeamte erkannten sie in der Regel sofort.

Hier in der Sperrzone zweiten Grades für zivilen Flugverkehr hatten private Fahrzeuge generell nichts zu suchen. Legitime Besitzer solcher Airmobile hielten sich peinlich genau daran, schon aus berechtigter Furcht, bei einem Verstoß mit der Lizenz zugleich das geliebte Vehikel zu verlieren. Und da die legalen Taxen in eng begrenzter Zahl heigestellt und streng überwacht wurden, unvorstellbar, sie unter der Hand zu verkaufen oder gar gestohlene zu benutzen, machte sich jeder nicht eindeutig identifizierbare Verkehrsteilnehmer automatisch verdächtig. Doch auch diese Kategorie krimineller „Schwarzflieger" stellte nicht das wahre Problem dar. Am schwersten war den eigentlichen Fahndungsobjekten, im Fachjargon kurz als „Springer" bezeichnet, beizukommen, jenen Flitzern, die von irgendwoher gleichsam aus heiterem Himmel materialisierten, bevorzugt im Dunstkreis des riesigen Space-Terminals, nicht zu nah, aber auch nicht zu fern von den zentralen Hallen. Der Job dieser Gesetzesbrecher bestand regelmäßig darin, Güter abzuholen oder anzuliefern, verbotene Waren oder wenigstens unverzollte.

Hier um den großen Gedenkplatz vor dem Newskowskaja hatte Wladimir eigentlich nichts verloren, aber es war ruhig heute, die Sicherheitslage, laut Auskunft der Zentrale, stabil, und so flog er noch eine Schleife über der Newa, niedriger, als ihm dienstlich erlaubt war, betrachtete kurz sein Spiegelbild im glitzernden Wasser und nahm dann Kurs auf den langen Prospekt, der hinaus aus der Stadt in Richtung Puschkin führte. Auch das war prinzipiell nur bei dringenden Einsätzen gestattet, doch ein sonderbarer Trieb drängte den sonst so gesetzestreuen Beamten des Streifendienstes beinahe unwiderstehlich zu dieser Serie von Dienstwidrigkeiten.

Plötzlich sah er sie. Der rote Fleck leuchtete aus dem grauen Einheitsbrei wie eine traurige Mohnblume, einsam und verloren. Wladimir spürte eine jähe Anwandlung von Mitleid. Er ging noch tiefer.

Fluchend wichen zwei, drei Taxifahrer aus. Was hatte der Schnüffler hier zu suchen? Zugleich schaute das Mädchen überrascht empor. Auch sie verblüffte das untypische Verhalten des schnellen Gleiters, Fahnder der Grenzkontrolle verhielten sich nach ihren Erfahrungen gewöhnlich anders. Jetzt konnte sie sogar die Brille des Polizeibeamten deutlich wahrnehmen. Hinter den Gläsern meinte sie, zwei blaue Augen zu erblicken. Stahlblau, dachte sie. Der Gedanke rief in ihr zwiespältige Empfindungen hervor.

Wladimir hatte den Vorteil, dass er die Optik seiner Brille zu regulieren vermochte. Er stellte sie auf gebündelten Richtstrahl. Was er nun registrierte, gestochen scharf, beeindruckte ihn. Anscheinend war sie auf der Suche nach einem Taxi. Was und wohin mochte sie wollen? Spontan beschloss er, noch eine Runde zu drehen. Zugleich reduzierte er die Geschwindigkeit bis an den Rand des Minimums.

Veruschka gab sich einen Ruck. Der Pilot schien sich für sie zu interessieren. Das war keineswegs unverständlich, oft genug hatte sie ihre Wirkung auf Männer erfolgreich getestet. Ob er ihr helfen würde? Ein Angehöriger der Staatsmacht? Hieß das nicht, den Bock zum Gärtner zu machen? Aber schnell schob das Mädchen die Skrupel beiseite. Zu drohend wurde der Zeitdruck. Sie hob winkend den Arm.

Als Wladimir das Signal sah, klopfte sein Herz heftiger. Fast mechanisch drückte er den Jäger nach unten, landete.

„Wo soll es denn hingehen?"

Wieder zögerte sie, überwand sich. „Naljewa."

Wladimir stutzte. Die Naljewa lag in Richtung des Space-Terminals, dem Fokus seiner Fahndungstätigkeit. Automatisch dachte er an die Droge „Silver Tail", als deren Hauptumschlagplatz „Point Sieben" galt, und just dieser Teil des riesigen Areals des Raumflughafens befand sich genau in Verlängerung der Strecke vom Hotel Newskowskaja zur Naljewa-Station. Ach was, das musste purer Zufall sein.

Während er sich mit dem Mädchen unterhielt, ein flüchtiger, unverbindlicher Smalltalk, begann seine Vernunft, mit ihm zu hadern, weil er wieder einmal zur Unzeit auf weibliche Reize angesprungen war. Doch zugleich regte sich unterhalb der Gürtellinie der ewige Widersacher des Verstandes.

Genieße den Tag, raunte der, heute ist heute. Und er griff zu noch heimtückischerer, dialektischer Waffe. Hör mal auf deinen Instinkt, flüsterte es. Ich sage bloß „Silver Tail". Diese synthetische Droge wurde in einer vermutlich winzigen Fabrik, nein, Werkstatt, irgendwo im Darius-System produziert. Alle Bemühungen, deren genauen Standort zu orten, waren bisher gescheitert. Erstmals entdeckt hatten Fahnder die Pillen vor ungefähr einem Jahr, rasch stellten sich weitere Ergebnisse ein, und bald schälte sich wachsende Klarheit über wesentliche Stränge des Vertriebsweges heraus. Die wahrscheinlichste Art, das Gift einzuschleusen, bestand darin, die Transportbehälter unmittelbar vor dessen Start auf das jeweilige Raumschiff zu beamen und die Ware kurz vor oder nach der Landung auf demselben Weg wieder von Bord zu entfernen. Hier lag einer der Punkte, an denen Wladimirs Behörde einzuhaken versuchte. Selbstverständlich unterlagen die offiziellen Beamgeräte der zivilen Fähren intensiver Kontrolle. Nur in genau definierten Notfällen durften sie von den dazu befugten Rettungspursern aktiviert werden. Trotzdem gelang es der Mafia offenbar immer wieder, handliche Mini-Apparate zwischen Flugtaschen, zusammengefaltete Rollstühle und klappbare Kinderwagen zu schmuggeln. Vermutlich verließen die Verbrecher sich dabei auf die Unterstützung bestechlicher Flugbegleiter, doch selbst das war bislang in keinem einzigen Fall nachgewiesen worden.
Aufgrund ihrer geringen Größe verfügten die illegalen Beamer mit Sicherheit nur über eine recht bescheidene Reichweite. Aber diese Beschränkung bot den Händlern zugleich Vorteile. Die kleinen, wenig stabilen Geräte wurden beim Übertragen mühelos mit in den Sog der Energien gezogen und landeten nebst der Fracht wieder verwendbar am Zielpunkt. Von dort konnte man sie schnell und unkompliziert entfernen, ohne dass es einer ganzen Schar von Hilfskräften oder auffälliger Technik bedurfte.

Nach zahlreichen Berechnungen und dem Einholen diverser Gutachten gingen Wladimirs Vorgesetzte dabei von einem Radius von höchstens fünfzig Meilen am Boden aus, abhängig davon, in welcher Höhe das Beamen ausgelöst wurde. In den Schubladen schlummerten bereits Pläne, für den Fall längerer Ergebnislosigkeit entweder das gesamte Terminal zu verlegen oder alle Gebäude im kritischen Bereich abzureißen, einstweilen scheute das Ministerium freilich Kosten und Aufsehen, zumal selbst bei derart radikalen Maßnahmen niemand einen dauerhaften Erfolg garantieren konnte.

„Organisierte Kriminalität findet immer ihren Weg", pflegte Wladimirs direkter Chef zu sagen, ein unverbesserlicher Skeptiker, ja, Pessimist, dessen Karriere hauptsächlich wegen dieser Eigenart nicht von der Stelle kam. Miesmacher störten die ostentativ zur Schau getragene Zuversicht der Regierungsstellen. Zum Glück war „Silver Tail", abgesehen von der einigermaßen überschaubaren Zahl einschlägiger Konsumenten, in der Bevölkerung noch weitgehend unbekannt, die Aufmerksamkeit der Medien bisher nicht geweckt. Vorerst gelang es der zuständigen Behörde, ihre Ermittlungen herunterzuspielen und die wenigen neugierigen Reporter auf falsche Fährten zu locken. So verfügte man über eine allerdings unsichere, täglich schwindende Galgenfrist, bevor die für früher oder später mit Gewissheit erwartete Katastrophe eintreten musste. Falls nicht bald der entscheidende Durchbruch gelang …

Naljewa. Das Wort ließ den Agenten nicht mehr los. Die Station befand sich am äußersten Rand des besagten Kreises um „Point Sieben" und war mehrfach durchsucht worden, auch von Wladimir. Sollte er jetzt unverhofft die Chance erhalten, endlich einen spektakulären Coup zu landen?

Der Pilot fühlte sich nicht recht wohl in seiner Haut. Tricksen gehörte zwar zu seinem Beruf, doch das Mädchen machte einen so sympathischen Eindruck. Trotzdem musste er die mögliche Chance nutzen, also stellte er sich naiv.

„Los, steigen Sie ein! Ich bringe Sie zur Naljewa."

„Kriegen Sie dann nicht Schwierigkeiten? Sie sind doch bestimmt dienstlich unterwegs."

„Das lassen Sie mal meine Sorge sein."

Wieder schaute Veruschka auf die Uhr. Ihr blieb keine Wahl. Für gewöhnlich hätte Wladimir die Strecke in höchstens fünf Minuten zurückgelegt, heute aber dauerte es wesentlich länger, er brauchte Zeit zum Nachdenken. Veruschka hockte neben ihm und grübelte ebenfalls. In was hatte sie sich da hineingeritten? Was würde Gregor sagen, wenn er sie in dem Patrouillenjäger erblickte? Nein, das musste unbedingt verhindert werden!

„Genau genommen möchte ich nicht ganz bis zur Naljewa. Könnten Sie mich ein, zwei Straßen vorher absetzen? Das wäre nett."

Beinahe hatte Wladimir so etwas befürchtet. Oder hatte er darauf gehofft?

„Natürlich."

Er flog so niedrig, dass er fast die Spitzen der Bäume, die Schornsteine der Häuser streifte. Aber unter diesen Umständen konnte er den Tiefflug wohl rechtfertigen.

„Werden wir uns wiedersehen?", fragte er das Mädchen, als es die Maschine verließ.

Sie wandte sich um, ihre Augen glänzten. Wie gern hätte sie ja gesagt, ihm ihren Namen, ihre Adresse gegeben, doch das wäre zu gefährlich gewesen. Zu sehr hatte sie sich bereits in diese fatale Sache verstrickt.

„Ich melde mich. Ich notiere mir Ihre Kennummer, es genügt, dass ich weiß, wo Sie beschäftigt sind. Ich bin nicht ganz auf den Kopf gefallen."

Vermutlich nicht, dachte Wladimir und seufzte leise. Schon beim Abheben verständigte er seinen Vorgesetzten und wendete, abermals in Richtung des Newskowskaja. Er war nun beinahe sicher, dass der Gleiter beobachtet wurde.

Veruschka schielte ein letztes Mal vorsichtig zurück. Wladimirs Fahrzeug entfernte sich mit wachsender Geschwindigkeit. Sie atmete auf, der Agent schien keinen Verdacht geschöpft zu haben. Dann hastete das Mädchen die Straße entlang. Sie lag immer noch in der Zeit, und ein zweiter Stein begann, langsam von ihrem Herzen zu rutschen. Gregor verstand in geschäftlichen Dingen keinen Spaß.

Sorgfältig unter Büschen am Rande eines Schutthaufens verborgen und mit einer Grasplatte getarnt, lag der Einstieg zu einer verfallenen Treppe. In einer längst vergangenen Epoche stand hier ein einstöckiges Haus. Dessen Eigentümer oder die Verwaltung hatten sich nicht einmal die Mühe gemacht, es fachgerecht abzureißen, sondern seine Mauern einfach zu einem kleinen inzwischen überwucherten Trümmerberg verfallen lassen, der Keller allerdings existierte immer noch. Veruschka schlüpfte die ausgetretenen Stufen hinab.

Gregor empfing sie nicht eben freundlich.

„Du weißt doch, Zeit ist Geld! Du bist …", er blickte auf seine Armbanduhr aus Platin, „… eine Minute zu spät. Das wird dir natürlich abgezogen."

Veruschka schwieg. Ausreden, Bitten würden von dem Gangster abprallen, ohne die geringste Spur zu hinterlassen. Es war alles ihre eigene Schuld, aber in der verzweifelten finanziellen Situation hatte sie zunächst nur einen Ausweg gesehen. Schon am ersten Abend, als sie zitternd an der Bar des Hotels saß und nach wohlsituierten allein stehenden Gästen Ausschau hielt, war sie Gregor begegnet. Er hatte ihr zwar den anvisierten Abstieg ins horizontale Dienstleistungsgewerbe erspart, dafür geriet sie vom Regen in die Traufe.

Anfangs imponierte dem Mädchen sein weltmännisches Auftreten, und als er herablassend erklärte, niemand gerate ohne eigenes Zutun in Not oder wieder heraus, beeindruckte diese These sie unwillkürlich, obwohl die Zuhörerin eigentlich meinte, in ihrem Fall sprächen die Tatsachen eine andere Sprache. Gregor kannte sich mit Frauen aus, sie einzuwickeln, war nach dem Drogenhandel sein zweites Hobby. Veruschka hatte das zwar bald durchschaut, doch jeder Versuch, sich von dem Mann und der hinter ihm stehenden Organisation zu lösen, schien von vornherein zum Scheitern verurteilt. Wladimir? Ein unsinniger Gedanke, der würde den Teufel tun, sich ein derartiges Problem aufzuhalsen.

„Ohnehin ist es eine lächerlich kleine Sendung. Die Schnüffler werden immer dreister, man traut sich kaum noch hierher. Diese Unsicherheit färbt bereits auf die Lieferanten ab. Auch ihr Risiko wächst bei größeren Mengen unverhältnismäßig. Sie wollen nichts riskieren. Nun, letztlich liegt das sogar in unserem Interesse. Du und deine Kollegen, ihr müsst eben ein bisschen mehr in die Hände spucken! Also ab, dieses Päckchen kommt, wie stets, ins Newskowskaja."

Während der gesamten Startphase hatte Wladimir fieberhaft gearbeitet. So kurz das Mädchen auch neben ihm gesessen hatte, für den Identifikator hatte es gereicht, die wichtigsten biometrischen Daten waren gespeichert. Auf dem Monitor entwickelte sich gleichzeitig eine zwar dünne, aber gut verfolgbare Linie bis zu jenem Keller. Zugleich übertrug das Gerät alle Daten in die Zentrale. Bevor eine Viertelstunde verstrich, seit Veruschka den Gleiter der Sicherheitsbehörde verlassen hatte, war das Grundstück bereits von mehreren Dutzend Beamten hermetisch abgeriegelt. Niemand konnte wissen, mit welcher Anzahl von Gangstern man es zu tun bekommen würde. Natürlich hatte man die Dienstfahrzeuge in sicherer Entfernung geparkt. Der Chef des Einsatzkommandos beobachtete das verwahrloste Grundstück auf dem Bildschirm. Neben ihm stand Wladimir.

„Wenn das hier wirklich klappt, ist es in erster Linie Ihnen zu verdanken."

„Ja", antwortete sein Untergebener. So ganz genau hatte er die Vorgeschichte nicht erzählt, doch bislang war das auch nicht notwendig gewesen, für den Chef standen ganz andere Aspekte im Vordergrund. „Aber ohne Ihre zügige Reaktion hätte ich allein nichts ausrichten können." „Ich hoffe, Sie werden das in Ihrem Bericht auch entsprechend darstellen!", entgegnete sein Vorgesetzter. Hier bot sich ihm die vielleicht letzte Gelegenheit, doch noch die ersehnte Beförderung zu erreichen, obwohl er, gemäß seinem Naturell, einen positiven Ausgang des Unternehmens stark bezweifelte.

Wladimir gab sich einen Ruck, diese günstige Konstellation durfte er nicht verschlafen, zu intensiv wühlte das braunhaarige Mädchen in seinen Eingeweiden. Als Spezialagent war er es gewöhnt, nicht jedem Beliebigen die Wahrheit zu offenbaren, ein gewisses Maß an Verstellung galt als unverzichtbar, wurde von ihm und sämtlichen Kollegen verlangt. Der Chef war zwar nicht jeder Beliebige, ihn hatte Wladimir noch niemals richtig belogen und er wusste recht genau, dass solches Tun ihm schlecht bekommen würde, falls es entdeckt wurde. Andererseits gab es immer ein erstes Mal. Zugleich verspürte er heftiger als je zuvor eine unbändige Lust am Improvisieren und Fabulieren.

„Ich habe eine kleine Eigenmächtigkeit begangen", sagte er mit halbwegs zerknirschter Miene.

Sein Vorgesetzter schaute ihn überrascht und fragend an.

„Ich habe auf eigene Faust eine Agentin angeworben und in den Drogenring eingeschleust. Es war eine etwas riskante Operation, ich wollte Sie nicht zu früh damit belasten. Bei einem Fehlschlag wäre mir so die alleinige Verantwortung zugefallen. Die Frau hat eine Belohnung verdient, ohne sie hätte ich nie von dem Versteck erfahren."

„Und wo ist Ihr Undercover im Moment?"

Wladimir atmete kurz auf. Der Chef hatte die Kröte geschluckt, ihm geglaubt, das Mädchen zumindest indirekt als Mitarbeiterin anerkannt. Aber das war nur die erste Hälfte, noch befand Veruschka sich nicht am sicheren Ufer, noch konnte der Rettungsversuch scheitern.

„Ich fürchte, bei den Ganoven."

„Also auf dem Trümmergelände?"

„Vermutlich ja. Leider. Es war unmöglich, sie rechtzeitig abzuziehen. Eine derartige Maßnahme hätte alles verdorben."

„Und das teilen Sie mir erst jetzt mit? Sind Sie wahnsinnig? Wie soll ich Ihre neue Mitarbeiterin denn unter solchen Umständen beschützen?"

„Ich hoffe, dass es nicht zu einem Schusswechsel kommt. Die Gangster werden das Versteck ruhig verlassen, sie ahnen ja nichts von unserer Anwesenheit. Dann können wir selektiv zuschlagen."

Selektiv zuschlagen. Wie gebildet dieser Wladimir sich auf einmal ausdrückte. Immerhin hatte er sich wohl tatsächlich große Verdienste erworben.

„Ich will sehen, was sich tun lässt. Versprechen kann ich gar nichts." Trotzdem ordnete er umgehend eine Ringschaltung an und erteilte den Einsatzkräften entsprechende Befehle.

Als Veruschka das Versteck verließ, stand, wie aus dem Boden gewachsen, Wladimir vor ihr, während seine Kollegen an den beiden vorbei auf das Gelände stürmten.

„Sie? Was soll das bedeuten? Bin ich verhaftet?"

Hastig klärte der Polizeibeamte das Mädchen auf. Zu seiner großen Freude und Erleichterung stellte er fest, dass sie wahrhaftig nicht auf den Kopf gefallen war.

„Du hast alles verstanden? Und weißt, was du aussagen musst?"

Statt einer Antwort fiel Veruschka ihm um den Hals.

Das Aquarium

Gregorij Mulleroff erwachte von einem lauten Schrei. Ludmilla saß neben ihm senkrecht im Bett und deutete mit schreckgeweiteten Augen geradeaus. Ihr Mann hatte lange Jahre in einer Spezialeinheit zur Terroristenbekämpfung unter anderem im nördlichen Kaukasus und in Afghanistan gedient und war es seitdem gewohnt, beim leisesten Geräusch sofort handlungsfähig zu sein.

„Was ist?", fragte er, den Revolver bereits in der Hand.

„Dort!", sagte seine Frau.

„Ich sehe nichts."

„Aber eben war es noch da!" Etwas wie Verzweiflung zitterte in ihrer Stimme.

„Vielleicht hast du nur schlecht geträumt?", wollte er sie beruhigen. Doch vergebens.

„Nein, nein!", beharrte sie. „Ich war gerade beim Überlegen, was wir heute unternehmen sollen, in dem Moment erschien er plötzlich."

„Wer denn?"

„Ein riesiger Fisch. Er glotzte mich an, als wenn er mich mit seinen Blicken durchbohren wollte, und er hatte grässlich spitze Zähne."

Warum zieht sie auch den Vorhang nicht zu, dachte Gregorij. Am liebsten schlief Ludmilla bei weit geöffneten Fenstern. Das wäre allerdings hier, in dem Luxushotel auf dem Meeresboden vor der Küste Dubais absolut tödlich gewesen. Außerdem hätte die Versicherung keinen Cent bezahlt, bei aller Liebe dachte Gregorij auch praktisch.

„Fische sind im Wasser nichts Ungewöhnliches."

„Dieser schon. Er hatte es irgendwie gerade auf mich abgesehen."

„Das bildest du dir bestimmt bloß ein. Und selbst wenn, weißt du, welch ungeheuren Druck die Scheiben aushalten müssen? Wie sollte ein Fisch, selbst ein Hai mit dem schärfsten Gebiss, wohl dagegen etwas ausrichten können?"

Ludmilla schaute ihn zweifelnd an. Halbwegs hatte ihr Mann sie ja getröstet, aber noch nicht so ganz. Sie kannte ihn jetzt zwölf Jahre und schätzte seinen Charakter. Gregorij war mutig und entschlossen, hatte gelernt, Situationen richtig zu beurteilen, sogar seine Fantasie, eingebunden in das System lebenserhaltender Eigenschaften, funktionierte nicht schlecht, aber irgendeine Antenne, bei sich nannte sie diese „typisch weiblich", fehlte ihm eben.

„Er sah eher aus wie ein Walfisch", murmelte sie kläglich.

Beim Frühstück, kurz nach Mitternacht, erörterten sie den Tagesplan.

„Ich möchte nicht schwimmen", sagte Ludmilla.

„Trotz des schönen Wetters? Der Hitze? Du bist doch sonst so eine Wassernärrin." Der glotzende Fisch war längst in Gregorijs Unterbewusstsein versunken.

„Heute habe ich eben keine Lust. Und was nützt uns ein wolkenloser Himmel? Spätestens in zwei Stunden gibt es Sonnenalarm."

Sie ließen sich vom Hotelboot die paar hundert Meter übersetzen und nahmen im Hafen des dörflichen Vororts ein Lufttaxi zum Stadtzentrum. Die Sterne leuchteten um die Wette, als gelte es, einen Pokal zu gewinnen. Die Luft stand förmlich, jede sonst manchmal um diese Zeit ein wenig kühlende Brise vom Meer war eingeschlafen. Unter solchen Umständen vermied man tunlichst jede überflüssige Anstrengung. Der Chauffeur, ein indischer Gastarbeiter, sang ein altes Volkslied.

„Dem Gamal Abd El-Nasser
gebrach es oft an Wasser.
Er baute einen großen Damm
und sammelte des Niles Schlamm.

Und als er ihn gesammelt hat,
da wurden die Ägypter satt,
die Nubier aber gingen ein,
das Heil kann nie für jeden sein."

So albern der Text auch war und so paradox er sich aus dem Mund eines Hindus anhörte, so simpel und trotzdem einschmeichelnd klang die Melodie.

Während seiner Berufstätigkeit hatte Gregorij teils freiwillig, teils gezwungen neben anderen Sprachen auch Arabisch gelernt. Hier war das wieder einmal von Nutzen, aber er ließ sich seine Kenntnisse möglichst nicht anmerken. Es war immer gut, mehr zu verstehen, mehr zu wissen, mehr zu können, als der Feind einem zutraute. Und bis zum Beweis des Gegenteils war jeder Fremde für Gregorij ein potenzieller Feind.

Auf dem Basar herrschte eine Unruhe, die das übliche Maß merklich überstieg. Hinter vorgehaltenen Händen machte ein unglaublicher Bericht die Runde. Zunächst hörte Gregorij nur halb hin, aber bei dem Wort „Fisch" horchte er auf. Und was da erzählt wurde, gewiss aufgebauscht von orientalischer Lust am Fabulieren, verschlug ihm dann doch zunächst die Sprache. Von einer Verschwörung der Meeresbewohner war die Rede.

„Gerade haben sie Ibrahim, seine Frau und zwei der Kinder in ihre Gewalt gebracht!"

„Den Fischer Ibrahim aus der Said-Gasse?"

„Genau den."

„Mein Gott." Der Sprecher war offenbar Christ. „Sind sie ertrunken?"

„Man hat keine Leichen gefunden. Dabei ist es im flachen Wasser passiert, ein größerer Junge kann da noch stehen. Die Küstenwache glaubt an eine Entführung, eine Art Geiselnahme, wenn nicht Schlimmeres."

Gregorij fühlte sich irritiert. Hatte er Ludmilla Unrecht getan, steckte hinter ihrem Erlebnis doch mehr Substanz, als er für möglich gehalten hatte? Kurz wog er den möglichen Wert weiterer Information gegen das antrainierte Prinzip zurückhaltender Vorsicht ab, dann schaltete er sich in das Gespräch ein.

„Gibt es denn irgendeinen Hinweis? Ein Bekennerschreiben?" Der Einheimische musterte ihn belustigt. „Ich habe ja keine Ahnung, wo Sie herkommen, vielleicht können in Ihrer Heimat die Fische bereits Briefe verfassen oder E-Mails absenden. Ganz so weit ist es bei uns, trotz des rasanten Fortschritts, zum Glück noch nicht."

„Aber eine Verschwörung anzetteln, das können sie?"

„Sicher doch."

Gregorij beschloss, gegenüber Ludmilla, die inzwischen fasziniert Goldschmuck betrachtete, nichts von seiner Unterhaltung zu verraten. Da sie fast kein Wort der Landessprache verstand, konnte es dauern, bis sie von den Erzählungen der Bewohner des Emirates erfuhr, wenn sie überhaupt jemals davon hörte, in vier Tagen war der Urlaub vorüber. Das wurde auch Zeit, sein Gehalt war nicht schlecht, aber es entsprach keineswegs den üppigen Preisen dieser Nobelherberge. Nun, was tat man nicht alles anlässlich des zehnjährigen Ehejubiläums ...

Von den Minaretts erschollen die erste Rufe der Muezzine. Und wie auf ein vereinbartes Signal hin, setzte das Geheul der Sirenen ein. Gregorij zählte die an- und abschwellenden Sequenzen.

„Ozonalarm!", sagte er. Der kam auch jeden Morgen früher; die Vorbotin der Sonne, Eos hieß das rötliche Geschöpf bei den alten Griechen, Ankünderin des Tagesgestirns, ließ ja kaum die ersten farbigen Strähnen ihres Schopfes erahnen.

„Was bedeuten die Töne aktuell?"

„Vorwarnung dritten Grades." Auch die Dringlichkeitsstufe der Alarmierung stieg fast von Mal zu Mal, doch damit wollte er seine Frau nicht zusätzlich erschrecken. „Der Sonnenaufgang steht in Kürze bevor, das hat ja die Aufforderung zum

Frühgebet bereits angekündigt." Mit einem kleinen Unterschied, dachte er, die Geistlichen fordern zur Andacht auf, zum Niederknien, zum Verweilen, die Behörden dagegen zur Räumung der Straßen und Plätze. „Binnen zehn Minuten müssen wir von hier verschwunden sein!"

„Und wenn nicht?"

„Zunächst verlieren wir jeglichen Schutz der Krankenkasse. Zweitens riskieren wir Ausweisung oder Haft."

„Schade!", sagte Ludmilla. „Sind die Strahlen denn wirklich so gefährlich?"

„Wahrscheinlich wesentlich gefährlicher als normale Meeresbewohner, den Hai deiner Träume eingeschlossen. Sofern man nicht an die Innereien dieses komischen japanischen Kugelfisches gerät."

Am Abend wälzte Ludmilla sich lange von einer Seite auf die andere. Die als Hilfsmittel gedachten Cocktails waren vielleicht einer zu viel oder einer zu wenig gewesen, um den erfrischenden Schlaf herbeizuführen. Auch dass Gregorij heute, wider seine Gewohnheit, die Rollläden heruntergelassen hatte, diente nicht spürbar der ersehnten Entspannung. Im Gegenteil, dieser Sichtschutz verstärkte noch die Ungewissheit. Ständig grübelte Ludmilla, was sich wohl draußen, jenseits der Außenwände des Zimmers abspielen mochte. Erst spät versank sie in einen kargen, mit Alpträumen gespickten Schlummer.

Diesmal verpassten sie das letzte Boot zur Stadt. Natürlich wurde nach dem Alarm jeglicher Verkehr eingestellt, man durfte dem Unheil keinen Vorschub leisten, dafür waren die Touristen zu kostbar.

Als Gregorij nach dem Rasieren unbedacht die Jalousien öffnete, die Stores beiseite schob, erschrak er. Ein riesiger Fisch, gegen den der legendäre Weiße Hai ein Waisenknabe war, starrte ihn an, schob die Oberlippe empor und zog die Unterlippe herab. Wahrhaft satanisches Grinsen erfüllte sein Maul, Vorfreude auf ein exzellentes Mahl.

„Haben Sie ihn gesehen?", flüsterte der Kellner, der den Kaffee, den Tee und die Schokolade servierte, ein Hauch nostalgischer Betreuung gehörte zum Image des Hotels. „Er wird täglich dreister. Wir dürfen eigentlich nicht darüber reden, aber Gästen, die so gute Trinkgelder geben, mag ich nichts vormachen. Sein Gewicht nimmt ständig zu. Ich wette, es ist nur eine Frage weniger Tage, bis er die Scheiben durchbricht. Und dann gnade uns Allah!" Der Kellner gehörte offenkundig der Mehrheitsreligion des Islam an.

Ludmilla weilte gerade auf der Toilette, sonst hätte Gregorij den Redeschwall des dienstbaren Geistes wohl sofort gestoppt. So nutzte er die Abwesenheit seiner Frau zu einigen hastigen Erkundigungen.

„Halten Sie den Fisch echt für gefährlich? Ist er ein Einzelgänger oder Glied einer Gruppe? Einer kriminellen Vereinigung? Handelt er auf eigene Faust oder als Agent einer fremden Macht? Was unternimmt die Regierung in dieser Angelegenheit?"

Die Auskünfte des Kellners bewegten sich im Niemandsland. Über manche Einzelheiten hatte er noch nie nachgedacht, über andere mochte oder durfte er nicht reden.

Nach dem Frühstück inspizierte Gregorij das Fenster genauer. Es bestand aus dickem Panzerglas, schließlich musste es dem Druck etlicher Tonnen Wasser widerstehen. Dabei fiel den geschulten Augen des ehemaligen Spezialisten der Terrorabwehr zweierlei auf. Zunächst wirkten die Scheiben ungeputzt. Zwar wuschen die Wellen unablässig, aber das war nicht dasselbe wie eine Reinigung von Menschenhand. Am ersten Tag ihres Aufenthaltes hatten Ludmilla und er den Tauchern zugeschaut, die mit Schrubbern, Bürsten und Sprühdosen draußen hantierten, auf und ab glitten, gleich emsig spielenden Seepferdchen.

„Natürlich erfolgt diese Säuberung jeden Tag!", hatte das Zimmermädchen stolz versichert. „Das Personal kann Sie jedoch nicht beobachten, von außen ist das Glas undurchsichtig." Beide Behauptungen bezweifelte Gregorij jetzt. Einmal hätte er das Reinigungspersonal vermutlich abermals bemerkt, oft genug zwang der Ozonalarm die Gäste ja, im Hotel zu bleiben, und das Gebäude besaß Hunderte von Räumen, Sälen und Suiten. Vor allem aber war er sicher, dass der Fisch seine potenziellen Opfer durch die Scheibe mustern und sogar auswählen konnte, wie Menschen Karpfen, Forellen oder anderes Seegetier vor der Bestellung im Aquarium sondierten. Sodann untersuchte er das Panzerglas gründlicher als bisher. Er schob sein Gesicht nahe heran, trat wieder etwas zurück, wechselte den Winkel und dann entdeckte er ihn. Der Riss, nein, vorerst trafen die Worte „Linie" oder „Strich" besser, umschloss ein Quadrat oben rechts, etwa fünfzig mal fünfzig Zentimeter. Es sah aus, als habe ein Einbrecher mit einem Diamantschneider das Stück präpariert, um es bei günstiger Gelegenheit eindrücken zu können. Jetzt empfand Gregorij Bestürzung. Er versuchte, sich den unheimlichen Meeresbewohner möglichst exakt vorzustellen, und je präziser ihm das gelang, desto gewisser wurde ihm: Der Kopf des Riesenfisches würde genau in das umrissene Feld passen. Und war erst der Kopf nebst einem gewaltigen Wasserschwall im Inneren der Anlage, würde der Eindringling schon Mittel und Wege finden, den Körper nachzuziehen.

Gregorij ließ den Geschäftsführer rufen. Der erschien umgehend, hörte sich den Bericht des Gastes an, ohne aber eine Miene zu verziehen, und nahm endlich das Glas intensiv in Augenschein.

„Ich vermag nichts zu erkennen, mein Herr. Natürlich zweifle ich nicht an Ihrer Aussage, aber glauben Sie mir, die Scheiben sind absolut bruchfest. Nicht einmal mit einer Panzerabwehrwaffe könnte man sie beschädigen. Doch natürlich erhalten Sie sofort ein neues Zimmer, eine Kategorie höher, zum selben Preis, versteht sich. Die Zufriedenheit der Gäste ist unser oberstes Gebot. Bevorzugen Sie eine bestimmte Seite? Eine Himmelsrichtung? Vielleicht aus Gründen der Astrologie?" Beinahe hätte er angefügt: Manche Leute haben eine Allergie gegen Fische, zum Beispiel, weil sie Steinböcke sind. Der Geschäftsführer war von Natur aus ein Scherzkeks, aber er hatte diese nicht immer freudig akzeptierte Seite seines Wesens unter Kontrolle.

Ludmilla bekam den Zwischenfall nicht mit. Sie war in einen der Spielsalons gegangen, um sich ein bisschen zu zerstreuen. Erstaunt sah sie, dass Gepäckträger gemeinsam mit Gregorij ihre Habe fortschleppten.

„Willst du schon abreisen?"

„Am liebsten ja."

„Und warum?"

Gregorij wollte seine Frau mit den neuesten Wahrnehmungen nicht noch mehr beunruhigen.

„Gefällt es dir hier so gut?"

„Offen gestanden, nein. Das Untier, der ewige Alarm, das Eingesperrtsein auf dem Meeresgrund. Ich hatte mir den Urlaub entspannender vorgestellt."

„Dann verlassen wir morgen das Hotel. Ich regele das schon."

Als Ludmilla am nächsten Tag die Jalousien öffnete, zuckte sie zurück. Auch durch die Scheibe des neuen Zimmers glotzte der Riesenfisch. Er schien über Nacht noch zugenommen zu haben, so gewaltig wirkte er heute. Oder war es ein anderer? Auch das wäre möglich, im Hintergrund erblickte sie zwei sich bewegende Schatten, die verdammt so aussahen, als gehörten sie zu weiteren Exemplaren dieser Gattung.

„Lass uns fahren!", sagte Gregorij.

Sie packten die Koffer, verzichteten auf das Frühstück, die Rechnung war bereits beglichen. „Ein Boot, bitte!"

Der Portier machte ein ernstes Gesicht. „Ich weiß nicht, ob das eine gute Idee ist ..."

„Wie meinen Sie das?"

Zunächst wollte der Mann nicht mit der Sprache heraus, doch er begriff, dass ihm keine Wahl blieb. „Das Hotel ist umzingelt!", sagte er. „Es müssen mindestens fünfzig Stück sein. Das erste Wassertaxi haben sie bereits verschluckt, mit allen Insassen. Sie springen sehr hoch."

„Und Hubschrauber?"

„Unmöglich. So oder so müsste man durch das Meer. Die Wassertiefe über dem Dach beträgt im Durchschnitt zehn Meter. Das schafft niemand."

„Dann verständigen Sie die Behörden! Feuerwehr, Marine, irgendwer wird diesem Spuk doch wohl ein Ende bereiten können!"

„Die Verbindung zum Land ist unterbrochen. Um Mitternacht hat mein Kollege einen Notruf aufgefangen. Etwa tausend Löwen oder Tiger haben die Stadt überfallen, sogar feige Hyänen waren unter der Meute. Denen macht die mörderische Strahlung aus dem Weltall Mut. Unser Emir ist tot, der gesamte Kronrat ebenfalls. Die Reste der Armee sollen in alle Winde verstreut sein, gejagt von den blutrünstigen Bestien."

Schweigend ging Gregorij zurück in sein Zimmer und starrte durch das Fenster, mitten hinein in ein Dutzend gieriger und hämisches Fischvisagen. Der feine quadratische Riss oben in der Scheibe, links diesmal, kümmerte ihn kaum noch. Nur um Ludmilla tat es ihm Leid. Seine Frau blickte ihn fragend an und er legte schweigend den Arm um ihre Schulter.

Happy-Mac

Zum achten Geburtstag seiner Tochter Myriam hatte Walter Gabler sich eine besondere Überraschung ausgedacht. Schon seit mehreren Jahren legte er Dollar um Dollar zurück und nun war es so weit. Vor zwei Stunden war die vierköpfige Familie auf dem Planeten „Happy-Mac" gelandet. Früher hatte der Stern eine längst vergessene, wissenschaftlich nüchterne Bezeichnung getragen, aber seit jenes führende Wirtschaftsunternehmen dessen kommerzielle Entwicklung mit Milliardenbeträgen maßgeblich förderte, war er von der Zentralbehörde gemäß dem nachdrücklich geäußerten Wunsch des Sponsors umgetauft worden. Die einzige Attraktion von „Happy-Mac" bildete mittlerweile ein riesiger Märchenpark, welcher die gesamte Fläche des Planeten einnahm, abgesehen von dem kleinen Areal der Raumschiffstation, aber natürlich war auch dieses über und über mit Motiven beliebter Märchen bedeckt, zwischen denen dezent diverse Werbespots hervorleuchteten.
Neben den saftigen Eintrittspreisen, einer hohen Beteiligung an den Erlösen der Flugtickets sowie diversen Bestechungsgeldern seitens interessierter Investoren stellte die Vermietung von Reklameflächen und deren einprägsame Übertragung im Fernsehen eine wesentliche Einnahmequelle der Happy-Mac-AG, Division Interstel dar. Der Planet finanzierte sich nicht nur selbst, er warf darüber hinaus auch stattliche Dividenden ab.
Erheblichen Anteil am rasanten Erfolg des Projekts durften sich jene fantasievollen Architekten zurechnen, die den Stern, dessen Untertitel „Kinderplanet" lautete, ebenso spektakulär wie radikal ausschließlich nach Märchenmotiven hergerichtet hatten. Dabei, es handelte sich schließlich nicht um orientalische Architekten, überwogen die Vorlagen der Brüder

Grimm, doch auch andere Sammlungen und bekannte Einzelgeschichten waren desto häufiger vertreten, je heftiger das Unternehmen expandierte.

Binnen weniger Minuten brachten Schnellbahnen, verkleidet als Postkutschen, die Ankömmlinge zur ersten Station der Rundtour.

„Jetzt folgt ein kurzer Spaziergang, unsere großen und kleinen Gäste wollen ja gewiss diese zauberhafte Welt aus nächster Nähe genießen. Und es wird nicht anstrengend, das verspreche ich." Die Fremdenführerin, als eine der guten Feen aus Dornröschen kostümiert, strahlte eitel Wohlwollen aus. Neugierig und bestens gelaunt machte sich die Besucherschar auf den Weg.

„Seht ihr, Kinder, dort kommt Rotkäppchen!"

Eigentlich wollten Walter Gabler und seine Frau Meredith sich mit ihren Sprösslingen ein wenig von der Gruppe entfernen. Die Leiterin hatte zwar gemahnt, das nicht zu tun, aber man lebte schließlich in einer Gesellschaft mündiger Bürger. Überdies mussten aufgeklärte Menschen nicht alles glauben, was an Gerüchten im Umlauf war. So sollten etwa im Schneewittchen-Gehege solvente Besucher im Auftrag der Erben stilgerecht mit Äpfeln vergiftet und unverfängliche Totenscheine ausgestellt werden. Man munkelte sogar, im Hänsel-und-Gretel-Wald triebe sich ein perverser Kinderschänder herum, der seine Opfer briet und die Schuld per fingierter Bekennerschreiben den E-Werken als den Betreibern des Hexenofens zuschob. Die meisten Leute hielten solche Horrorgeschichten für böswillige Verleumdungen, hinter denen irgendeine neidische Konkurrenzfirma steckte. Allenfalls stimmte nachdenklich, dass just diese Abteilungen derzeit nicht im Besuchsprogramm standen, obwohl beide Märchen überaus populär waren.

„Passt schön auf, gleich wird der böse Wolf erscheinen! Aber habt keine Angst, er ist total harmlos", sagte die Begleitperson.

Rotkäppchen näherte sich langsam. Am Arm trug sie das bekannte Körbchen mit den Stärkungsmitteln für die Großmutter, aber abweichend vom Original hingen am Flechtwerk mit leuchtenden Buchstaben beschriftete Zettel.

„Meiers HiFi-Food hilft der Oma auf die Beine", lautete ein Text und ein anderer: „Schluck den Anti-Aging-Wein, und du wirst fit wie deine Enkelin sein!" Der dritte, altmodischer, geradezu hausbacken: „Wuffi-Brot vertreibt den Tod!"

„Ihr dürft das Mädchen keinesfalls ansprechen. Das hätte einen sofortigen Platzverweis mit mindestens fünfjähriger Planetensperre zur Folge."

„Warum?", wollte der zehnjährige Roony wissen.

„Weil es den Ablauf durcheinander bringen könnte. Rotkäppchen würde vielleicht irritiert stehen bleiben und jede Minute ist doch genau berechnet. Stell dir vor, der Jäger betritt das Haus vor dem Wolf. Was dann?"

„Da würde sich die Großmutter aber freuen", meinte seine Schwester Myriam.

Diese Bemerkung trug ihr ein Kopfschütteln der Mutter und einen stolzen Blick des Vaters ein. Die Führerin tat, als habe sie die Antwort nicht gehört.

In diesem Moment sprang ein riesiger Frosch aus dem Gebüsch. Auf seinem grünen Kopf prangte eine golden leuchtende Krone. Vor Schreck ließ Rotkäppchen den Korb fallen. Es klirrte und eine dunkle Flüssigkeit sickerte aus der zerbrochenen Flasche in den mit Tannennadeln übersäten Erdboden.

„Der Froschkönig!", schrie Roony. „Geil!"

„Aber der gehört doch gar nicht hierher!", sagte Myriam empört. Sie hatte einen ausgeprägten Ordnungssinn.

In der Ferne heulte eine Sirene.

Der Frosch verschwand mit einem Satz zurück im Unterholz. Von der anderen Seite erschienen sieben Männer mit einem Spieß.

„Grüß Gottle", sprach ihr Anführer Rotkäppchen an. Aber diesmal reagierte das Mädchen nicht. Einmal konnte man ihr Programm überrumpeln, ein zweites Mal kaum.

Gablers hatten sich tatsächlich ein wenig von den Gefährten abgesetzt. Trotz der allmählich wachsenden Distanz, nahmen sie deren Geräusche immer noch wahr, insbesondere die Äußerungen der in ihrer Nähe agierenden Märchenfiguren. Die zur besseren Verständlichkeit auch seitens größerer Besuchermengen eingebauten Mikrofone lärmten laut genug.

„Offenbar die Sieben Schwaben", erklärte der Vater. Den Kindern war diese Geschichte unbekannt.

Die Sirene heulte unablässig. Ihr Ton schien schriller geworden zu sein.

„Was mag das bedeuten?", fragte die Mutter besorgt.

„Ich weiß es auch nicht, aber irgendetwas muss passiert sein. Wir sollten zur Station gehen."

Die Kinder murrten. Zu gern hätten sie das Gesicht der alten Frau gesehen, wenn der erwartete Wein ausblieb.

Auf dem Rückweg begegnete Gablers ein Junge, der einen Stein schleppte.

„Hans im Glück!", rief Myriam.

„Du spinnst!", entgegnete ihr Bruder, der gern mit seinen Schulkenntnissen glänzte. „Das ist bestimmt David. Er will Goliath erschießen."

„Wo hat er denn das Gewehr?", wollte Myriam wissen. „Und wie passt der Stein in den Lauf?"

„Du bist vielleicht dumm! Er benutzt doch eine Schleuder."

„Dann will er also seinen Feind nicht erschießen, sondern erschleudern."

Ein heftiger Streit entspann sich, den Walter Gabler mit einem Machtwort beendete.

Am Horizont stieg Dunst auf.

„Nebel?", fragte Meredith. Ihr Mann antwortete nicht.

„Die Lebkuchenhexe brennt", mutmaßte Myriam, deren Augen noch schärfer waren als die der Eltern. „Hänsel und Gretel haben sie in den Backofen geschubst."

„Oder der Scheiterhaufen mit Schneewittchens Stiefmutter", erwiderte Roony.

Irgendwie ergänzten sich die Geschwister. Was Ordnung dem Mädchen bedeutete, war dem Jungen Gerechtigkeit. Dass Mörderinnen brannten, befriedigte ihn zutiefst. Der Vater presste seine Lippen zusammen. Die Sache gefiel ihm immer weniger. Der Dunst verdichtete sich zu Rauch, und sein Ursprung befand sich anscheinend genau dort, wo jenseits jener Station, an welcher sie die Postkutsche verlassen hatten, der Bahnhof für die Raumfähren lag. Märchenpark war Märchenpark und Astrostation war Astrostation, dort hatte es nicht zu brennen. Aber just danach sah es aus und das verhieß absolut nichts Gutes.

Von links nahte eine Kolonne von Zwergen mit Wassereimern.

„Fundevogels Köchin hat nun doch den Teich ausgetrunken. Dies ist der Rest", jammerte der Anführer.

„Dann war das wohl ihre Aufgabe?", sagte Frau Gabler, die sich an das Märchen nicht so recht erinnerte. „Man darf niemanden tadeln, weil er seine Aufgabe erfüllt."

Wenn die Direktion nicht genügend Gewässer angelegt hatte, lag die Schuld offensichtlich bei den Betreibern des Parks und keineswegs bei einer einfachen Köchin, dachte ihr Mann. Es war das alte Lied, immer wurden kleinen, wehrlosen Randfiguren solche Fehler angelastet. Dass Lohengrin, der Fischer und seine Frau, das „Kalte Herz" mit den Flößern und andere Seen oder Ströme erfordernde Geschichten keinen Raum im Märchenpark gefunden hatten, rechtfertigte einen derart kurzsichtigen Wassermangel keineswegs.

Inzwischen hatte das Ehepaar Gabler seine Schritte so beschleunigt, dass die Kinder kaum zu folgen vermochten. Immer noch ließ sich niemand sonst von der Reisegruppe blicken. Dafür schlugen jetzt rote Flammen durch die schwärzer werdende Wolke.

Aus dem Qualm stolperte ihnen ein Ranger entgegen, den silbernen Litzen zufolge sogar ein Oberranger, schreckensbleich. „Was machen Sie denn noch hier? Haben Sie die Sirenen nicht gehört? Wo ist denn Ihre Führerin?"

„Wir wollen zurück zum Schiff", sagte Walter Gabler.

„Das können Sie nicht. Seien Sie froh, dass Sie nicht schneller waren, sonst lebten Sie nicht mehr. Die Riesen aus Gullivers Reisen, an sich lächerliche Nebenfiguren, Statisten der niedrigsten Kategorie, sind außer Rand und Band. Sie haben das Terminal überfallen und angezündet. Beide Raumfähren sind zerstört, der Kontakt zur Zentrale ist unterbrochen. Aber das kommt davon, wenn man jeden dahergelaufenen Burschen in das Programm aufnimmt. Ich habe dem Gesindel nie über den Weg getraut."

„Was sollen wir denn jetzt tun?", fragte Frau Gabler.

„Ich kann Ihnen nur raten, umzukehren und sich zu verbergen, bis die Gefahr vorüber ist. Irgendwann werden bestimmt Hilfstruppen landen und den Riesen den Garaus machen."

„Wo können wir denn Zuflucht finden?"

„Da ist guter Rat teuer. Wir wissen nicht, welche Distrikte bereits von der Rebellion infiziert sind und ob Schlösser oder abgelegene Hütten besseren Schutz bieten. Zwar hat des Teufels Großmutter sich hin und wieder kooperativ gezeigt, aber vier Personen zu verstecken, dürfte selbst ihr Potenzial übersteigen."

„Wie würden Sie sich an unserer Stelle verhalten? Wohin würden Sie sich wenden?"

„Entweder zu Aschenputtels Schloss, knapp einen Kilometer in dieser Richtung." Er wies nach links. „Oder zum Haus des Jägers, der Schneewittchen entwischen ließ." Diesmal deutete er nach rechts. „Allerdings müssten Sie dann mehr als drei Meilen laufen. Die Piste dorthin ist schmal, halb verwachsen und der Weg schlecht ausgeschildert. Die wenigsten Gäste interessieren sich für solche Spezialitäten. Heute mag das freilich von Vorteil sein."

„Liegt das Reich Schneewittchens nicht im Sperrbezirk?", fragte Frau Gabler.

„Wer hat Ihnen denn den Bären aufgebunden?" Der Ranger rechnete offenbar nicht mit einer Antwort, denn er entfernte sich bereits. Immer noch war außer ihm kein menschliches Wesen zu erblicken. Bereits fast außer Rufweite, drehte er den Kopf noch einmal um und kam sogar zwei, drei Schritte zurück.

„Wohin Sie auch gehen, beachten Sie stets eine Grundregel: Sie dürfen keinesfalls versuchen, Kontakt zu den Bewohnern des Parks aufzunehmen! Denn falls Ihnen das wider Erwarten gelänge, oh je, oh je …"

Bevor Walter Gabler ihn über den genauen Sinn dieser rätselhaften Warnung befragen konnte, war der Parkwächter endgültig verschwunden.

„Siebenmeilenstiefel!", sagte Roony beeindruckt.

„Also, vorwärts zum Jäger!", entschied sein Vater. „Ich halte das für sicherer. Der Mann ist bewaffnet und hat ein gutes Herz."

Über verschlungene Pfade, kaum noch wahrnehmbar zwischen Brombeerranken, Farn und Efeu, gelangten die vier nach einer Frist, die ihnen schier endlos schien, an ein einfaches einstöckiges Holzhaus mit einem Geweih über der Tür.

„Das muss es sein!", sagte Frau Gabler aufatmend. „Es ist auch höchste Zeit, lange hätten die Kinder es nicht mehr ausgehalten."

„Ich habe Hunger!", quengelte Roony.

„Und ich habe Durst!", ergänzte seine Schwester.

„Sollen wir anklopfen?", fragte die Mutter.

„Wozu könnte das gut sein? Der Mann hört uns doch nicht. Unsere Welt ist real, seine nicht."

„Bist du dir da so gewiss?"

Sie teilte also seine inneren Zweifel. „Lass uns einfach hineingehen!", sagte er trotzdem kurz entschlossen.

Die Klinke ließ sich widerstandslos niederdrücken. Die Tür schwang nach innen, als habe sie nur auf die Fremden gewartet. In der Stube saß der Jäger und hantierte mit seiner Flinte. Erwartungsgemäß schaute er nicht auf, nahm keine Notiz von den Eintretenden, registrierte sie offenbar gar nicht.

„Aber dass wir die Pforte bewegt haben, hätte er doch merken müssen?", meinte Roony. „Ich habe sogar einen Windhauch gespürt."

„Wer weiß", antwortete der Vater. „Ich kenne seine Software nicht. Wahrscheinlich ist er für Besucher wie uns nicht programmiert. Schneewittchen, allenfalls die Stiefmutter, sonst reagiert er auf niemanden. Höchstens auf Techniker."

„Und auf den Zustand seines Gewehres", ergänzte Myriam etwas vorlaut.

Aber da war noch etwas anderes. Auf dem blank gescheuerten Tisch lagen zwei Fleischstücke.

„Wow!", sagte Roony beinahe andächtig. „Lunge und Leber." Er kannte das Märchen noch recht gut.

„Igittigitt!", stöhnte seine Schwester.

Sie musste unbewusst eine wirksame Formel verwendet, einen Code benutzt haben, denn der Jäger legte die Flinte beiseite und schaute die unerwartete Besucherin an.

„Hallo, wen haben wir denn da?", rief er mit volltönender, nur ein wenig heiserer Stimme. „Schneewittchen bist du nicht, aber andere Mädchen haben sich bislang nie hierher verirrt. Bist du allein?"

Myriam zauderte. Der Hausherr schien weder die Eltern noch den Bruder zu bemerken. Sollte sie deren Anwesenheit verraten? Sie selbst sah die drei nur noch undeutlich, wie durch einen Licht absorbierenden Filter. Das machte ihr Angst.

„Mama!", rief sie. Erst leise, dann lauter, doch die Mutter antwortete nicht, sondern blickte wie suchend in der Stube umher. Jetzt geriet Myriam in Panik. Ihr kam der Gedanke, sie könnte womöglich auf ewig in diese unwirkliche Welt verbannt worden sein. Nein, auf Dauer getrennt von ihrer Familie, allein mit dem fremden Mann, der überdies kein echter Mensch war, das würde sie nicht aushalten. Was sollte da aus ihr werden?

„Ich bin nicht allein!", sagte sie kurz entschlossen. „Sehen Sie meine Angehörigen nicht, Herr Jäger?"

„Nein", antwortete dieser langsam, fast schleppend.

„Aber wie kommt das? Dort stehen sie doch!" Sie wies verzweifelt auf die zunehmend verschwimmenden Schemen, für sie selbst kaum mehr erkennbar. „Was kann ich bloß tun, damit Sie die drei wahrnehmen?"

„Wo sind sie genau? Du musst sie nacheinander bei der Hand fassen und zu mir führen!"

Natürlich waren die Eltern mindestens ebenso besorgt wie ihre Tochter.

„Sie kann sich doch nicht in Luft aufgelöst haben!", meinte der Vater. Es sollte beruhigend klingen, aber er erzielte eher den entgegengesetzten Erfolg.

„Dann muss sie ins Märchenreich geraten sein", klagte Frau Gabler.

„Unsinn! Überleg doch mal logisch. Gehört der Jäger ins Märchenland?"

„Freilich."

„Und können wir ihn sehen?"

„Hältst du mich für blind?"

„Und was folgt daraus?"

Frau Gabler riss den Mund weit auf und dachte ein paar Sekunden lang angestrengt nach. Endlich hatte sie die Lösung und erschrak. „Dann ist es ja womöglich noch viel schlimmer! Wir können uns sehen und diese Märchenfiguren, nur Myriam nicht. Bedeutet das, sie lebt in keiner der beiden Welten?"

Der Vater wiegte den Kopf. „Kann sein, kann auch nicht sein. Vielleicht lagst du mit deiner ersten Vermutung doch richtig. Für den Fall habe ich da so eine Idee. Wenn Myriam wirklich hinübergewechselt ist, braucht es vielleicht eine Phase der Anpassung. Wir müssen abwarten, etwas anderes bleibt uns nicht übrig."

In diesem Moment fühlte Frau Gabler, wie etwas nach ihren Fingern griff, obwohl der Jäger mindestens vier Meter von ihr entfernt am Tisch saß. Es war eine eiskalte Berührung und was sie spürte, fühlte sich glibberig an wie Froschlaich. „Igittigitt!", kreischte sie.

In derselben Sekunde erblickte sie ihre Tochter gestochen scharf neben sich, während Mann und Sohn zusehends verblassten. Aber wie sah Myriam aus? Bleich, irgendwie leblos, die sonst so frischen, strahlenden Augen lagen tief in den Höhlen.

„Kind, was ist mit dir geschehen?"

„Hast du gehört, was Mutter zuletzt gerufen hat? Eine Sekunde, bevor sie verschwand?" Walter Gabler sah seinen Sohn fragend an.

„Sie schrie Igittigitt."

Als der Vater sah, dass er sich allein in dem Raum befand, ging ihm ein Licht auf. Laut wiederholte er das ominöse Passwort.

Wochen später durchkämmten Suchtrupps den Planeten. Die aufständischen Riesen waren besiegt und abgeschaltet, die Raumstation wieder notdürftig in Betrieb, der Märchenpark allerdings nach wie vor von Amts wegen geschlossen, gewaltige Schilder mit der Aufschrift „Betreten wegen Reparaturarbeiten streng verboten" hingen an den Eingängen der einzelnen Abteilungen, obwohl kein normaler Tourist „Happy-Mac" derzeit erreichen konnte.

Es handelte sich um eine rein vorsorgliche Maßnahme. Konkrete Hinweise lagen den Behörden nicht vor, nur die Verzeichnisse der Passagiere, die sich am fraglichen Tag hier befunden haben mussten. Ranger, Fremdenführer, Mitreisende, welche vielleicht wertvolle Tipps hätten liefern können, waren in großer Zahl den Riesen zum Opfer gefallen, aber schon mit Rücksicht auf die Medien musste man die Schicksale möglichst vieler Vermisster aufklären. Der Schneewittchen-Wald stellte bereits das siebte Objekt an diesem Tag dar und die Gruppe der fünf Fahnder fühlte sich entsprechend erschöpft. Bisher war die Suche erfolglos geblieben. Am späten Nachmittag näherte sich die Sonderkommission 4911 endlich auch dem einsamen Jägerhaus.

„Dort sollen sich Touristen aufhalten?", fragte Hauptinspektor Fresnic mürrisch, nachdem die Brennnesseln sich zum wiederholten Mal tückisch zwischen seine Strümpfe und den Saum der stilgerechten Kniebundhose gedrängt hatten. „Wer solche Pfade betritt, muss ein Masochist oder verrückt sein!"

„Oder verzweifelt", ergänzte Unterinspektorin Larissa Schulz leise. Doch auf sie hätte auch bei größerer Lautstärke ohnehin niemand gehört.

„Zumindest hätten wir einen Gleiter benutzen sollen!", murrte Sergeant Rock.

„Sie wissen doch, was der Commander immer sagt: Wer über das Gelände fliegt, sieht die Fußspuren am Boden nicht."

„Wer wird schon so eine erbärmliche Hütte aufsuchen, wenn er die Wahl zwischen etlichen Schlössern hat?", bemerkte Assistent Torben Torsen.

„Die Wege der Touristen sind unerforschlich", orakelte Larissa Schulz.

„Das Dornröschen-Schloss haben Gullivers Riesen ja abgefackelt. Die trockene Hecke brannte wie Zunder, der zuständige Aufseher hat sie aus Faulheit nicht bewässert", sagte Rock, der sich überall im Klatsch und Tratsch bestens auskannte.

„Das dürfte ihn wohl seine Stellung kosten."

„Schwerlich. Man fand seine Überreste zwischen den verkohlten Stämmen. Ich meine nur, Besucher, die in dieses Schloss geraten wären, hätten kaum eine dümmere Wahl treffen können."

Am Brunnen standen eine Frau und ein junges Mädchen.

„Die sind hier nicht vorgesehen!", sagte Inspektor Li, der über sein Handy laufend die aktuellen Daten abfragte und mit den alten Unterlagen verglich, was ihn bislang daran gehindert hatte, sich an der Unterhaltung seiner Gefährten zu beteiligen. Und ähnelten die Unbekannten nicht Mitgliedern einer vierköpfigen Familie, die als verschollen galt? „Wer also sind Sie? Bitte weisen Sie sich aus."

Die beiden antworteten nicht, inzwischen waren sie zu vollgültigen Bewohnern des Parks mutiert und nicht mehr in der Lage, fremde Besucher wahrzunehmen. Den Mitgliedern der Streife wurde immer mulmiger zu Mute. Larissa Schulz fiel ein gruseliger Science-Fiction-Film ein, in den sie neulich mit ihrem Freund geraten war. Nicht einmal ein glückliches Ende hatte er gehabt. Inspektor Li verzweifelte allmählich ob der verwirrenden Fülle der über ihn hereinbrechenden Daten, während Rock und Torsen ihre Inkompetenz eher genossen. Die alleinige Verantwortung lag eben bei Oberinspektor Fresnic.

„Kommt!", sagte dieser. „Sie reagieren nicht, sie registrieren uns nicht, sie sind keine Menschen, sondern Märchenfiguren. Auch Statistiken und Bestandslisten sind nicht frei von Fehlern. Wenn es sich tatsächlich um Mitglieder der betreffenden Familie handeln sollte, können wir uns nur Schwierigkeiten aufhalsen. Ich höre schon die Anklagen: Nur fünfzig Prozent? Wo steckt denn die übrige Hälfte? Frau und Kind würden uns womöglich schadenersatzpflichtig machen und verklagen."

Den Mann und den Jungen, die gerade hinter dem Haus in dem schattigen Obstgarten, durch eine Buchenhecke vor neugierigen Blicken geschützt, mit dem Jäger Skat spielten, bemerkte die Patrouille nicht.

„Vielleicht sind der Vater und der Bruder ja gerade im Wald?", wandte Larissa ein. „Um Brennholz zu suchen oder Beeren oder Pilze? Bei den Brüdern Grimm steht jedenfalls nichts davon, dass der Jäger eine Frau und eine Tochter hatte, noch dazu eine so junge."

„Vermutlich, weil es für die Geschichte nicht von Bedeutung war. Man wird schon gründlich recherchiert haben. Außerdem erfinden diese modernen Künstler auch gern etwas."

Larissa startete einen letzten Versuch. „Sie wissen, dass man die Trennwand zwischen uns und den Märchenfiguren im Notfall durchbrechen kann? Es gibt da irgendwelche Codes. Ich kenne sie nicht, aber Inspektor Li ist ja wohl eingeweiht."

Li hob abwehrend beide Hände. „Diese Möglichkeit existiert zwar, aber, wie Sie sehr richtig sagen, nur für den Notfall. Den äußersten Notfall, aber der liegt hier nicht vor. Zuwiderhandlungen werden schwer bestraft und das ist auch ganz richtig so. Unplanmäßige Kontakte zwischen den beiden Welten könnten zu unübersehbaren Konsequenzen führen. Es ist zwar eine ursprünglich von Menschen geschaffene Kunstwelt, aber inzwischen führt sie ein fast autarkes Eigenleben."

„Herz ist Trumpf!", sagte der Waidmann, der sich längst an seine neuen Kumpane gewöhnt hatte. Innerlich pries er die Erfinder der Spielkarten dafür, dass sie die blöden Worte „Lunge" und „Leber" nicht in ihren Katalog aufgenommen hatten. Mittlerweile hatte er entdeckt, dass es noch andere Dinge gab, als unablässig die Waffe zu reinigen und auf die böse Königin oder deren Stieftochter zu warten. Eins war ihm allerdings nicht klar. Seines Wissens gehörten diese vier Personen nicht in das Märchen vom Schneewittchen, obwohl das Schloss jede Menge Personal beherbergte. Sie mussten sich vielmehr verlaufen haben, aber auf entsprechende Fragen erhielt er keine Antwort. Und endlich glaubte er es selbst: Diese armen Geschöpfe hatten gewiss ihr Gedächtnis verloren, vielleicht infolge eines üblen Zaubers, schwarze Magie war weit verbreitet und nicht nur seine Herrin, die Königin, war böse, denn sie erinnerten sich an nichts, was vor ihrem Eintreffen in der Hütte geschehen war, nicht einmal ihre Namen kannten sie. Aber derartige Fragen schienen die Gäste zu quälen, also hörte er auf zu bohren.

Zum Glück bot sein Heim genügend Platz für fünf Personen und auch die Verpflegung bereitete keine Schwierigkeiten; Märchenfiguren brauchten weder Speise noch Trank, wenn so etwas nicht ausdrücklich vorgesehen war, wie etwa bei den sieben Zwergen. Und irgendwann würde die Verwaltung sich schon um das Problem kümmern, so es denn eines war. Jedenfalls ließen seine Gäste nicht die mindesten Anzeichen von Hunger und Durst erkennen. Freilich wirkten sie ein bisschen elend, nun, sie waren eben nicht an die frische, gesunde Waldluft gewöhnt.

Herz? Herr Gabler und Roony schauten sich verschwörerisch lächelnd an. Dieses Spiel würden sie gewinnen. Obwohl sie sich nicht bewusst waren, jemals zuvor Karten in den Händen gehalten zu haben, hatten sie in den letzten Wochen rasch gelernt. Das Leben wurde wirklich von Tag zu Tag schöner.

Die Antyllin

Oberst Guldner wurde von Tag zu Tag nervöser. Innerlich gestand der Offizier sich längst ein, dass er und seine Männer mit ihrer Weisheit am Ende waren. „Es müssen Abertausende sein!", sagte er zu seinem Stellvertreter, Major Giron. „Und das Gelände ist total unübersichtlich!" Das sind nicht eben neue Erkenntnisse, dachte Giron. Rat wusste er allerdings ebenso wenig wie sein Vorgesetzter. Immerhin raffte er sich zu einer positiven Antwort auf. „Dr. Kittner scheint wenigstens eine Idee zu haben."

„So?"

„Ja, eine Art letzter Strohhalm. Seit wir gestern diesen Fang gemacht haben, tut er richtig geheimnisvoll. Wir sollten freilich die Daumen halten, dass es keine bloße Spekulationsblase ist. Ich traue den intellektuellen Eierköpfen nicht über den Weg." Der Kommandant unterdrückte seine Neugier. Auch er hielt nicht besonders viel von Dr. Kittner, aber mit dem Wort vom ‚letzten Strohhalm' hatte der Major wohl Recht. Hinzu kam, dass vor ungefähr einer Woche an den beiden einzigen Raumschiffen, die zurzeit zur Verfügung standen, seltsame elektronische Defekte aufgetreten waren, die jeden Start verhinderten. Bislang war es den Ingenieuren, trotz verzweifelter Bemühungen, nicht gelungen, die Ursachen dieser Schäden zu entdecken, geschweige denn zu beseitigen.

Währenddessen herrschte am äußersten Ende des Stützpunktes geradezu fieberhafte Hektik.
Endlich wischte Dr. Munz sich aufatmend den Schweiß von der Stirn.
„Fertig!", sagte er. „Ekelhaft!"
Sein Gesicht glühte, obwohl hier, wie überall in den Gebäuden, die vorgeschriebene Regeltemperatur herrschte. An die-

ser Verfärbung mochte weniger die Anstrengung schuld sein als der Abscheu. Von Natur aus war der Arzt eher blass. Die Gestalt, die vor ihm auf der Trage lag, die den Seziertisch ersetzen musste, sah aber auch wahrhaft widerwärtig aus. Sie hatte weder etwas Menschliches an sich, noch glich sie irgendeinem anderen Lebewesen, jedenfalls keinem, das Dr. Munz kannte.

Dr. Kittner betrachtete gespannt das sonderbare Etwas. Er war in erster Linie Biologe, und jetzt stand er unmittelbar vor dem Erlangen einer Information, die vermutlich nicht nur seine eigene Zukunft entscheidend beeinflussen würde. Seit Monaten wurde der Außenposten auf dem Planeten Igor von den Antylls belagert. Niemand wusste, wie diese sich selbst bezeichneten, falls sie überhaupt dazu fähig waren, doch die schnatternden Geräusche, welche sie unablässig ausstießen, klangen wie das Wort „Antyll", und so hatten die Mitglieder der Expedition jene Bewohner des kleinen Nebensternes im riesigen Rurikiden-System nach diesen typischen Lauten genannt. Vor zwei Tagen nun war es erstmals gelungen, ein Exemplar dieser Rasse nicht nur nachweislich zu erlegen, sondern sogar dessen Kadaver unter heftigem Protestgeheul seiner Artgenossen sowie anhaltendem Beschuss zu bergen.

„Und?", fragte Dr. Kittner ungeduldig.

„Was und? Wollen Sie die Todesursache wissen?" Dr. Munz bereitete es offensichtlich Vergnügen, seinen Kollegen ein bisschen auf die Folter zu spannen.

„Ich glaube, die steht unzweifelhaft fest. Außerdem bin ich an ihr nicht im Mindesten interessiert."

„Woran denn?"

„Auf welche Weise pflanzen sich Ihrer Meinung nach die Antylls fort?"

„Nun, wenn Ihnen daran liegt. Ich habe da ganz nebenbei eine aufschlussreiche Entdeckung gemacht. Bei unserem Probanden handelt es sich sozusagen um ein männliches Geschöpf."

Dr. Kittner atmete auf. „Etwas in der Richtung hatte ich erhofft. Er besitzt also typische Geschlechtsorgane?"

Dr. Munz zögerte mit seiner Diagnose.

„Nicht in unserem Sinn. Aber für jemanden, der sich in Andrologie und Gynäkologie auskennt, sind die Parallelen unübersehbar. Es wäre ziemlich kompliziert, im Einzelnen zu erklären, woraus sich die Rückschlüsse ergeben, doch Sie dürfen mir getrost glauben."

„Wenn dies ein Mann ist, muss es ja wohl auch Frauen geben?"

„Ein zweites Geschlecht sicher. Aber wie gesagt, die uns geläufige Terminologie sollte man mit Vorsicht verwenden."

„Eine weitere Verständnisfrage: Der Antyll hat weder Penis noch Hoden?"

„So ist es."

„Und seiner Partnerin fehlen vermutlich ebenfalls die entsprechenden Organe?"

„Das steht freilich zu vermuten. Hegen Sie etwa einschlägige Gelüste?"

Dr. Kittner zog eine Grimasse. „Auf die Gefahr hin, dass sich Ihr schmeichelhafter Verdacht erhärtet. Die Antyllin ähnelt in Gestalt und Wuchs wahrscheinlich dieser Ausgabe hier?"

„Nach all meinen Erfahrungen ist das anzunehmen. Doch selbst das ist eine Folgerung unter Vorbehalt."

Dr. Kittner verabschiedete sich seufzend. Die Realisierung seiner Idee erwies sich als schwieriger, als er gedacht hatte, aber sie schien nicht unmöglich. Jedenfalls gab er nicht so rasch auf. Zunächst unterbreitete er seinen Plan dem Kommandanten. Oberst Guldner war Feuer und Flamme.

„Wenn das klappt, sind wir vielleicht wirklich aus dem Schneider. Sie sind ja intelligent genug, um zu wissen, dass die Frist immer knapper wird. Die feindlichen Verluste können wir bloß schätzen, die eigenen kennen wir und die sind in Anbetracht unserer geringen Kopfzahl erschreckend. An baldigen Ersatz ist nicht zu denken, also machen Sie sich ans Werk!"

„Dafür benötige ich den Beistand von Technikern."

„Wie viele?"

„Drei, vier Mann dürften ausreichen." Der Oberst schwieg eine Weile. Im Geist sah er die Verteidigungslinie gefährlich entblößt.

„Und wie lange werden Sie brauchen?"

„Höchstens zwei Tage. Vorausgesetzt, dass ich Zugriff auf die neuesten Ergebnisse der Sparte 7 Z erhalte und dass mir sämtliche Labors zur Verfügung stehen, auch gerade Omega Rot." „Bewilligt. Schließlich werden wir kaum noch eine weitere Chance erhalten."

„Außerdem muss Kollege Munz mir helfen. Er kennt nicht bloß die Anatomie der Antylls am besten, sondern auch ihre äußeren Formen." Der Oberst nickte nachdenklich. „Wir müssen ihn als Chirurg vorübergehend durch Sanitäter ersetzen. Zum Glück ist er im Notfall nicht aus der Welt."

Sofort nach diesem Gespräch ging Dr. Kittner daran, seine Vision in die Tat umzusetzen. So positiv der Befund des Dr. Munz auch klang, einige Änderungen des ursprünglichen Entwurfs wurden doch erforderlich. Es genügte eben nicht, ein weibliches Pendant des Leichnams herzustellen und dessen Vagina wie vorgesehen zu präparieren. Andererseits bot dieser Umstand auch Vorteile. Da jene Region, aus deren Beschaffenheit der obduzierende Arzt seine reichlich nebulös klingenden Folgerungen gezogen hatte, ohnehin nicht exakt nachgebildet werden konnte, musste es genügen, die Kleidung intensiv einzusprühen.

An diesem Punkt stockte Dr. Kittner abermals. Wie die männlichen Antylls gekleidet waren, wusste er. Aber die Frauen? Und woran erkannten diese Wesen überhaupt das jeweils andere Geschlecht? Kittners Zuversicht erhielt einen neuerlichen Dämpfer. Hätte er nicht lieber ein Kommandounternehmen anregen sollen, einen Stoßtrupp, der sich ins

Hinterland beamen ließ, um eine Frau als Modell zu kidnappen? Aber er verwarf den Gedanken gleich wieder. Die Gelegenheit war verpasst, falls es sie je gegeben hatte. Der Oberst würde ihn jetzt für einen Scharlatan halten und womöglich das gesamte Unternehmen stoppen.

Woher sollen denn unsere Leute wissen, ob sie ein Männchen oder ein Weibchen vor sich haben, wenn nicht einmal Sie selbst den Unterschied kennen und klar beschreiben können, würde der Kommandant ungeduldig fragen. Und wäre dieser Einwand nicht verständlich, ja, berechtigt?

Nein, die Weichen waren endgültig gestellt. Zudem wog sein persönlicher Ehrgeiz viel zu schwer, als dass Kittner es fertig gebracht hätte, die Flinte ins Korn zu werfen. Retter der Pioniere auf Igor, ja, des gesamten Rurikiden-Systems, das war doch etwas! Den Triumph sollte ihm niemand mehr rauben. Schlug alles fehl, wollte er lieber mit der gesamten Truppe untergehen.

Unter Anleitung von Dr. Munz konstruierte das Team die femininen Antylloiden so naturgetreu wie möglich.

„Zwei Exemplare sollten ausreichen. Sobald die Epidemie ausgebrochen ist, gibt es keine Rettung. Und jedes überflüssige Modell vergrößert die Gefahr eines Fehlers, also einer Entdeckung."

Sorgsam wurden die Viren, die als letzte Verteidigungswaffe in einem besonders gesicherten Tresor des Labors „Omega Rot" aufbewahrt wurden, herbeigeholt. Sämtliche Menschen hatte man durch Pflichtimpfungen gegen die von ihnen verbreitete Seuche immunisiert. Dr. Kittner hoffte inständig, dass die Antylls noch niemals mit den gefährlichen Lebewesen in Berührung gekommen waren.

„Warum schießen wir das Zeug nicht einfach hinüber?", fragte einer der Techniker.

„Weil es nicht über die Atemwege wirkt, sondern nur bei Hautkontakt. Und der Oberst hält die Antylls nicht für so naiv, dass sie Geschosse von uns arglos berühren würden. Das Gleiche gilt, wenn wir irgendwelche Gegenstände sonst wie zu ihnen hinüber schafften, falls das praktisch überhaupt durchführbar wäre. Und beamen? Was für Sachen sollten das denn sein? Spielzeug? Teddybären? Waffen? Nur gegenüber Artgenossen dürfte ihr Misstrauen gering sein. Und wenn sie die Täuschung durchschauen, ist es zu spät."

Dr. Kittner steigerte sich geradezu in seine Euphorie. Dr. Munz und die Techniker betrachteten das Projekt bedeutend skeptischer, doch der Oberst hatte es nun einmal angeordnet, Befehl war Befehl, und vielleicht handelte es sich ja wirklich um das Ei des Kolumbus.

„Gleich groß?", fragte einer der Mitarbeiter, die Maße des sezierten Kadavers vor Augen.

„Ja. Eventuell ein wenig kleiner."

„Und die Kleidung?"

Der Mann hatte so etwas wie Hosen getragen. Beinkleider jedenfalls, sofern man die wabbligen Tentakel, auf denen er sich fortbewegt hatte, als Beine bezeichnen wollte. Aber irgendwie mussten die Geschlechter sich ja voneinander unterscheiden. Wieder kam Dr. Kittner ein irritierender Gedanke. Plötzlich schien ihm möglich, dass sie sich an Gesten erkannten, am Geruch, an anderen unbekannten Sinnesorganen zugeordneten Signalen. Dann wäre alle Mühe vergebens.

„Wenn Männer hosenähnliche Gewänder bevorzugen, sollten wir unser Produkt vielleicht mit einem Rock ausstatten? Oder einem Kleid?" Auch das waren natürlich bloße Vermutungen, die sich vielleicht als alberne Analogien erweisen würden.

Als die Prototypen fertig waren, bewegten sie sich ungefähr so ungeschlacht, wie das Soldaten beim Angriff der Antylls beobachtet und später geschildert hatten.

„Sehen sie nicht possierlich aus?", spottete Dr. Munz, hart gesotten wie die meisten Mitglieder seiner Zunft.

Abermals musste Dr. Kittner mit einem Anfall von Übelkeit kämpfen, obwohl die Kleidung viel von der Scheußlichkeit ihrer Träger verdeckte und der Biologe die Gestalten vorsichtshalber möglichst nur aus den Augenwinkeln betrachtete. Doch er gab sich keine Blöße. „Fast möchte man einen von ihnen mit nach Hause nehmen, als Kuscheltier für die Kids", überspielte er seine wahren Gefühle.

„Wohin sollen wir sie beamen?", fragte der zuständige Offizier, nachdem die Kleidung gründlich mit den todbringenden Erregern infiziert worden war.

Immerhin hatte die Zeit zwischen der Errichtung der Basis und den ersten Kämpfen mit den Antylls ausgereicht, brauchbare Karten von der näheren Umgebung anzufertigen.

„Hier!" Dr. Kittner zeigte mit dem Finger auf eine Gegend, der die Regierung als Erinnerung an einen Staatsmann eingangs des dritten Jahrtausends der Ehrentitel „Bush-Land" verliehen hatte. Es war eine ausgesprochen wüste Zone, aber deren gab es mehrere auf Igor.

Bei der Auswahl des Zieles hatte Dr. Kittner vor allem auf den Abstand geachtet. „Bush-Land" lag in solcher Entfernung von der Station, dass die Antylls nicht zwangsläufig sofort eine Verbindung zwischen den Frauen und den Fremden herstellen mussten. Und es lag nahe genug, um auch dort mit großer Wahrscheinlichkeit die Gegenwart von Angehörigen des einheimischen Volkes zu vermuten.

Vorsichtshalber hatte man die Antylloiden so programmiert, dass sie unmittelbar nach ihrer Ankunft mit der Rückwanderung zur Basis beginnen würden. Und spätestens während des folgenden Marsches mussten sie ja unbedingt auf Männer dieser Rasse treffen.

Der nächste Tag verstrich in ungewohnter Ruhe. Die nervenzerfetzenden Stammellaute der Antylls waren verstummt.

„Ob sie schon krepiert sind?", fragte Dr. Kittner gespannt.

„Was meinen Sie?"

Dr. Munz schien das nicht recht zu glauben. „Man soll den Tag nicht vor dem Abend loben!", sagte er zurückhaltend. Dr. Kittner schaute abwechselnd auf die Uhr und in den Himmel. „Nach unserer Zeitrechnung ist es bald Abend." „Sie wissen genau, wie ich das meine. Das böse Ende kann genauso gut morgen früh kommen oder erst am Nachmittag." Auch in der Nacht ereignete sich nichts. Vor dem Einschlummern grübelte Dr. Kittner noch ein wenig. Gewiss würde seine Maßnahme Proteste auslösen. Der „Bund zum Schutz extraterrestrischer Lebensformen" würde eine Untersuchung fordern, ebenso die „Liga gegen die Ausbeutung des Universums" und einige ähnliche Organisationen. Vermutlich schwamm sogar die Boulevardpresse einige Tage auf dieser Welle, aber bald würde die ganze Aufregung wie gewohnt im Sande verlaufen.

Die einsetzenden Träume führten den Biologen in den Palast des Präsidenten zur Privataudienz. Der greise, aber immer noch stattliche Mann legte ihm den „Globalorden Erster Klasse mit Platinstern am Bande" um den Hals und nannte ihn den „Retter der Menschheit". Dann schoss eine Formation der Garde Salut.

Von dem Dröhnen erwachte Dr. Kittner mit einem seligen Lächeln um den Mund. „Vielen Dank, Exzellenz!", murmelte er schlaftrunken, aber jäh zerriss das Gespinst. Der Raum war taghell erleuchtet von Blitzen, Raketen und Scheinwerfern. Dr. Kittner stürzte zum Fenster, durch die Tür. Im Süden gingen zwei Parallelsonnen auf und überschütteten das Gelände mit ihrem Gleißen. Und dann sah der Biologe sie ... Eine riesige Gestalt erschien am Horizont. Das Wesen kam Dr. Kittner vor wie ein gewaltiger Wolkenkratzer. Seine Größe erinnerte ihn an alte Abbildungen in Geschichtsbüchern von einem Gebäude, das Welt-Handels-Zentrum oder so ähnlich geheißen hatte. Aber als es näher kam, und es kam mit stampfenden Schritten, trotz seiner Ungeschlachtheit, ziemlich schnell näher, erkannte er, was es war. Ein weiblicher Antyll, dachte er entsetzt.

Ihm sträubten sich die Haare. Von Sekunde zu Sekunde registrierte er weitere Einzelheiten. Ihre gewölbten Hände hatte sie vor dem Körper ausgestreckt, als wollte sie irgendetwas überreichen oder feilbieten. Natürlich waren es keine Hände im eigentlichen Sinne, nicht einmal Klauen oder genauer definierbare Greifwerkzeuge, sondern eher eine Art stilisierter Obstschalen. Und in zwei von diesen Schalen, insgesamt mochten es ungefähr ein Dutzend sein, lagen tatsächlich Gegenstände.

Du lieber Himmel, dachte Kittner, sie bringt uns unsere Puppen zurück! Und zugleich begriff er: Es gab nicht unzählige weibliche Antylls, sondern nur eine einzige, die Königin. Und nun kam sie, gemästet von den Drohnen ihres Volkes, um mit jenen lächerlichen Eindringlingen abzurechnen.

Als das Unwesen die äußere Befestigung niedertrat, zwischen ihren Tentakeln bog sie erst mühelos Stahl und Beton, zerbröselte das Material dann mit einer Vielzahl wuselnder Zehen zu Staub, verlor Kittner endgültig die Beherrschung. Schreiend rannte er hinüber ins Hauptquartier, das Herz des Stützpunktes.

Im innersten Tagungszimmer stand Oberst Guldner, umgeben von einigen Offizieren. Er starrte den Hereinstolpernden fassungslos und wütend an, wie man ein widerwärtiges Ungeziefer betrachtet. „Das haben Sie uns eingebrockt, Dr. Kittner!", sagte er mit schneidender Stimme. „Dieses Ungeheuer hat Ihren dilettantischen Plan durchschaut und demonstriert uns nun, wie kindisch Ihre Vorstellungen waren! Falls wir hier jemals lebend herauskommen, wird man Sie vor ein Kriegsgericht stellen! Leider scheint diese Aussicht für Sie gleich Null zu sein."

Anschließend erteilte er den Befehl, die Antyllin mit sämtlichen noch verfügbaren Waffen zu attackieren, besonders mit den bis zuletzt aufgesparten Laser-Raketen. Doch die Riesin schüttelte alle Geschosse ab wie Regentropfen und gab dabei Töne von sich, gegen die das dröhnende Plappern ihrer männlichen Artgenossen dem Summen frustrierter Maikäfer glich.

Binnen weniger Sekunden zerfetzte sie die Zentrale samt den defekten Raumschiffen. Weder Orden noch Kriegsgericht, war Kittners letzter Gedanke. Alles pendelt sich irgendwie ein ...

Das Kupalafest

Der letzte und größte Planet des Jebul-Systems stellte eine Lücke im zehnten Verteidigungsring dar, die man unbedingt schließen musste, bevor die Kappalonen ihre nächste Offensive starteten. Aber diesem vertrackten Stern war einfach nicht beizukommen, jedenfalls nicht auf friedlichem Wege, und das Risiko oder zumindest die möglichen Nebenwirkungen einer militärischen Intervention wurden im Oberkommando recht hoch veranschlagt. Wenn man auch ein totales Desaster für nahezu ausgeschlossen hielt, bestand doch jedenfalls die akute Gefahr schwerer Zerstörungen. Also verbot die Generalität vorerst strikt derartige Angriffshandlungen und ordnete stattdessen verstärkte Aufklärung an.

Jebul 13 war nicht nur strategisch von herausragender Bedeutung, er barg vielmehr, gemäß übereinstimmender Fernanalysen, auch einzigartige Rohstoffe, Erze, Mineralien in Hülle und Fülle, ihre Ausbeute würde die Existenz der Menschheit für mindestens die nächsten 15 Jahrtausende sichern, vorausgesetzt, die Steigerungsraten des Verbrauchs liefen nicht völlig aus dem Ruder. Die Hauptschuld an der gegenwärtigen Misere trug die Beschaffenheit des Raumes innerhalb der 13 Planeten des Systems.

„13 ist eine Unglückszahl!", unkte Major Baker. „Das hat schon meine Großmutter gewusst."

In der Tat wimmelte es zwischen den Planeten förmlich von winzigen Planetoiden, Kometen und sonstigen Kleinkörpern in ihrer Bahn nahezu unberechenbar. Das schwere Räumgerät konnte nur an wenigen Tagen eingesetzt werden, und seine Bedienung war für die Männer eine wahre Sisyphusarbeit. Kaum hatten die Bagger drei, vier Meteoriten auf unschädliche Kurse ins All bugsiert, schossen von sämtlichen Himmelsrichtungen her neue Hindernisse in den mühsam freigeschaufelten Korridor. Und diese Schwierigkeiten wuchsen geradezu sprunghaft, je weiter man sich vom Zentralgestirn entfernte. Die Planeten Jebul 1 bis Jebul 7 hatte man gleich aus der Planung gestrichen. Auf ihnen konnte sich wegen der mörderischen Hitze niemand aufhalten, erst recht nicht die an Temperaturen erheblich unter dem Gefrierpunkt gewöhnten Kappalonen. Auch kreisten sie sozusagen im Hinterland, wären also unter lebensfreundlicheren Umständen höchstens als Nachschubbasen der offiziell „Friedenstruppe" genannten Streitmacht, beziehungsweise für deren Gegner als Stützpunkte zur Ausübung von Sabotageakten im Rücken der Eindringlinge bedeutsam gewesen. In Anbetracht des tödlichen Klimas blieben beide Verwendungsmöglichkeiten graue Theorie.

Konsequent hatte man mit der Besetzung von Jebul 8 begonnen und sich im Laufe der Jahre langsam vorgearbeitet. Gewisse Fortschritte konnte man also nicht leugnen. Und mit jedem Sprung auf den nächsten Planeten hatten sich die Anzeichen organischen Lebens gemehrt.

Vor zwei Monaten war das Hauptquartier nach Jebul 11 vorgeschoben worden, und seit Kurzem befand sich sogar auf dem höchsten Berg des Planeten Jebul 12 eine gut getarnte Station, von der aus man das Geschehen auf der zugewandten Seite des äußeren Nachbarplaneten recht genau verfolgen konnte. Selbst Geräusche relativ niedriger Lautstärken ließen sich gut identifizieren.

Erst vor wenigen Tagen war ein besonderer Coup gelungen. Spezialingenieure hatten einen Computer mit unzähligen Funktionen hinübergebeamt, unbemerkt, wie es schien, jedenfalls gab es keine erkennbare Reaktion von Bewohnern dieses Himmelskörpers. Dass andererseits dort intelligentes Leben existierte, wurde schon geraume Zeit als Tatsache betrachtet, und dieser Umstand verursachte einen Teil der aktuellen Probleme. Unmittelbar nach seiner Landung hatte der Computer einen weiteren Monitor auf die gegenüberliegende Seite von Jebul 13 befördert, der sollte allerdings entdeckt werden. Seine Aufgabe bestand darin, möglichst risikolos Kontakte zu jenen unbekannten Lebewesen aufzunehmen. Hoffentlich handelte es sich bei ihnen nicht um Kappalonen.

Die Fläche des Monitors zeigte in buntem Wechsel Bilder, Symbole und Wörter in verschiedenen Schriften. Ungefähr alle zehn Minuten wechselte das Programm, man musste hypothetischen Betrachtern ja eine gewisse Frist einräumen, innerhalb welcher sie sich eventuell über den Inhalt des Gesehenen schlüssig werden konnten. Von Tönen hatte man in dieser ersten Phase abgesehen, um die Fremden nicht zu sehr zu verschrecken.

„Ich habe noch nie gehört, dass ein Kirchenlied jemandem Angst einjagt!", brummte Major Rattler.

„Sündern schon", antwortete Major Baker. „Außerdem glaube ich kaum, dass du eines kennst. Märsche ja, aber Kirchenlieder?"

„Ich rede von der Melodie, nicht vom Text. Den verstehen diese Halbaffen sowieso nicht. Auch wenn es dich überrascht, ich kenne diese frommen Songs sehr wohl."

Mit heiserer Stimme begann er zu singen. „Vom Himmel hoch …" Die vergessenen Worte ersetzte er durch ein salbungsvolles Lalala.

„Hör auf!", unterbrach Baker lachend den Kameraden. „Davon kriegt man ja Ohrenschmerzen! Außerdem fängst du dir, wenn du so weitermachst, mit deinen unkorrekten zoologischen Vergleichen leicht ein Verfahren wegen Rassismus ein."

Die beiden kabbelten sich gern ein wenig, aber hinsichtlich der grundsätzlichen Gestaltung des Programms blieb es zumindest vorerst bei dem ursprünglichen Befehl des kommandierenden Generals im Jebul-System.

Gerade erschien auf dem Bildschirm das Wort „Kupalafest".

Swa Wari hockte schon eine Weile fasziniert vor diesem rätselhaften Ding, das da gleichsam über Nacht vom Himmel gefallen war. Immerhin war sie in der Lage, nicht bloß die Bilder einigermaßen zu entschlüsseln, wobei ihr freilich etliche der dargestellten Gegenstände ziemlich sinnlos oder zumindest kindisch vorkamen, mit Hilfe eines Decoders, den Techniker ihres Volkes während der Kriege gegen die räuberischen Klerulaner entwickelt hatten, konnte sie sogar die seltsamen Zeichen in Worte verwandeln. Allerdings blieben der Betrachterin einige davon zunächst weiter unverständlich, obwohl sie in die Swa Wari geläufige Schrift transferiert worden waren. Kupala. Die Frau ließ sich das Wort auf der Zunge zergehen. Nach strengen irdischen Maßstäben war sie weder eine Frau noch hatte sie eine Zunge, aber diese Begriffe kamen der Wahrheit so nahe wie möglich. Wäre Swa Wari ein Mensch gewesen, hätte sie wohl nach Assoziationen gesucht, wäre bei ausreichender Fantasie womöglich auf „kuppeln" verfallen, doch Swa Wari war ein Prumm. In ihrer Sprache bedeutete das so viel wie „Wesen im Gleichgewicht".

Seit einer Ewigkeit war die Aufmerksamkeit der Prumm hauptsächlich nach außen gerichtet, auf die unendlichen Weiten des Weltraums. Von dort waren die Klerulaner gekommen und von dort stand jetzt ein Überfall der noch ärgeren Kappalonen zu befürchten. Die dem Zentralgestirn zugewandte Seite ihres Planeten hatten sie eher vernachlässigt. Sie schien ruhiger, war dünner besiedelt, und alles konnte man nun einmal nicht bewachen. Dafür reichten weder die Kräfte noch entsprach solch kriegerisches Denken der Mentalität der von Natur aus friedlichen Prumm, die sich zwar verteidigten aber niemals zuerst angriffen.

Vor Kurzem hatten sich jedoch Meldungen gehäuft, dass auch in dieser Himmelsrichtung Bedenkliches geschah. Um Jebul 11 herum, der hier natürlich ganz anders hieß, wurden angeblich fremde Flugkörper geortet, nein, weder Kometen noch

Meteoriten, erklärten die Beobachter bestimmt, und neuerdings schien selbst Jebul 12 nicht mehr völlig sicher zu sein.

Seit der Vertreibung der Klerulaner betrieben die Prumm keine Raumfahrt mehr. Die letzten Schiffe hatte man inzwischen verschrottet. Ihre Technik war überholt, und die Entwicklung neuer Typen wurde als nicht so dringlich empfunden. Im Grunde genügte ihnen ihr eigener Planet, den sie pfleglich behandelten. Über dem Haus des Großen Alten prangte seit Jahrhunderten das Motto: Warum in die Ferne schweifen? Andererseits musste man diesen Planeten als den einzigen kostbaren Besitz freilich auch hüten und bewahren. Also hatten sich mehrere Streifen auf den Weg gemacht, um an geeigneten Punkten zu erkunden, was denn hinter jenen Gerüchten steckte. Besonders intensiv wollte man die Gebirgsketten auf Jebul 12 in Augenschein nehmen, die Prumm besaßen vorzügliche Ferngläser.

Leiterin eines der Expeditionstrupps war Swa Wari. Und nun saß sie allein vor diesem seltsamen Kasten, während ihre Gefährten in geraumer Entfernung die nächste Mahlzeit vorbereiteten.

„Was ist Kapala?", erkundigte sie sich bei dem elektronischen Server.

Natürlich wurden sämtliche derartigen Kontakte auf Jebul 12 erfasst und aufgezeichnet. Bisher hatte sich nichts getan, aber die Anlage arbeitete ja auch erst ein paar Tage. Wim Weisel, der zuständige F 3-Offizier, war direkt mit dem Computer auf Jebul 13 vernetzt und so in der Lage, über ihn auch die Inhalte des Bildschirmes zu manipulieren. Da Bilder und Geräusche in der näheren Umgebung des Monitors rund um die Uhr zeitgleich kontrolliert und ausgewertet werden mussten, wechselten drei Offiziere einander im Schichtdienst ab. Eben jetzt saß Wim Weisel persönlich in der Beobachtungszentrale.

Als er die Prumm erblickte, pfiff er vor Überraschung wie ein Erdhörnchen. Zugleich schaltete der F 3 eine Direktverbindung zum Hauptquartier frei, und während er auf eine Rückmeldung wartete, überlegte Wim Weisel angestrengt. Sollte er eingreifen? Die Situation konnte sich jede Sekunde ändern, konnte sich stabilisieren oder ihm unter den Händen zerrinnen. Doch was wollte er mit einer Intervention bezwecken? Was erreichen? Dass er alle erdenklichen Vollmachten für den Notfall besaß, machte eine solche Entscheidung nur schwerer. Was war überhaupt ein Notfall? Keine Theorie konnte alle Eventualitäten berücksichtigen. Unschlüssig spielte er mit den Fingern an der Tastatur seines Computers. Derweil arbeiteten die Decoder auf Hochtouren. Es dauerte nur wenige Minuten, bis sie Gehirnströme und jene undefinierbaren Laute, welche das fremde Geschöpf mitunter von sich gab, gespeichert, analysiert und transformiert hatten. Bevor der kommandierende General und seine Mitarbeiter recht begriffen, war alles mundgerecht zubereitet.

Swa Wari schaute ein wenig irritiert. Dass ihr Assistent hartnäckig schwieg, verwunderte die Frau. Für gewöhnlich beantwortete das Gerät derartige Fragen binnen einiger Sekunden. Handelte es sich hier um ein besonders schwieriges Problem? Und warum war dem so? In der prekären Situation, in der sich Jebul 13 befand, geriet Neugier zur Pflicht. Nach einer kleinen Ewigkeit veränderten sich die Zeichen auf dem Bildschirm, langsam erst, dann rascher. Also doch! Swa Wari las die Antwort in ihrer eigenen Sprache.

„Kupala ist ein uralter Brauch aus einer fernen Welt. Er stammt noch aus der Zeit, bevor man im System ‚Milchstraße' begann, einen einzigen Gott zu verehren, der zugleich sein eigener Sohn war."

Was für ein haarsträubender Unsinn, dachte Swa Wari, aber was wusste sie schon von jenen entlegenen Sternen. Im Universum war so vieles möglich, warum nicht auch das. Die Fortsetzung der Information schien ihr vielleicht nicht wesentlich logischer, aber doch hübscher, poetischer.

„In der Nacht vom 6. zum 7. Juli", lautete sie; was man unter dieser rätselhaften Angabe zu verstehen hatte, sparte der Informator aus, vermutlich handelte es sich um ein Datum, doch derartige Details schienen der Frau ebenfalls eher unwichtig, „warfen junge Mädchen Kränze ins Wasser. Das weitere Schicksal dieser Blumengebinde offenbarte ihnen die Zukunft. Insbesondere, ob sie in absehbarer Frist einen Mann bekommen würden."

Welch seltsame Welt, dachte Swa Wari. Nach ihren Erfahrungen war nichts leichter als das. Viel schwieriger wurde es, ihn wieder loszuwerden. Aber vielleicht war das ja auch anders gemeint, wollten die Mädchen erfahren, ob sie verkauft oder zwangsweise verheiratet würden, um für diesen Fall Gegenmaßnahmen, eine Flucht etwa, vorbereiten zu können.

Das Fest fing an, sie zu interessieren. Ob sein Name mit den Kappalonen zu tun hatte, von denen ihrem Planeten angeblich eine Invasion drohte? Nein, das kam ihr unwahrscheinlich vor. Mitten in ihr Grübeln schob sich die nächste Geschichte, und die klang richtig gut.

„Um Mitternacht gehen die Mädchen in den Wald, um die Glücksblume, die nur in dieser Nacht blüht, zu finden. Wer sie findet, wird sein Leben lang glücklich sein."

Das war doch mal eine faszinierende Vorstellung. Die Prumm traute sich schon zu, diese Blume zu entdecken, ihr Volk besaß sowohl gute botanische Kenntnisse als auch etliche Hilfsmittel zum Aufspüren verborgener Schätze. Freilich würde die Umsetzung bereits daran scheitern, dass es diese Blume auf ihrem Planeten gewiss nicht gab und dass sie das richtige Datum nicht ermitteln konnte.

Aber diese sonderbaren Nachrichten kamen doch von irgendwoher. Wäre es nicht möglich, sich mit den Absendern in

Verbindung zu setzen? Und wenn, durfte sie das? Musste sie nicht vorher den Großen Alten fragen?

„Faszinierend!", sagte General Tritchy. Deutlich bildete sein Laptop die Gehirnströme des seltsamen Wesens ab, übertrug sie in verständliche Form. „Was halten Sie davon, meine Herren? Wer ist bloß auf die geniale Idee mit diesem Kupalafest gekommen? Ich habe zwar nie davon gehört, aber diese Schönheit scheint ja total darauf abzufahren."

„Zufall!", bekannte Major Baker. „Wir haben aussortierte Bücher, CD-Roms und anderen Krimskrams überspielt, der nutzlos herumlag. Eine Art Magazin für Flohmärkte."

„Wir sollten uns rasch schlüssig werden", unterbrach Major Rattler seinen Kameraden. „Falls diese Prumm wirklich ihren Großen Alten hinzuzieht, schließt sich vielleicht das Zeitfenster für eine sensationelle Aktion."

„Sie haben Recht", stimmte der General zu. „Die Frau macht keinen gefährlichen Eindruck. Können wir sie für uns einnehmen, hilft sie uns wohl bei ihren Leuten weiter. Dann wäre das Problem Jebul 13 so gut wie gelöst."

„Ich würde gern persönlich mit ihr sprechen", schlug Baker vor. „Der schnelle Raumgleiter Dädalus ist startklar, in fünf Minuten bin ich bei Weisel. Von dort aus lasse ich mich beamen."

Tritchy zögerte nur einen Wimpernschlag. „Einverstanden!", sagte er knapp. Die Verständigung müsste dank der vorzüglichen Arbeit des F 3 reibungslos klappen.

Swa Wari las gespannt weiter. Sie kannte keine Märchenbücher, wohl aber die alten Sagen ihres Volkes. Manches klang ähnlich, daher rührte die Geschichte sie an.

„In dieser Nacht treffen sich jung und alt, um zu tanzen und einen Sprung durchs Feuer zu wagen."

Als sie sich die Berührung der lodernden Flammen vorstellte, schüttelte es Swa Wari ein wenig, sportlich war sie nicht gerade. Andererseits lohnte sich diese leichtathletische Übung offenbar, denn solches Tun befreite, so fuhr der Text fort, von allen Krankheiten und Verzauberungen.

Von Verzauberungen hielt die Prumm nicht viel, obwohl niemand wissen konnte, über welche Fähigkeiten der Große Alte verfügte. Aber Krankheiten? Hin und wieder zwickten wandernde Schmerzen, gegen die es kein Heilmittel zu geben schien, nicht hier im Jebul-System, sie in verschiedenen Gliedern. Swa Wari seufzte leise.

„Haben Sie Kummer? Erschrecken Sie nicht, ich meine es gut mit Ihnen und kann bestimmt etwas für Sie tun."

Obwohl der Decoder die Sätze zuverlässig übertrug und obwohl das noch nie gesehene Wesen, in dem sie einen Mann vermutete, trotz seines kriegerischen Aufzuges in der Tat freundlich wirkte, begann die Prumm zu zittern. Beinahe hätte Baker beruhigend den Arm um sie gelegt, trotz ihres fremdartigen Äußeren sah sie eigentlich ganz passabel aus, aber mitten in der Bewegung stockte er. Unbekannte Erreger, Viren lauerten überall, nein, infizieren wollte er sich nicht.

Da es mit der verbalen Verständigung reibungslos zu klappen schien, arbeitete der Major zügig das ihm aufgetragene Programm ab.

„Kennen Sie die Kappalonen?"

„Sind Sie etwa einer?" Die Frau erstarrte förmlich vor Entsetzen.

„Nein. Die Kappalonen sind unsere Feinde."

Swa Waris Gesicht leuchtete vor Freude. „Wollen Sie uns beistehen? Wir befürchten in naher Zukunft einen Angriff von jenem Volk."

Gewonnen, dachte der Major. „Dann müssten wir einen Pakt schließen. Wird Ihre Regierung dazu bereit sein?"

„Regierung?" Diesmal brauchte der technische Adjutant eine ganze Weile, bis die Prumm begriff. Dann lachte sie laut. „So etwas haben wir nicht."

„Wer macht denn bei Ihnen die Gesetze?"

Wieder dauerte es länger, ehe die Antwort kam.

„Niemand. Die Gesetze sind doch da."

Wie schön, dachte Baker und gab es auf, die Verfassung dieses Volkes zu ergründen. „Aber wer entscheidet, ob wir uns verbünden werden?"

„Einmal Sie und dann ich natürlich. Ich habe Sie zuerst gesehen, bin also die Kontaktfrau. Stets entscheidet die Kontaktfrau gemeinsam mit dem Fremden, wer denn sonst?"

„Nicht der Große Alte?"

Das war ihm so herausgerutscht. Swa Wari fuhr zurück. „Was wissen Sie vom Großen Alten?"

„Eigentlich nichts. Nur, dass es ihn gibt."

„Auch er ist an die Gesetze gebunden. Ich hätte bloß einen Wunsch. Könnten Sie mich mitnehmen zum Kupalafest?"

„Ehrenwort!", versprach Baker. Dabei hatte er nicht die mindeste Ahnung, ob dieser offenbar ein wenig antiquierte Brauch überhaupt noch ausgeübt wurde, und wenn ja, wo und wann. Nun, für das Erlangen der Oberhoheit über Jebul 13 ließ sich einiges arrangieren. Der Major hatte das Programm ja zumindest in Teilen mitgehört, und so weit er sich erinnerte, handelte es sich im Wesentlichen um Kränze, die man ins Wasser warf, und um irgendwelche Feuertänze. Das würde eine seiner leichtesten Übungen werden.

„Auftrag ausgeführt!", meldete er dem General. „Die Prumm erweisen sich als kooperativ. Der Freundschaftsvertrag ist so gut wie abgeschlossen. Eine Delegation", das Wort „Kommando" vermied er, „der Friedenstruppe wird in Kürze friedlich auf Jebul 13 landen können."

Die Gilde

Im Internet war ein ungewöhnliches Inserat aufgetaucht: „Die Gilde nimmt noch Meister auf." Ließ man sich, neugierig geworden, auf das Studium der Homepage ein, erfuhr der potenzielle Interessent zunächst, dass Sinn und Zweck des gemeinnützigen Zusammenschlusses die Rettung der Erde und ihrer Kolonien mittels neuartiger Methoden war. Es wurden weder Sponsoren noch gewöhnliche Mitglieder gesucht, keine Lehrlinge oder Gesellen, sondern in der Tat Meister.

Die Seite war relativ kurz gefasst. Roger Rutnigg hätte gern weitere Einzelheiten gewusst. „Die Gilde" bestimmter Artikel, also nicht eine beliebige Innung, das klang singulär, ja, elitär und viel versprechend. Eine telefonische Rückfrage machte ihm rasch klar, was er bereits vermutet hatte: Jene Vereinigung zielte nicht auf Bäckermeister, etwa, um die Ernährung der Weltbevölkerung zu sichern, nicht auf Malermeister oder sonstige ehrenwerte Allerweltsberufe, sie warb vielmehr um Meister mit eher okkulten, esoterischen Fähigkeiten. Welche speziell gefragt waren, vermochte er in dem kurzen Gespräch nicht zu ermitteln, die Auskunft erteilende Dame hielt sich da sehr bedeckt.

Roger überlegte. Er verfügte über keinerlei übersinnliche Qualitäten, sondern war ein ganz normaler Arzt und Physiker, wenngleich Dozent. Dabei war ihm allerdings eine Erfindung gelungen, ihm und seinem Team, die, eigener Einschätzung nach, bahnbrechend sein dürfte. Erst gestern hatte die Frage ihrer Realisierung, hatten praktische Details fast zu einem ernsthaften Streit zwischen Rutnigg und seinem Stellvertreter geführt.

„Willst du es wirklich versuchen?", fragte dieser.

„Das ist doch Sinn und Zweck unserer Arbeit. Grundlagenforschung ist das eine, Anwendung das andere."

„Aber so früh? Hältst du den Reaktivator wirklich für genügend ausgereift?"

„Mehr als schief gehen kann die Sache ja nicht. Die wenigsten Experimenten glücken beim ersten Anlauf."

„Dieses kann sehr schief gehen, das ist immerhin eine Steigerung!", sagte Jürgen Lademann. „Es kann sogar tödlich enden, für dich und auch für mich, falls ich dich begleite."

Roger schaute den Kollegen und Freund nachdenklich an. Er selbst leitete das Institut, wenn auch nur kommissarisch, und Jürgen war gemeinhin ein treuer, eher zurückhaltender Mitarbeiter. So entschieden wie jetzt äußerte er selten eine abweichende Meinung.

„Wir wollen doch nicht nachts auf Friedhöfe schleichen, um Leichen auszubuddeln", versuchte Roger, Jürgen zu beschwichtigen. „Auch mit Voodoo habe ich nichts am Hut, wie du wohl weißt." Er hielt es für geraten, das Ganze ein bisschen ins Lächerliche zu ziehen. „Es geht ja alles elektronisch. Wir richten den Strahler auf ein bestimmtes Ziel, dosieren, drücken ab. Es ist ein klinisch sauberer Eingriff. Eine Operation, bei der man nicht einmal einen Anästhesisten benötigt."

Jürgen Lademann zeigte sich von diesem Scherz wenig beeindruckt. „Vergiss nicht, dass wir erst graben müssen, um das Objekt freizulegen. Wie soll es sonst durch den verschlossenen Sarg und die dicke Erdschicht kommen? Selbst wenn das Holz bereits verrottet ist, seine Geistesgegenwart und Muskelkraft reicht, würde der Schock, lebendig verschüttet zu sein, unseren Probanden glatt ein zweites Mal töten."

„Die Arbeit dürfte uns nicht zu schwer fallen. Wir sind zwei kräftige Männer. Es ist Sommer, kein Frost und natürlich wählen wir ein frisches Grab, wo sich der Boden noch nicht gesetzt hat."

Jürgen gab so leicht nicht auf. „Ich halte schon die Suche nach einem passenden Einsatzort für problematischer als du.

Und wenn es wirklich klappt, wie willst du ihn überhaupt transportieren? Er wird sehr schwach sein. Willst du einen Krankenwagen rufen? Oder die Feuerwehr?"

„Warum nicht? Notfalls kann man das anonym tun oder unter einem falschen Namen."

Die Debatte hatte sich noch eine Weile hingezogen und damit geendet, dass die Aktion zum Ärger des Dozenten verschoben wurde. Ein Weisungsrecht stand ihm nicht zu und allein konnte er das Projekt schlecht durchführen.

„Und ich bin doch ein Meister weit abseits und oberhalb des Durchschnitts!", murmelte Roger, als er per E-Mail erneut Kontakt mit dem Inserenten aufnahm, um seine speziellen Fähigkeiten detaillierter zu schildern. Das mochte leichtsinnig sein, aber irgendwie wollte er es jetzt wissen.

Etliche Lichtjahre entfernt handelte Namtok ähnlich.

Namtok verfügte über eine seltene Gabe. Angeblich hatte er sie von seinem Vater geerbt, aber an den konnte er sich nicht mehr erinnern. Immer wenn er versuchte, sich die elterliche Höhle vorzustellen, während seiner Jugend Heimstatt der Familie nach dem letzten interstellaren Krieg, war da nur die Mutter, gehüllt in ihr altes abgetragenes Bärenfell. Früher sollte es zahlreiche Waruzzen gegeben haben, die jene Gabe besaßen, aber über die Generationen hinweg war sie rarer geworden und endlich nahezu völlig erloschen. Namtok war der Letzte, in dem sie Zuflucht gefunden hatte.

„Das liegt so in der Entwicklung", pflegte seine Tante zu sagen. „Manche Talente wachsen, andere schwinden, ganz wie es dem allmächtigen Dudu gefällt."

Der Dudu wohnte weit jenseits der Wolken und ferner als selbst der unendliche Himmel. Eines Tages würde er von dort seine Boten aussenden, die hellen Lohnboten und die dunklen Strafboten, aber die Tante fürchtete mit dem Pessimismus des Alters, letztere Kategorie würde beträchtlich in der Überzahl sein, und sie hatte den Neffen mit ihrer Furcht infiziert. Dann würden die schwarzen Gestalten mindestens jene drei Sonnen verfinstern, die unverrückbar schräg östlich über der Wohnebene lauerten, eine Bande heimtückischer Brandstifter, während die beiden restlichen Feuerbälle scheinbar planlos rotierten, von unsichtbaren Stangen hin und her gestoßene Billardkugeln. Niemand vermochte zu berechnen, wann und wo sie als Nächstes auftauchten, und das machte sie unheimlicher als das statische Trio.

„Waren es diese Strafboten, die hier gelandet sind und vor denen wir in die Höhle fliehen mussten?" Hunderte Male hatte er diese Frage gestellt, hatte selbst im Nebel kindlichen Erinnerns nach verschütteten Wegzeichen gesucht. Und immer wieder hatte die Tante ihm erzählt, dass Fremde gekommen seien, keine Gesandten des Großen Dudu, mit gewaltigen Raumschiffen, und dass es heute noch auf der Rückseite des Sterns eine Station dieser elenden Zerstörer gäbe. Freilich müsse man sich hüten, in deren Nähe zu geraten, wenn man nicht Gefangenschaft und Tod in Kauf nehmen wolle.

Mit Namtoks Gabe verhielt es sich nun wie folgt. Alles, was der Waruzze träumte, und er träumte zehn Mal mehr als andere Angehörige seines Volkes, alles, was seine Fantasie erdachte, und er besaß mindestens zehn Mal so viel Fantasie wie alle übrigen Bewohner des Planeten zusammen, konnte er gleichsam gerinnen, kristallisieren lassen. Die luftig vagabundierenden Schäume erstarrten zu fester Form, überquerten sonst unbezwingbare Grenzen, wurden Teil der Realität, als sei solche Metamorphose die natürlichste Sache der Welt. Ein Modem seines Gehirns sorgte dafür, dass keine Verwandlung gegen seine Wünsche geschah, auch nicht im Schlaf, denn wie jedes Wesen träumte auch Namtok manchmal unangenehme, ja, schreckliche Dinge. Und eine weitere Sperre beschränkte die Gabe auf tote Materie, ein gottähnlicher Schöpfer wäre ihren Erfindern vielleicht zu riskant gewesen, wahrscheinlicher jedoch hätte das selbst deren Möglichkeiten überstiegen. Beinahe noch seltsamer war freilich, dass niemand die Verwandlung wahrnahm, während sie sich vollzog, und diese Heimlichkeit machte das Geschehen besonders unbegreiflich. Etwas war da, wo zuvor nichts gewesen war, oder hatte sich verändert. Und je weniger sich die Waruzzen an jene früher weithin bekannte Gabe erinnerten, desto entschlossener schoben sie solche Wunder dem allmächtigen Dudu zu.

In Wahrheit war Namtok auf eine zugleich einfachere und kompliziertere Weise zu dieser Fähigkeit gelangt. Vor vielen Jahrtausenden und in einer fernen Galaxie hatten Wissenschaftler einer hoch entwickelten Zivilisation spezielle Chips konstruiert und sie ausgewählten Trägern implantiert. In erster Linie handelte es sich dabei um einflussreiche Politiker, die alsbald durch ein Sperrgesetz für jede Weiterverbreitung über den geschlossenen Kreis der Besitzer hinaus die Strafe lebenslänglicher Verbannung auf den Minimond Orkanus verhängten. Angesichts der dort herrschenden klimatischen Verhältnisse entsprach das einer Todesstrafe grausamster Art. Die Kaste der Machthaber hingegen war über Jahrhunderte aller Sorgen ledig. Kaum stellten sie sich Geld vor, fehlende Haushaltmittel, Waffen, Raketen, Raumschiffe, was immer das Herz begehrte, schon materialisierte das Verlangte am gewünschten Ort. Darüber hinaus dockten die Chips allmählich an ihre Gene an, verwuchsen mit ihnen, wurden vererbbar.

Im Laufe der Zeit verstreuten sich die so bevorzugten Sippen über den Kosmos oder starben aus. Bei einigen führte die Vermischung mit unbehandelten Partnern in den gemeinsamen Nachkommen zur Verdünnung des Wirkstoffs mit oft tragischen Folgen. Die Betroffenen sahen, wie sich ihre Vorstellungen realisierten, wieder verschwammen, sich auflösten zu virtuellen Chimären, die durch wabernde Reflexe und Konvulsionen das Gehirn zum Wahnsinn trieben. In harmloseren Fällen tat ihre Umgebung die Unglücklichen als halluzinierende Spinner ab, welche nach und nach an sich selbst verzweifelten und wirklich den Verstand verloren. Andere, die ihren Frust zu demonstrativ in die Öffentlichkeit trugen, wurden einfach als Störenfriede weggesperrt. So kam es, dass zumindest auf diesem Stern einzig Namtok als Träger jener Gabe übrig blieb.

Eines Nachts träumte Namtok von einem Computer mit Internetzugang. Es war eine Botschaft aus einer unbekannten Welt und noch im Schlaf wunderte sich der Waruzze, wie er auf so eine Idee kam. Zwar waren ihm des Nachts auch sonst schon seltsame Gesichte erschienen, aber so eines dann doch noch nicht. Als er die Augen aufschlug, wartete der Gegenstand seiner Vision bereits neben der Lagerstätte.

Obwohl Namtok die Zeichen auf der Oberfläche anfangs nicht zu lesen vermochte, er ahnte ja noch nicht einmal, aus welchem Winkel des Kosmos dieses Ding stammte, fiel ihm nicht schwer, es zu bedienen. Während der ganzen Zeit arbeitete der ererbte Chip in seinem Gehirn mit Hochdruck und Schritt für Schritt verstand Namtok auch die Sprache des Geräts. Durch einen Zufall – oder lenkte der allmächtige Dudu seine Sinne? – stolperte die Aufmerksamkeit des Waruzzen plötzlich über eine bestimmte Stelle und stockte. Irgendjemand, der sich „Die Gilde" nannte, suchte offenbar besonders Qualifizierte. Zu welchem Zweck, ließ sich nicht erkennen, aber eine vorerst anonyme Nachfrage würde wohl nicht schaden. Das Leben auf diesem Planeten war ohnehin unendlich eintöniger als die bunte Welt seiner Vorstellungskraft.

In der Zentrale jener „Gilde" liefen Zuschriften wie die von Rodger Rutnigg und Namtok zu Hunderten ein. Die meisten fielen freilich sofort durch das an einen Lügendetektor gekoppelte Raster. Andere, die im Wahrscheinlichkeits-Koordinator hängen blieben, mussten in mühevoller Detektivarbeit sortiert und verifiziert werden.

„Heute Morgen gab es wieder das Übliche: Hellseher, Spökenkieker, Rutengänger", sagte Inger Johandottir. „Daneben sind allerdings zwei bemerkenswert originelle Mails hereingekommen. Der eine Absender behauptet, er könne sogar schon beerdigte Tote wieder ins Leben zurückholen, und der andere will in der Lage sein, Gegenstände einfach aus der Luft in die Wirklichkeit zu transmittieren. Unsere Systeme haben freilich beide als eher unglaubwürdig eingestuft."

Nils Pettersson winkte ab: „Vermutlich mit Recht. Ein Realisierer und ein Reanimator, kommt dir das nicht bekannt vor? Mich erinnert das fatal an Schamanen und einen gewissen Doktor Eisenbart der Steinzeit. Oder an einen angeblichen Magier namens Goliath Nickelfield oder so ähnlich, der vor etlichen Jahrhunderten gelebt haben soll."

„Ich habe aber so ein komisches Gefühl. Wenn doch etwas daran sein sollte, wäre es ja die Sensation und würde unserer Sache gewaltigen Auftrieb geben."

„Nun", antwortete Nils. „Nützlich könnte es schon sein, zum Beispiel Jurij Schaminsky wieder zum Leben zu erwecken. Sein Erscheinen aus dem Jenseits müsste der Gilde großen Zulauf bescheren."

Inger blickte zweifelnd. Wollte der Chef sich über sie lustig machen? „Jurij Schaminsky ist doch bereits vor über hundert Jahren gestorben. Außerdem ist sein Leib im Krematorium gelandet. Das Aschenpuzzle würde selbst einen Jesus von Nazareth überfordern."

„Siehst du."

„Aber den Gründer unserer Vereinigung könnte er vielleicht wiederbeleben? Schließlich ist Professor Wilrock erst vor ein paar Monaten verschieden."

Nils reagierte zurückhaltend. Wie naiv war seine Assistentin eigentlich? Hatte sie nicht zumindest gerüchteweise davon gehört, dass der Professor keiner natürlichen Todesursache erlegen, sondern der Rivalität seiner Stellvertreter zum Opfer gefallen war? Bei einem erst 40-jährigen Chef fiel das Warten auf die Nachfolge mitunter schwer. Zwar war Nils bei der Verschwörung keineswegs mit von der Partie noch später Nutznießer des Wechsels gewesen, er war und blieb Leiter der Personalabteilung, aber gerade die fast gleichmütige Distanz zu Intrige und Komplott mochte ihn leicht nachträglich in die Rolle eines Opfers bugsieren.

Diese Gefahr wurde umso deutlicher, je stärker die Lesart von der Ungeduld zweier Nachwuchskräfte von einem ganz anderen Verdacht überdeckt wurde. Während einer der mutmaßlichen Attentäter, Björn Hogstrat, als treuer Verfechter der satzungsgemäßen Ziele der Vereinigung galt, konnte man das von seinem Widerpart, Sören Stordal, nicht unbedingt behaupten. Hinter vorgehaltener Hand raunte man, sein Sinnen und Trachten sei insgeheim weniger auf das Wohl der Menschheit, als auf das Erlangen der Weltherrschaft gerichtet.

Er war denn auch der Initiator der gegenwärtigen Werbekampagne. Drei Tage nach dem mysteriösen Verschwinden Björn Hogstrats, mit dem er bis dahin die Macht geteilt hatte, ließ er Nils rufen und wies ihn an: „Suchen Sie mir außergewöhnliche Wissenschaftler! Je mehr, desto besser. Und möglichst rasch!"

„Auf welchen Gebieten denn?", fragte der Chef des Personalwesens verdattert.

Sören Stordal musterte ihn, als habe er es mit einem außerordentlich begriffsstutzigen Mondkalb zu tun, es war ein eiskalter Blick, der das Blut gefrieren ließ.

„Auf die Disziplin kommt es weniger an als auf die Qualität. Ich will absolute Spitze! Hochkarätige Ziele erfordern hochkarätige Mitarbeiter. Um bei den Edelsteinen zu bleiben, beschaffen Sie Rubine, Smaragde, Saphire, wie immer das Zeug heißen mag, am liebsten jedoch Diamanten. Schleifen kann ich sie selbst."

Nun, so lange sein Gehalt floss, tat Nils, was von ihm verlangt wurde. Offensichtlich Rechtswidriges war bisher nicht darunter. Innerlich empfand er freilich Zwiespalt. Manchmal dachte er sogar an Sabotage, risikofrei sollte sie allerdings sein. Aber jetzt stand Inger vor ihm.

„Und wie steht es mit diesem Nimbock?", fragte er ablenkend. „Namtok. Leider konnten wir seine Adresse bislang nicht ermitteln. Ich meine, die reale, altmodische Anschrift, Postleitzahl, Hausnummer, das ganze abgestandene, aber eben manchmal doch wichtige Brimborium. Es ist unbegreiflich, aber die Spur seines Internetanschlusses verliert sich in irgendeinem fernen Spiralnebel. Trotzdem bleibt die Technik am Ball. Unseren Fachkräften entgeht so leicht nichts." Nils überlegte: „Wir sollten keine Zeit vertrödeln, sondern parallel verfahren. Auch wenn ich mir, wie gesagt, nichts davon verspreche, kontaktiere bitte diesen Herrn Rutnigg. Lade ihn diskret hierher ein, er mag uns seine Zauberkunst mal unverbindlich vorführen."

In einer fernen Galaxie, unendlich entlegener als die Heimstatt Namtoks, rieb Om Bo sich den Schlaf aus ihren vier Augen. Wieder hatte sie einen dieser merkwürdig plastischen Träume gehabt, man konnte fast sagen durchlitten. Vielleicht müsste sie die seltsamen Visionen doch einmal aufzeichnen und deuten lassen. Heute nun war ihr Folgendes geschehen: Eine fremde Frau hatte sie auf einem fremden Stern geboren, als Knaben, und hatte das Kind aufgezogen. Om Bo, die dort Walter Wilrock hieß, war zur Schule gegangen, hatte Militärdienst geleistet und studiert. Endlich hatte sie einen Verein, einen Club, eine Sekte gegründet, nein, jetzt fiel es ihr ein, das Wort war „Gilde" gewesen. Zur Rettung jener ominösen Welt. Und dann hatten ausgerechnet ihre engsten Vertrauten Om Bo, oder besser Walter Wilrock, hinterrücks umgebracht. Om Bo wusste nicht, dass die Zeit in ihrer Heimat unendlich viel langsamer verstrich als auf dem Planeten ihres Traumes, dass fünfzig Jahre dort fünf Minuten hier entsprachen, und dass sie in einer kurzen Phase des Tiefschlafs das Leben des Walter Wilrock nicht nur in sämtlichen Einzelheiten durchträumt, nicht bloß virtuell mit Körper und Seele erfahren hatte, sondern selbst mit Haut und Haar, mit Blut und Hirn jener Gildegründer gewesen war.

Ihr kam nicht der Gedanke an Probeläufe, Tests, Bewährungen, Karma, und sie kannte auch nicht das System der Puppe in der Puppe, nicht die komplexe und komplizierte Verflechtung kosmischer Nabelschnüre, sonst wäre ihr vielleicht die Idee wie ein Wetterleuchten durchs Hirn geschossen, Om Bo möchte ihrerseits nur ein Ableger eines anderen Wesens sein, auf einem fernen Stern, dessen Uhren noch um ein Vielfaches träger dahin schlichen. Aber wenn sie das auch nur erwogen hätte, wäre vielleicht der Sinn des Ganzen verfehlt worden, jene Unbefangenheit verloren gegangen, die aus eigenem Antrieb, freiwillig und ohne Zwang oder einer Belohnung wegen das Richtige und Notwendige tat.

Als Roger Rutnigg dem zuständigen Abteilungsleiter der „Gilde" gegenübersaß, empfand er leichte Unsicherheit. „Wann ist jener Professor denn gestorben?", erkundigte er sich. Nils Pettersson nannte das Datum und sein Besucher nickte befriedigt. „Das ist eine relativ geringe Zeitspanne, sie dürfte zu überbrücken sein. Ich denke, wir werden Erfolg haben. Wo befindet sich das Grab?"
Der Friedhof lag ganz in der Nähe, mit dem Gleiter kaum zehn Minuten entfernt, auch das ein günstiger Umstand.
„Es handelt sich nicht um ein simples Grab, sondern um eine Art Mausoleum. Wir können es bequem betreten und uns dort aufhalten, ohne beobachtet zu werden. Und wir brauchen niemanden aus der Erde zu graben."
Roger triumphierte innerlich. So leicht hatte er sich die Aufgabe nicht vorgestellt.
„Wann sind Sie bereit?"

„Sofort. Ich habe das Werkzeug mitgebracht."

Im Inneren des kleinen Steinbaus richtete Roger den Strahler auf den geöffneten Sarg und betätigte den Auslöser. Ein leises summendes Geräusch wurde hörbar, sanftes blaues Licht hüllte den Professor ein. Langsam erhob sich die mit einem weißen Hemd bekleidete Gestalt und machte sich daran, aus dem hölzernen Gefängnis zu klettern. Mühsam unterdrückte Nils einen lauten Schrei.

Om Bo gelang das nicht. Eine andere Existenz, eine Variante ihrer selbst, sog jäh an ihrem Leben. Mit weit aufgerissenen Augen taumelte sie gegen die Wand. Ihre rechte Hand tastete nach dem Herzen, doch bevor sie das Ziel erreichte, brach Om Bo tot zusammen. In der gleichen Sekunde stürzte Walter Wilrock zurück in seinen Sarg. Grässlich knackend zersplitterten einige der morschen Knochen.

„Ich weiß nicht, wie Sie diesen miesen Trick zustande gebracht haben, aber ich will es auch gar nicht wissen!", sagte Nils. „Klappen Sie den Deckel wieder zu und dann verschwinden Sie auf der Stelle! Sie sind ein übler Scharlatan. Ich sollte Sie anzeigen!"

Inger sah ihrem Chef den Fehlschlag an der Nasenspitze an. Vielleicht konnte sie ihn aufheitern. „Es hat sich schon wieder jemand gemeldet."

„Hoffentlich ein seriöserer Interessent?"

„Nun, der Mann behauptet, er besäße einen Retropromotor."

„Was soll das sein?"

„Mit dem Gerät lässt sich angeblich die Vergangenheit heranzoomen. Und dann kann man an ihr herummanipulieren wie an einem Foto. Retuschieren, hat der Mann gesagt, vergrößern, schneiden, färben."

„Föhnen, legen!", ergänzte Nils ärgerlich, fast wütend. Das Friedhofsabenteuer, seine eigene Dämlichkeit verdross ihn noch mehr als die Blauäugigkeit seiner Assistentin. „Ich hätte Sie wirklich für intelligenter gehalten. Teilen Sie dem Kerl mit, er könne uns mal! Wenn es Ihnen Spaß macht, fügen Sie ruhig noch einige passende Wörter hinzu, je unflätiger, desto besser! Und stellen Sie die Suche nach dem anderen Spinner ein. Ein ferner Spiralnebel? Ich glaube, ich bin im falschen Film. Schluss mit der Märchenstunde, ran an die Arbeit! Schließlich werden wir nicht für solchen Unsinn bezahlt." Er meinte es absolut ehrlich. Jeder Gedanke an Sabotage lag ihm im Moment fern.

Klaus Beese wurde in Bad Oynhausen geboren. Im Anschluss an den Schulbesuch in Han-
nover und Göttingen absolvierte er zunächst
eine Lehre als Industriekaufmann. Daneben
begann er mit dem Studium der Rechtswis-
senschaften in Göttingen und Heidelberg.
Nach Promotion und Assessorenexamen
verbrachte er den wesentlichen Teil seines
Berufslebens als Angestellter einer Versi-
cherungsgesellschaft. Neben anderen Ehren-
ämtern betätigte er sich intensiv in der Kom-
munalpolitik, u. a. als Senator der Stadt Mölln
und Ratsherr der Stadt Eutin.

Bisher erschienen:
Reiseunterbrechung; Roman (1983)
Fluchthilfe; Roman (1984)
Heilanstalt; Roman (2004)
Das Jahr des Gerichtsvollziehers; Roman (2005)
Sexfalle oder Gehirnfabrik; Science Fiction Ge-
schichten (2006)
Zobeljagd; Roman (2006)

Klaus Beese

Sexfalle oder Gehirnfabrik
Science Fiction Geschichten

Die Geschichten dieser Sammlung entführen in eine mittlere Zukunft. Alle Zukunft ist ungewiß und spekulativ. Diese liegt fern genug, um einerseits irreal zu wirken und den Eindruck zu erwecken, es handle sich um rein virtuellen Horror. Andererseits liegt sie so nah, dass manche eine Ahnung beschleichen wird, so etwas könne sich womöglich entwickeln. Die daraus folgende Ambivalenz macht einen Teil des Reizes der Erzählungen aus.

Preis: 19,80 Euro   **Hardcover**
ISBN 978-3-86634-132-6   **152 Seiten**

Preis: 14,80 Euro   **Paperback**
ISBN 978-3-86634-127-2   **152 Seiten**

Klaus Beese

Zobeljagd
Roman

Das Buch schildert das Schicksal des deutsch-stämmigen Jungen Jurij, der in Kasachstan aufwächst, wohin seine Familie während des 2. Weltkrieges aus der ehemaligen Wolgare-publik deportiert worden war. Der Umzug vom Dorf nach Almaty mit der Trennung von den Jugendfreunden und die folgende Übersiedlung nach Berlin, das Schwinden fest gefügter, verlässlicher Strukturen in der zusammenbrechenden Sowjetunion und die Ankunft im fremden und kaum minder chaotischen Berlin verstören Jurij zutiefst. Aber allmählich gelingt es ihm, sein inneres Gleichgewicht wiederzugewinnen, sich zu emanzipieren, und er nimmt die Verwirklichung eines Jugendtraumes in Angriff.

Preis: 12,50 Euro
ISBN 978-3-86634-157-9

Paperback
192 Seiten